Carnaval de Amor

APERITIVOS

DR. IVÁN RUSILKO
& EVERLY DRUMMOND

OMNIFIC PUBLISHING
LOS ANGELES

Omnific Publishing
1901 Avenue of the Stars, 2nd floor
Los Angeles, CA 90067
www.omnificpublishing.com

Primera edición Inglés, Julio de 2012
Título original: *The Winemaker's Dinner: Appetizers*

Primera edición Español, Junio de 2014

Esta es una obra de ficción.
Los nombres, personajes, lugares y sucesos
que aparecen en ella son producto de la imaginación de los autores
o bien se han usado con fines ficticios.
Cualquier parecido con hechos, lugares y personas reales, vivas o muertas,
es mera coincidencia.

ISBN: 978-1-623421-60-1

10 9 8 7 6 5 4 3 2 1

Traducción: Lucía Yelania Velasco Gutiérrez
Diseño de la portada: Micha Stone y Amy Brokaw
Diseño del interior: Coreen Montagna
Fotografía: John Conroy (JohnConroyPhotography.com)
Modelos: Dr. Iván Rusilko y Adrianne Martínez

Impreso en Estados Unidos de América

Para todas las mujeres que he amado ;)
~Dr. Iván Rusilko

Para mi mamá,
Cuyo amor, apoyo y guía me han ayudado a ser la mujer que soy ahora.
Y a la memoria de mi tío y mi papá,
Su paciencia, amabilidad y generosidad no conocía límites.
Las palabras no alcanzan para expresar cuánto los amo
~Everly Drummond

CAPÍTULO 1

"Something"

Una brisa fresca acariciaba suavemente el cuerpo de Jade y la esencia de la maleza mariposa y las columbinas inundaban el aire de finales de verano. Brillantes tonos morados y naranjas coloreaban el cielo vespertino cuando pisó la pista de baile con duela de finas maderas, que servía de pieza central para el evento de esa noche en el Festival del Vino de Florida.

Jade se ajustó el chal negro sobre los hombros y la espalda destapada de su vestido de cóctel rojo. Contempló la escena, intentando no parecer perdida mientras buscaba la mesa nueve.

Toneladas de invitados habían empezado a llegar al jardín de la finca privada a orillas del océano. Un ejército de meseros vestidos de azul, corrían de un lado a otro como soldaditos, cargando bandejas de plata llenas de copas de vino, mientras otro ejército vestido de verde llevaba bandejas con aperitivos.

Alrededor de la pista de baile, las mesas lucían fina porcelana china y cubertería de plata. Un poco más allá podían apreciarse los jardines y arbustos bien cuidados de la opulenta finca, hogar de una rica pareja de filántropos que se rumoraba tenían una fuerte participación en el vino premier del festival de ese año, un *Mollydooker*, además de estar bien relacionados con algunos miembros de la élite de Florida.

El sol empezaba a perderse en el horizonte y el cielo tomaba tonalidades grises y negras cuando Jade finalmente encontró a una morena bajita, enfundada en un vestido azul entre toda la mar de gente «¡Gracias a dios!»

Tasha era la compañera de habitación de Jade, su amiga de toda la vida, desde que eran unas pequeñitas en sus días en Colorado y su única aliada entre la mafia de los amantes del vino que suspiraban por una copa del vino del año. Tasha le hizo señas desde su lugar al otro lado del salón y tuvo que abrirse paso entre la gente amontonada en el bar, caminó a orillas de la pista de baile casi vacía, siempre consciente de la manera en que el vestido se ajustaba a su cuerpo con cada paso que daba.

Sentía los ojos de más de un hombre siguiendo cada uno de sus movimientos. Sonrió. Hacía bastante tiempo desde la última vez que sintió el toque calloso de la mano de un hombre y estaba determinada a girar cabezas esa noche. «Siempre y cuando no estén casados» —pensó. Mirando de reojo suspiró de desilusión al darse cuenta que la mayoría de los excelentes ejemplares masculinos que estaban en la cena, portaban sortijas de boda.

La Cena del Vino era el evento más destacado en el marco del Festival del Vino de Florida y justo había caído durante el fin de semana del día del Trabajo. Famosos chefs, sumilleres de renombre mundial y políticos, se contaban entre los invitados. Era pura suerte que Jade hubiera conseguido estar en la lista de asistentes también. Geoff, su nuevo jefe, propietario de un prestigioso restaurante en Miami Beach, había pillado un resfriado e insistió que su Chef ejecutivo tomara su lugar y se encargara de hacer nuevos contactos. Coincidió que el cumpleaños de Jade era justo el día del evento y esa fue la razón por la que le insistió a Tasha que le acompañara. Pasar juntas sus respectivos cumpleaños era una tradición desde su adolescencia.

Un camarero con una impecable camisa blanca pasó en un borrón y con un movimiento rápido de la mano, Jade consiguió dos copas de vino tinto antes de unirse a Tasha en su mesa.

—¡Jesús! Hay una estampida por ahí. —Señaló Tasha, sacando la silla que estaba a su lado—. Estas personas son buitres.

—Buitres bien vestidos, al menos —respondió Jade—. Espera hasta después de la cena. Apuesto a que es cuando comienza la verdadera diversión.

—De todos modos, ¿por qué me dejé convencer de venir acá? Bien que podría estar en casa, acurrucada en el sofá, degustando una pizza de *pepperoni* y poniéndome al día con mi televisor.

—¡Uy, sí! Como si fueras a dejar pasar una oportunidad de beber vino y comerte con los ojos a unos cuantos VIP's. —Se burló Jade—. Además, es mi cumpleaños. ¿No serías capaz de dejarme venir sola o sí?

—Sabía que me lo echarías en cara —los delicados rasgos de Tasha fingieron sorpresa. Entonces sonrió al tiempo que metía la mano en su bolso. Sacó una pequeña caja envuelta en papel dorado y lo colocó en la mesa frente a Jade.

—¡Feliz cumpleaños!

—Tasha, te dije que no me compraras nada —murmuró Jade.

Tasha había estado cuidando sus finanzas. El mercado de Bienes Raíces de Miami, había bajado bastante en los últimos meses y hacer las ventas suficientes para mantenerse a flote era casi imposible en esos momentos. Jade había implementado la regla de «no regalos» ese año. Al menos pensaba que lo había hecho.

Sin duda alguna había sido un gran esfuerzo por parte de Tasha conseguirle algo, Jade se sintió apenada cuando tomó el paquete en sus manos. Le quitó la envoltura y la hizo una pelotita que aventó a la mesa frente a ella. Lentamente, abrió la caja de satén negro. Adentro encontró una delicada cadena de plata con un colguije (también de plata) en forma de sartén colgando de ella.

—Es para el tobillo —explicó Tasha—. Ya sé que no puedes llevar joyería en el trabajo pero pensé que sí podías andar uno de éstos.

—Me encanta —dijo Jade sonriendo. Sacó la cadena de la caja, lo abrió y se lo colocó alrededor del tobillo—. Queda perfecto con mi vestido.

—No es mucho, pero…

Afortunadamente un mesero aprovechó ese momento para acercarse a la mesa e interrumpir la conversación. Jade sabía muy bien lo que iba a decir Tasha: «No es mucho pero es todo lo que me podía permitir en este momento». Ella sabía que su amiga estaba pasando por un período difícil pero no era necesario anunciarlo al resto de la mesa, la cual había empezado a llenarse.

Sin decir palabra, el mesero puso seis copas de vino sobre la mesa justo en el instante en que comenzaban a escucharse las primeras notas de la orquesta. Cuando se retiró finalmente para perderse dentro de la marea humana que ya tomaba camino hacia sus mesas asignadas, Jade decidió cambiar la conversación.

—Espero que sirvan pronto la cena, estoy hambrienta —dijo fingiendo que no pasaba nada y mirando el jardín también atestado.

Su mirada se desvió hacia el bar donde aún quedaba un poco de gente con copas de vino en la mano. Fue ahí cuando lo vio por primera vez. Parado a lado de una pequeña tarima justo frente a la pista de baile, era el hombre más espléndido que alguna vez hubiera visto, su cabello café de corte desarreglado (del color de la madera envejecida) acariciando el cuello de su impecable camisa blanca que sobresalía de su saco a medida. El sol poniente le daba un brillo luminoso a su cabello, casi como si los mechones fueran de color oro y bronce. Su quijada bien proporcionada luciendo barba de un día, con un impresionante par de ojos brillantes y llenos de vida que la veían justo a ella.

Avergonzada, Jade giró rápidamente el rostro hacia sus compañeros de mesa y sintió la mirada de Tasha sobre ella.

—¿Qué? —preguntó encogiéndose de hombros de manera inocente—. Es atractivo.

—Por supuesto que lo es. ¡Ve a hablarle! —Tasha se rio y le pasó a Jade otra copa de vino.

—Sí, por supuesto —respondió Jade—. Un tipo como ese, nunca me daría ni la hora del día.

—¡Bebe, amiga! Es tu cumpleaños y la noche es aún joven —la animó Tasha alegremente.

Indefensa, Jade tomó de su copa y se reclinó en la silla permitiendo que sus ojos se posaran de nuevo sobre la espectacular vista al lado opuesto del salón. No pudo evitar notar la manera en que su traje de diseñador abrazaba su pecho musculoso. Apostaba a que su cuerpo era incluso más magnífico que el resto de él y Jade empezó a imaginar lo que estaba oculto debajo de todas esas capas de tela. Aunque usualmente no era aventada con los hombres, si alguna vez uno tan exquisito como aquél se le acercaba, no dudaba que se lanzaría de lleno. Un ligero rubor cubrió sus mejillas y sintió una calidez difundiéndose en su vientre y sus piernas, dejando un rastro de fuego a su paso. Sabiendo que el vino se le estaba subiendo a la cabeza, Jade hizo a un lado sus lujuriosos pensamientos y se enfocó en la conversación que fluía alrededor de ella.

—Tu amiga nos dijo que es tu cumpleaños —comentó la regia señora sentada en la silla contigua. Un enorme sombrero adornado con coloridas plumas descansaba encima de sus rizos plateados y un elegante vestido de noche azul marino, envolvía su abundante forma. La mujer parecía un afligido pavorreal.

Ligeramente sobresaltada por la ruidosa voz de la mujer, Jade sólo alcanzó a balbucir su respuesta.

—Así es, señora. Hoy cumplo veintiséis.

—¡Oh! Lo que es ser joven y no tener de qué preocuparse. Recuerdo cuando tenía tu edad… —Jade miró de reojo a su amiga y se rio entre dientes, mientras la otra mujer empezaba a darles una detallada explicación sobre sus años de juventud.

Jade tomó nota de la aliviada mirada del acompañante de la mujer, que probablemente era el esposo. Parecía agradecido de que la señora hubiera encontrado alguien más con quien hablar, liberándolo por unos pocos momentos de su constante cháchara.

Cuando el mesero regresó con sendos platos de ensalada *Waldorf* que parecían unas obras de arte en miniatura, Jade no pudo más que agradecer la interrupción. Sintiendo que iba a ser una larga cena (y una noche aún más larga), en voz baja le pidió al mesero que trajera otra botella de vino. Con un simple gesto de la mano, una camarera apareció y volvió a llenarle el vaso, dejando la botella sobre la mesa para los demás.

Tasha le pellizcó el brazo y señaló hacia la parte delantera de la pista de baile donde seis mesas estaban apartadas del resto, tres a cada lado del escenario.

—¿Qué pasa con esas mesas?

—Esa es la sección VIP —dijo Jade—. Y la mesa de la izquierda, al lado de la barra, es la mesa del chef. Sólo los peces gordos se sientan allí y tienen que pagar más que un poco por ello. El costo de un boleto regular para este evento es de mil quinientos dólares.

—Bueno, «Míster Mangazo» debe tener conexiones o algo de dinero —informó Tasha—, porque tiene uno de los mejores asientos de la casa.

Jade se enderezó un poco para poder ver hacia donde señalaba su amiga. Cualquier mínima esperanza que pudiera haber albergado de conocer a ese hombre, se evaporaron. La gente de las mesas VIP eran celebridades, políticos y otros peces gordos con muy grandes cuentas bancarias. Muy por encima de su estatus social.

—Me pregunto qué hará para ganarse la vida —reflexionó Tasha, todavía intrigada por el grupo de personas sentadas en la parte delantera del salón—. Tiene que ser un atleta o algo así, porque los chicos que se ven como él no es que sean muy inteligentes, ya sabes a lo que me refiero.

Haciendo caso omiso de la obsesión de su compañera de piso con las celebridades y los estereotipos, Jade cogió el tenedor y miró su ensalada. Debió de perderse por un minuto, tratando de averiguar lo que había hecho el chef, porque lo siguiente que supo fue que Tasha le daba un codazo.

—Esta es mi compañera de cuarto —dijo Tasha con exagerado entusiasmo mientras presentaba al sexy recién llegado que estaba de pie ante ellas.

—Hmm —murmuró Jade con la boca llena de manzana. Se limpió la boca y sonrió amablemente mientras le respondía el saludo—. Lo siento, ¿cuál es su nombre?

—Michael —respondió con una sonrisa—. Michael Cervone. ¿Y usted es?

—Soy Jade Thorne. Encantada de conocerle.

—Su nombre me suena de algún sitio… —después de un momento, le preguntó: —¿No es usted la jefa de cocina de Bianca en Miami Beach?

—Sí, lo soy —admitió avergonzada de nuevo por la nota de prensa que había mandado Geoff a los periódicos locales, que no era más que una fanfarronada.

—Comí allí la semana pasada. Ese lugar es fenomenal. Buen trabajo —Michael tomó una silla y se sentó.

Jade miró a Tasha y notó la sonrisa estampada en el rostro de su amiga, era obvio que estaba embelesada con ese hombre. ¿Y por qué no iba a estarlo? Tenía el cabello rizado, de un tono rubio dorado que parecía iluminado por el sol y unos ojazos azul claro que acentuaban su hermoso rostro; sin mencionar el hecho de que sin duda había un cuerpo ardiente debajo de ese traje.

Podría haber llamado la atención de Jade, si ésta no estuviera ya atraída por el hombre sentado en las mesas de los peces gordos. Al menos podía darle una ayudadita a su tímida compañera.

Decidida a empezar de una vez, le preguntó: —Y bien Michael, ¿qué haces para ganarte la vida?

—Soy especialista en hipotecas.

—¿En serio? —Jade se sintió animada—. ¡Qué casualidad! Tasha es agente de bienes raíces.

El camarero reapareció con otra ensalada cuidadosamente montada y lo puso delante de Michael. Hizo un cortés asentimiento y desapareció para regresar un minuto después con dos botellas más de vino.

Jade estaba empezando a sentir el efecto del vino que ya había consumido, aunque técnicamente estaba trabajando, también era el día de su cumpleaños. Tomando una de las nuevas botellas, sirvió tres copas y le pasó una a Michael, levantando la suya en el aire dijo: —¡Por una encantadora velada con los amigos, los viejos y los nuevos!

—¡Salud! —dijeron Michael y Tasha al unísono, seguido por el tintineo del choque de vidrio sobre vidrio.

Jade se recostó en su silla y observó como Michael y Tasha convertían sus bromas en flirteo. Sonrió, contenta de que Tasha finalmente se enfocara en algo más que en su falta de ventas. El plato principal llegó (atún a la plancha, elegantemente acomodado con cuscús y verduras frescas) y Jade no pudo reprimir un suspiro cuando el toque de limón y menta fresca bailó en su paladar con el primer bocado. Hizo una nota mental para tratar de imitar ese platillo en el restaurante. Geoff sin duda estaría contento si ella se presentaba a trabajar el lunes por la mañana, con ideas frescas para un plato increíble.

Mientras los camareros servían el postre, una flor de sorbete de mango con obleas de chocolate blanco; empezaron a sonar leves notas musicales provenientes del escenario donde los músicos afinaban ya sus instrumentos. La gente comenzó a levantarse aunque algunos aún disfrutaban del postre, mientras una melodía de Frank Sinatra llenaba la carpa poco a poco. Para cuando los últimos platos fueron retirados, la pista de baile estaba a rebosar.

Michael se puso de pie y dio la vuelta hacia donde se encontraba Tasha, ofreciéndole la mano, le preguntó: —¿Me concedes este baile?

Tasha miró de Michael a Jade y luego de vuelta a Michael con una mirada de asombro en su rostro.

—Me encantaría, pero es el cumpleaños de Jade.

La decepción y la vergüenza brillaron en su rostro. Jade no podía creer que después de pasar la última hora coqueteando con él se hubiera atrevido a rechazarlo.

—¿Me estás tomando el pelo? —le espetó—. Será mejor que empieces a moverte hacia la pista de baile.

—Es tu cumpleaños y no se me hace justo dejarte sola —insistió Tasha, pero la mirada ansiosa en su rostro la delataba.

—Vayan a divertirse. Aquí tengo todo lo que necesito —Jade levantó una botella de vino y la meció en el aire, derramando unas cuantas gotas carmesí sobre el mantel blanco.

Sin mirar atrás, la pareja desapareció en la multitud de personas que abarrotaban la pista de baile. Sus cuerpos meciéndose al compás de la música. Jade se sirvió otra copa sabiendo bien que por la mañana lo lamentaría enormemente. Girando en su asiento se enfrentó a los bailarines y observó que las mesas VIP habían sido reubicadas. En el lugar que ocupaba antes «Míster Mangazo», se encontraba acomodado un bebé.

Tratando de parecer casual, Jade escudriñó la habitación hasta que sus ojos se posaron sobre un grupo de hombres a las afueras de la carpa. Entre ellos estaba él. Tal vez fuera el vino o quizá la suavidad de la luz de la luna, que arrojaba un brillo iridiscente en torno a él; pero aunque pareciera increíble, se veía aún más espectacular de lo que se veía al iniciar la velada.

Una columna de humo los rodeó un instante mientras los hombres se turnaban para dar una calada a su cigarro, la brisa del mar, a unos cien metros de distancia, la disipó rápidamente. Había algo en la forma en que él sostenía su cigarro en una mano y el vino en la otra, que le daba un aspecto regio, gallardo, como un verdadero príncipe azul.

Jade respiró profundamente y aventando la precaución al viento, se preparó para acercarse y presentarse personalmente, pero cuando se puso de pie, una mujer enfundada en un vestido negro y corto, destilando *sex-appeal*, se acomodó junto a él y se inclinó para susurrarle algo al oído. Su risa resonó en el fresco aire nocturno y la mujer que se colgaba de su brazo, fue toda la disuasión que necesitó Jade para abandonar su propósito.

Dejando la copa vacía en la mesa, se apoyó en la silla contigua y se levantó. Se mareó un poco cuando el vino se le fue a la cabeza y tuvo que apoyarse en el borde de la mesa. Cuando estuvo segura que se le había pasado, tomó su bolso de la parte posterior de la silla y se fue en busca del cuarto baño.

CAPÍTULO 2

"The Way You Look Tonight"

Una parte del primer piso de la propiedad, estaba abierta para la fiesta. El recibidor, el guardarropa y los aseos estaban disponibles para los invitados. Un grupo de mujeres formaban una línea en el pasillo mientras esperaban para hacer uso de los lavabos. La belleza de los jardines no era nada comparada con la grandiosidad de la casa en sí misma. Fino mármol cubriendo los pisos, bellísimos frescos adornando los techos y una enorme escalera en espiral engalanaba la parte principal de la mansión. Aunque Jade nunca había estado en Italia, sospechaba que el interior del Vaticano podría verse de manera parecida. Tomando su lugar en la línea, se dispuso a esperar su turno.

Pocos minutos después, sostenía unos pañuelos desechables bajo el agua fría antes de colocarla sobre su cuello. Suspiró cuando el frío tocó su piel caliente ayudándole a enfocar sus pensamientos desordenados. Estaba furiosa consigo misma por haber incluso considerado intentar atraer la atención de un tipo como «él». Se dirigió una mirada de censura en el espejo y tiró el papel mojado al cesto de basura antes de salir torpemente del baño. Se recompuso y regresó al aire fresco del exterior.

Siguió el andador que llevaba de vuelta a la mansión bordeando el jardín principal. Las estrellas brillaban como pequeños diamantes en el cielo nocturno y el sonido del agua la cautivó. Buscando el sonido de la música líquida, oculta detrás de una fila de setos, encontró una extravagante fuente en medio de un paraíso de flores tropicales y el exótico verdor del césped. Los elegantes contornos de la cuenca brillaban a la luz de la luna. Se quitó las zapatillas y caminó por el pasto, riendo por las cosquillas que le provocaban las hojitas. Inclinándose para acariciar el borde de la enorme fuente, sus dedos siguieron la superficie fría de mármol negro. Una ligera bruma flotó en el aire y cubrió su piel mientras ella observaba el agua que caía desde un pequeño orificio, creando patrones abstractos en la estanque de abajo.

Vio sobre su hombro para asegurarse que no había nadie mirándola antes de tomar asiento en la orilla. La tentación de sumergir sus pies era demasiado poderosa para ignorarla. Balanceando su cuerpo en el borde, consiguió acomodarse hasta poder meter sus pies debajo de la ondulante superficie. Con el agua fría salpicando sus piernas, echó la cabeza hacia atrás. Dejando que sus ojos se cerraran y disfrutando de la armonía de ruidos que la rodeaban, callando la cacofonía de sonidos que plagaban su mente abotargada por el vino. Justo entonces, una esencia flotó en la brisa. «Hmm…» —pensó Jade—. Su mente empezando a funcionar de nuevo. Un ligero olor a cigarro y algo deliciosamente masculino la envolvió.

—Disculpe señorita, ¿son de usted estos zapatos? —una voz grave hizo eco en el aire.

Los ojos de Jade se abrieron rápidamente, casi perdió el balance cuando se giró hacia la persona que le hablaba. A unos pocos metros de distancia se encontraba el mismísimo Míster Mangazo, el hombre guapísimo al que había estado echándole el ojo toda la noche (y evidentemente, la fuente de ese delicioso olor).

—¿Sí? —respondió con voz temblorosa.

—Yo no las dejaría rodando por ahí si fuera tú —colgando de la punta de sus dedos estaban sus altas sandalias negras Manolo Blahnik. Con pasos lentos y deliberados se encaminó hasta acomodarse junto a la fuente.

Jade sintió que se le atoraba la respiración en la garganta al ser consciente de la proximidad de sus cuerpos. Podía sentir el calor emanando de él, calentando la piel de su brazo. La esencia de hombre, su colonia y finos cigarros colgaban de su chaqueta y llegó a ser más y más devastadora conforme se acercaba. Ella saboreó cada uno de esos instantes, inhalando profundamente y respirándole. Se le puso la piel chinita en los brazos, como si millones de agujitas le picaran. Tembló.

Malinterpretando su emoción con frío, él removió su saco y lo envolvió apretadamente sobre su temblorosa figura. Sus dedos acariciaron su hombro desnudo cuando la giró un poco para poder abrocharle dos botones.

—Gracias —susurró Jade.

En la distancia, los asistentes a la fiesta socializaban y bailaban, pero el único sonido que escuchaba ella, era el latir frenético de su corazón. Se aferró al borde de la fuente, su respiración se volvió errática al reparar en la manera en que la luz de la luna se reflejaba en aquellos ojos masculinos. De cerca sus ojos cafés parecían chocolate derretido en un caluroso día de verano. Jade se imaginó nadando en sus profundidades.

—¿Todavía sientes frío? —preguntó él. Levantando su mano para acomodar las solapas de su saco, hizo a un lado los mechones sueltos de cabello negro, que se habían soltado del peinado que llevaba.

—Estoy bien —respondió, pero su mente era incapaz de encontrar sentido a lo que estaba sucediendo—. ¿Por qué estás aquí?

—Estoy aquí por negocios. Extendiendo mis horizontes —respondió como si nada. Jade movió la cabeza negativamente.

—¿Por qué estás aquí… conmigo… en este momento?

Él le ofreció una sonrisa cálida y se encogió de hombros.

—Te vi venir en esta dirección, cuando no regresaste, me preocupé.

—¿Estabas espiándome?

—No —le respondió divertido—. Estaba viendo cómo me comías con los ojos; he ahí la diferencia.

—¡Oh! —fue todo lo que Jade pudo pronunciar. Miró hacia otro lado, avergonzada por haber sido descubierta.

Sintió sus dedos trazando una fina línea en su mejilla y se giró para verle sonreír cuando ella tembló por su caricia.

—Un hombre tendría que ser ciego para no notar cuando una mujer hermosa lo mira.

Ahuecó la mano en su mejilla y ella supo que tenía que retirarse, exigir que la soltara, pero el deseo que sentía por ese extraño la congeló en su sitio. Cada instinto de su cuerpo le gritaba que huyera antes de que pudiera decir o hacer algo de lo que se arrepentiría cuando el embotamiento ocasionado por el vino se hubiera acabado. A pesar del angustiante impulso de escapar, no pudo evitar acercarse más a él. Se inclinó y sus ojos se cerraron por cuenta propia cuando sintió su pulgar acariciándole la mejilla con suaves y lentos roces.

Su respiración se detuvo cuando esos labios se posaron gentilmente en la piel sensible detrás de su oreja. Su cruda esencia masculina la embargó y su cuerpo vibró en respuesta.

Su mano dejó su mejilla para envolverse posesivamente en su espalda, acariciando la longitud de su columna hasta deslizarse debajo de la chaqueta para trazar la costura de sus pantis a través del material del vestido. La acercó más a él, presionando sus cuerpos apretadamente y fue dejando calientes besos a lo largo de la curva de su cuello.

Sintiéndose de pronto muy atrevida, Jade agarró un puñado de su cabello y le echó la cabeza hacia atrás. Sus ojos compartieron una mirada lujuriosa. Un bajo y cavernoso gemido escapó de su garganta y sus labios se abrieron cuando ella aplastó su boca contra la de él. La esencia dulce y ahumada de los cigarros y el coñac aún se percibían en sus labios y el sabor inundó su boca.

Él devolvió la intensidad de su beso y sus caricias se volvieron menos y menos reservadas. Sus manos cálidas recorrían libremente su cuerpo, su pantalón a medida hizo poco por disimular su creciente entusiasmo cuando se pegó a Jade. Después de un par de minutos, él se alejó, respirando pesadamente.

—¿Por qué no vamos a un lugar más privado? —sugirió con voz ronca.

—Yo… —Jade intentó pensar a través de la bruma de lujuria que la consumía—, ni siquiera sé tu nombre.

—Iván —dijo ferozmente, aún con la respiración agitada.

—Lo siento, no puedo —susurró Jade, su voz llena de arrepentimiento. Su mente regresó a la imagen de la mujer con el vestido negro, que hacía menos de una hora, se había colgado de él como si fuera una toalla húmeda.

—¿Por qué no puedes? —preguntó Iván, casi implorando—. ¿Pasa algo?

Jade se reacomodó poniendo algo de distancia entre ellos. Necesitaba un minuto para pensar, un minuto para aclarar sus ideas antes de tomar decisiones difíciles. Su cuerpo ansiaba sentir sus manos de nuevo, pero su mente seguía regresando a la imagen de aquella mujer.

—Deberías de regresar a la fiesta, Iván. Tu novia probablemente está esperándote.

—¿Qué novia? ¿De qué estás hablando? —su confusión era evidente.

—¿La rubia que no podía mantener sus manos lejos de ti?

—¿Quién? ¿La rubia que estaba conmigo hace un rato? —le sonrió—. No es mi novia, es una conocida de negocios.

—Pues no es lo que parecía —respondió burlonamente.

—¿Estás celosa? —Iván sonrió intrigado.

—¿Por qué tendría que estarlo? Ni siquiera te conozco —dijo indignada. Sintiendo que la chaqueta la asfixiaba, luchó por liberar sus brazos.

—Déjame ayudarte —Iván desabotonó la chaqueta y se la quitó, colocándola sobre sus piernas. Miro hacia la fiesta en la distancia. Cuando habló, su voz era suave y sincera—. Es chistoso como un sentimiento puede tomar unos pocos minutos o algunos años para surgir. Cuando te vi por primera vez, supe que había algo ahí, algo que no podía identificar. Me volvió loco. —Pasó una mano por su cabello, acomodando el desorden que ella había provocado con su pasión—. Ya sea que quieras negarlo o aceptarlo, la elección es tuya. Pero sé que lo sientes también. Lo supe con tu beso —la miró y sonrió.

—Iván, yo… —un grito de la gente hizo eco en el jardín. Evidentemente la banda había encontrado la canción perfecta. Jade sonrió cuando la familiar melodía flotó en el aire.

—¿Te gusta Sinatra? —preguntó Iván.

—Quizá —respondió juguetona, dándose cuenta que había empezado a moverse siguiendo la música—. ¡Me encanta esta canción!

Jade sintió que algo de la tensión en su cuerpo comenzaba a disolverse y no pudo evitar sonreír. Iván era un extraño, pero le hacía sentir cosas que habían estado apagadas por mucho tiempo.

—Si amas escucharlo, debes amar bailarlo también —dijo con una sonrisa infantil—. Ya estás prácticamente bailando —se puso de pie frente a ella y le ofreció la mano—. ¿Me concedes este baile?

Tentativamente, Jade permitió que la llevara al centro de su improvisada pista de césped. La humedad empapó sus pies cuando sus cuerpos comenzaron a moverse. Ella descansó su cabeza en su pecho y envolvió sus brazos en su cuello al tiempo que las románticas notas de «*The way you look tonight*» de Sinatra, empezaban a inundar el aire que les rodeaba.

Se movieron lentamente cruzando el pasto y ella le sonrió, poniendo su mejilla contra la suya. Un sonido bajo vibró en la garganta de Iván y fue creciendo. La sonrisa de Jade se amplió mientras el gentil ronroneo de su voz se transformaba en una suave canción de apasionadas palabras y él comenzaba a cantar en la más ligera y aún más seductora de las formas.

Con sus brazos rodeándole firmemente y una sonrisa llenándole el rostro, Jade no pudo evitar unirse a su serenata. Sus voces se derritieron en una armoniosa mezcla, estimulada por una pasión desenfrenada. Aquél era uno de esos momentos que estaban destinados a permanecer con ella eternamente. Un completo extraño había capturado su corazón, aunque fuera sólo por una breve canción.

Iván la miró intensamente a los ojos. La tomó de la quijada y acercando su boca a la suya, susurró contra sus labios:

—Ven conmigo a mi hotel.

—Está bien —consiguió susurrar Jade antes de que sus bocas se unieran de nuevo.

Sus cuerpos, sus lenguas, bailaron al unísono. Jade tembló y el agarre de Iván sobre su cuerpo se hizo más fuerte cuando ella se derritió contra él. La boca de él presionó la suya, dura y rápida, sus labios dóciles cuando ella le dejó entrar.

La canción se alentó igual que la ferocidad de su beso, pero sus cuerpos permanecieron presionados. Iván levantó la cabeza y preguntó: —¿Estás lista para irte?

—Tengo que encontrar a mi compañera y avisarle a dónde estoy yendo —explicó Jade, de pronto muy práctica—. ¿Dónde te estás alojando?

—El Windsor Arms.

—Dame cinco minutos —respondió Jade aún con la respiración acelerada—, te alcanzo ahí.

—¿Estás bromeando, correcto? —se carcajeó—. De ninguna manera te dejaré fuera de mi vista.

—Tengo que decirle a Tasha que me voy —insistió Jade—, me matará si desaparezco así como si nada.

—Tu amiga ya sabe que tú no vas a acompañarla de regreso al hotel esta noche. Además, creo que ella tiene planes por sí misma —Iván la movió para que pudiera observar a Tasha y Michael moviéndose lenta y graciosamente en la pista de baile.

—Muy bien —accedió—, tú diriges.

Jade siguió a Iván cruzando el jardín y a través de la mansión, bajando los escalones del frente, hasta una limosina negra. Intentó ser aventurera, pero algo aún la incomodaba. ¿Por qué podría asumir Iván que Tasha conocía sus planes? Buscando su teléfono en el bolso, encendió la pantalla y contra todo pronóstico, tenía un nuevo mensaje, de Tasha, nada menos.

«Cuídate y diviértete» —decía.

Jade hizo una nota mental para indagar después de qué se trataba «todo eso». Con la conciencia más tranquila, se deslizó silenciosamente en el asiento trasero de la limo y sonrió cuando Iván la envolvió en sus brazos. Esa noche era todo acerca de ellos y de seguirle justo donde lo dejaron en el jardín.

CAPÍTULO 3

"Sex on Fire"

Un temblor recorrió la columna de Jade cuando Iván echó a un lado un mechón de su cabello. Sintiendo de pronto una necesidad de aire fresco, presionó un pequeño botón en la puerta del coche y bajó la ventana. El fuego que la consumía no era algo que pudiera medir en grados, ni ser extinguido por una simple ráfaga de viento. Era simple pasión y necesidad y estaba amenazando con consumirla.

—¿Estás bien? —preguntó Iván, acercándose más a ella.

—¿Por qué? ¿A caso me veo mal? —respondió Jade, su voz quebrándose en la última sílaba.

—Te ves absolutamente espectacular. Pero si no lo supiera mejor, diría que… —Iván dudó un instante, después subió la mano hasta la mejilla de Jade y la acarició con el pulgar—. Pareces asustada.

Jade sintió sus mejillas ruborizándose y agradeció la escasa luz del automóvil. Moviéndose torpemente en el asiento murmuró: —Es sólo que ya ha pasado un tiempo desde…

—¿Desde qué sentiste algo así? —preguntó Iván, lentamente bajando su mano para trazar la línea en V del vestido de ella. Acarició la seda que abrazaba sus senos y Jade sintió que su cuerpo saltaba de nuevo en respuesta—. ¿Algo como esto? —susurró antes de presionar sus labios con los de Jade, lentamente succionando su labio inferior entre los de él.

El sabor del vino y el aire salado llenó su boca cuando profundizaron el beso, haciéndose más rudo cuando el cuerpo de Jade se presionó contra el suyo, demandando que ni un mínimo espacio quedara entre ellos. Iván saboreó sus labios con su lengua y se hundió profundamente en su boca.

Iván se retiró, ahuecando la mejilla de Jade en sus manos y descansando sus labios tiernamente en su frente, ambos luchando por respirar. Sus ojos tenían un brillo extraño con la luz de las lámparas de la calle que pasaban. Tentativamente, colocó su mano sobre la pierna de él, acariciándolo ligeramente con las puntas de sus dedos y parando cuando lo sintió tensarse. Retiró la mano rápidamente al tiempo que él le advertía: —Si sigues tocándome así, habré terminado antes de que empecemos siquiera.

Jade sonrió. Saber que tenía ese efecto en él, la encendía más de lo que alguna vez podría haber imaginado. Intentó seguir adelante con sus caricias. Pero su sonrisa terminó pronto cuando Iván tomó de nuevo sus labios, invadiendo su boca con lentos y deliciosos roces de su lengua. «Está intentando volverme loca» —pensó Jade. Pero entonces todos sus pensamientos de desvanecieron cuando él la recostó en el asiento. Su erección presionada firmemente contra su pierna. El cuero del asiento hizo un ruidito cuando él se recostó encima de ella, reteniéndola contra el colchón.

Ella arañó su ropa, necesitando remover todas las barreras que los separaban, necesitando sentir la piel de Iván contra la suya, pero el sonido de ropa rasgándose la congeló. —¡Ups! —dijo con una risita tonta.

Iván se detuvo a investigar y Jade pudo apreciar que la costura de su chaquete estaba desgarrada. Aunque ese destrozo no parecía la menor de sus preocupaciones. Sin más que un ligero encogimiento de hombros, él se estiró hasta alcanzar el dobladillo de su vestido de seda. Deslizó su mano debajo del material para poder acariciarle las piernas. Jade arqueó su espalda y él finalmente movió sus dedos lo justo para tocar la delgada capa de tela entre sus muslos, ya estaba húmeda de anticipación.

Jade se congeló cuando una voz resonó en el parlante. —Discúlpeme, Dr. Rusilko. Hemos llegado.

Jadeado tan fuerte como un corredor después de cinco kilómetros, Iván presionó el *intercom* y respondió: —Gracias, Drewe —regresando su atención a Jade, sonrió—, ya llegamos.

—Gracias a dios —Jade se rio entre dientes—, porque un minuto más de todo esto y estaría perdida.

—Yo también —respondió Iván, sin aliento, mientras se sentaba y la soltaba finalmente.

«Así que Dr. Rusilko…» Jade comprendió que las conjeturas de Tasha eran cien por cierto incorrectas. No era sólo la apariencia le había llevado hasta donde estaba. Era un doctor… pero ¿en qué?

Sin esperar al chófer, Iván abrió la puerta del auto y la jaló detrás de él. Corrieron hacia el hotel tomados de la mano y riendo como dos adolescentes. Pasaron apresuradamente frente al aburrido recepcionista y el conserje, que les dio la bienvenida como si fueran de la realeza. Iván saludó al hombre de la barba con una sonrisa y un ligero asentimiento, acelerando el paso para llegar casi corriendo hacia el elevador.

Cuando las puertas de bronce se abrieron, Iván entró primero, abrazando a Jade y cayendo torpemente contra la pared de cristal. Se agarraron el uno al otro, casi rasgando sus ropas y a ella le costó todo un minuto darse cuenta que el elevador no se estaba moviendo. Le miró y descubrió que él había llegado a la misma conclusión. Sonriendo tímidamente estiró el brazo para apretar el botón marcado con una E.

—¿Vamos al estacionamiento? —bromeó Jade—. Creí que tenía un poco más de clase, doctor.

—E, no es para estacionamiento, confía en mí —murmuró Iván y la apretó de nuevo contra la pared.

Ella podía sentir su excitación creciendo mientras sus ansiosas manos encontraban sus senos. Apoyó la cabeza contra el cristal, su corazón latiendo salvajemente al sentir cómo pellizcaba y acariciaba sus pezones a través de la tela del vestido, arrancándole un gemido de placer desde lo más profundo de su ser. Jade se estiró para poder bajarle la cremallera. Apretándolo con firmeza y le encantó descubrir que «Míster Mangazo» era también «Míster Paquetazo».

El elevador se detuvo y él retrocedió apresuradamente, subiéndose la cremallera de los pantalones. Iván salió del ascensor y Jade le siguió un paso detrás, metiéndole las manos en los bolsillos traseros.

Él gimió.

—Estoy haciendo un enorme esfuerzo por contenerme —le informó. Afortunadamente, no tenían que ir muy lejos. Iván caminó solo dos pasos para llegar a la puerta de la felicidad. Buscó en el bolsillo de la chaqueta la tarjeta magnética y la puerta se abrió completamente.

Un toque en el interruptor reveló una elegante habitación con lujosos muebles de cuero en la sala de estar y un gran televisor de plasma encima de la chimenea. Una mesa de cerezo con sus sillas estaba a un costado de la habitación, llamativas obras de arte moderno adornaban las paredes. Jade observaba con curiosidad a Iván, mientras éste se acercaba a examinar una canasta de obsequios y dos botellas de vino que parecían ser bastante caras, enfundadas en bolsas de terciopelo negro colocadas encima de la mesa. Removiendo la tarjeta de la canasta, abrió el sobre para leer su contenido.

—¿Qué es eso? —preguntó Jade.

—Un agradecimiento de la bodega de esta noche —respondió, tirando la tarjeta en la mesa—. Buenos clientes de negocios y muy buenos amigos.

«¿Quién diablos es este tipo?» —pensó Jade—. «¿Primero una mesa VIP y ahora una suite en el hotel más lujoso de Sarasota?» Su atención se desvió cuando vio a Iván desaparecer en la habitación contigua. Regresó un minuto después sin su chaqueta desgarrada y se acercó a Jade, que se encontraba junto al sofá. Ella se sentía nerviosa, como una chavita en su fiesta de graduación. La tomó de la mano y la llevó hasta el balcón. Les recibió el aire frío de la noche, pero ella apenas y se dio cuenta. Su cuerpo aún ardía con la pasión que habían compartido en la limo.

—Es impresionante —susurró Jade. Su voz se perdió en el viento mientras su mirada recorría la espectacular vista de la playa y la luz de la luna reflejada en el océano. En una esquina de la terraza, rodeada de exuberantes plantas, estaba una pequeña mesa de hierro fundido y dos sillas. Jade se acercó más a la barandilla y se inclinó para mirar el agua. Después de un momento se relajó al sentir la calidez de Iván presionado contra su espalda.

—¿Tienes idea de lo hermosa que eres? —susurró. Dándole la vuelta para tenerla frente a él, enterró sus manos en su cabello mientras su boca de nuevo se unía a la de ella, saboreando, incitando, atormentando… mientras la empujaba hasta que su espalda se detuvo en la puerta de cristal. Sus manos recorrieron su cuerpo y se arrastraron hacia abajo para levantarle el vestido, apretándola más contra la puerta. Dejó de besarla para colocar su boca contra su seno y Jade sintió su pezón tensándose cuando él la chupó.

—¡Oh dios, Iván! —gimió cuando su hábil lengua la degustaba.

Se tambalearon a través del patio hasta que ella pudo sentir el frío metal de la mesa en sus muslos expuestos. Iván continuó mordisqueándole los pechos sobre la seda de su vestido, sus manos levantaron el dobladillo para dejar sus piernas al descubierto. Jade le tomó las manos y las movió sobre su cuerpo, dejando que las puntas de aquellos dedos la acariciaran lánguidamente. Poco a poco, sus manos fueron bajando hasta tocar la cinta de raso de sus caderas. Jade era consciente que esa era la última barrera entre ellos y no podía moverse lo suficientemente rápido.

Haciendo a un lado la tela sedosa de las bragas, Iván presionó sus dedos contra su sexo, suavemente al principio, después con más urgencia, mientras sus dedos se hundían juguetonamente en la calidez del cuerpo de Jade. La acarició lentamente, con ligereza, su mano moviéndose al ritmo de las olas rompiendo contra la playa. Jade podía sentir el calor acumulándose en la parte baja de su vientre, girando y revolviéndose a través de ella, abrumando sus sentidos. Jade nunca había sentido algo como eso, nunca. Los hábiles dedos de Iván la tenían casi desecha pero ella necesitaba sentirlo dentro de su cuerpo, necesitaba sentir el palpitante pulso de su polla, latiendo contra ella, llenándola. Y Jade lo necesitaba justo en «ese» instante.

Alejando las manos de Iván, Jade se agachó y con un solo movimiento, le bajó la cremallera y se arrodilló frente a él. Tirando de su pantalón y su calzoncillo para bajarlo por sus piernas hasta que descansaban alrededor de sus pies. No jugó con él, ni lo lamió primero, lo tomó dentro de su boca, tomó cada lujurioso centímetro de él.

—Joooooder —gimió Iván. Jade sabía que estaba atormentándolo con sus manos y su boca. Después de unos pocos momentos delirantes, él la agarró de los hombros y la levantó hasta colocarla gentilmente sobre la mesa. Colocando su cuerpo entre sus piernas, se las separó, recorriéndolas con sus manos antes de detenerse en el borde del vestido.

El intricado patrón de la mesa se le estaba clavando en la espalda, pero un vistazo a la mirada carnal de Iván era todo lo que su cuerpo necesitaba para rendirse. Su propia lujuria se encendía mientras lo veía estirarse entre ellos para colocarse un condón sobre su miembro y enterrarse dentro de ella. Cuando sintió la punta de pene presionando con fuerza contra su entrada, Jade dejó caer su cabeza y se perdió en el placer. Iván tomó de nuevo el delgado satén que rodeaba su cadera, lo desgarró de un tirón y entonces se hundió en el calor de su cuerpo.

Jade ahogó un gritó cuando él la llevó casi de inmediato al precipicio. El hecho de que ella hubiera querido eso desde el mismo instante que había puesto sus ojos en él, hacía que todo fuera más poderoso. La promesa de la liberación se extendía en su interior con cada embestida de su polla, una lujuria pura la engullía con cada deliciosa penetración, acercándola al éxtasis.

Lo miró. Su cabello moviéndose atrás y adelante a la luz de la luna mientras se enfocaba intensamente en penetrarla por completo.

—Fóllame duro —le rogó Jade, las palabras saliendo de sus labios antes de que pudiera pararlas. «¿Qué?» Ella nunca había sido una descarada para hablar, pero joder, se sentía tan bien. Iván sonrió, pareciendo incluso más salvaje que antes mientras incrementaba el ritmo de sus estocadas.

—Por favor —gritó Jade, sin saber exactamente qué estaba pidiendo. La gloriosa sensación de tenerlo dentro de ella, llenándola por completo, era demasiado para soportarlo. Sus cuerpos moviéndose al unísono mientras alcanzaba un orgasmo que nunca había creído posible, corriéndose tan duro que su sangre golpeaba en su cabeza. Pero Iván no le dio tregua, en cambio, le levantó una pierna sobre sus hombros para estimularla desde un ángulo diferente.

Parecía que él se estaba llevando a sí mismo a un nuevo nivel, porque sus quejidos se hicieron más graves, cuando aumentó la velocidad a un ritmo frenético. Jade gimió de placer y los embistes de Iván se hicieron más profundos mientras se preparaba para unirse a ella en el éxtasis. Jade sintió su polla hincharse y supo que él estaba a punto de correrse. Agarrándolo de la corbata, lo atrajo hacia ella y movió sus caderas para encontrarse con su último empuje, incrementando su penetración y enviándolo sobre el límite. Agarrando la pierna sobre su hombro, gruñó al tiempo que enterraba su polla completamente, encontrando su liberación muy dentro de ella. Sus movimientos se volvieron lentos y echó la cabeza hacia atrás revelando una mirada de completa satisfacción, dejando a Jade incapaz de moverse después de la pasión compartida.

A medida que el delirio decaía a un ligero hormigueo, Iván se sacó los pantalones por completo y levantó a Jade en brazos. La llevó dentro, pasando la sala de estar hasta llegar al dormitorio. Después de colocarla suavemente en el centro de la cama *King size*, le quitó cuidadosamente el vestido, para después quitarse la camisa y la corbata que aún tenía puestas.

Un montón de seda, lana y satén quedaron apilados en el suelo a lado de la cama y muy pronto estuvieron desnudos uno en brazos del otro. De repente, sintiéndose muy insegura, Jade intentó cubrir su cuerpo con los brazos y sus manos.

—No, no lo hagas —susurró Iván—. Eres magnífica. Quiero verte.

—Yo…

—Tú eres impresionante —respondió y la hizo callar con su boca. Las lujosas sábanas de algodón seducían su piel, pero no eran nada comparadas con la sensación del cuerpo tonificado de Iván de nuevo sobre ella. Jade acarició las suaves curvas de esos músculos que se flexionaban con cada movimiento de su cuerpo. Sus manos bajaron por las crestas del estómago, cada uno de sus dedos subiendo y bajando para rozarle los músculos definidos.

Iván la besó suavemente en la boca, tendiéndose en la cama en una maraña de brazos y piernas. La pasión dando paso al letargo y la relajación, Jade se encontró incapaz de decir dónde empezaba su cuerpo y terminaba el del otro. Se quedó dormida envuelta en su abrazo y bañada en su esencia.

CAPÍTULO 4

"Where Are You Going"

El sol matutino entraba a raudales a través de las puertas abiertas del balcón de la suite, llevando con él la brisa del océano. Jade se despertó con la extraña sensación de su piel siendo calentada y enfriada al mismo tiempo. Fuertes brazos le rodeaban la cintura y un millón de preguntas bombardeaban su mente mientras veía al bronceado espécimen que descansaba a un lado de ella. «¿Qué sucedió anoche? ¿Dónde estoy? ¿Tiene un tatuaje… de una serpiente entrelazada en una vara? ¿Cómo es que no lo vi antes? ¡Por el amor de dios! ¿Cómo diablos se llama?»

Jade luchó con la confusión provocada por la resaca que amenazaba con volarle la cabeza. Cuando cerró sus ojos y se obligó a concentrarse, los recuerdos le fueron llegando poco a poco. Recordó a Tasha presentándole a un bombón antes de que se perdieran en la pista de baile. También recordaba haber estado un buen rato comiéndose con los ojos al tipo magnífico que estaba en una de las mesas VIP. ¿Era él quien estaba a su lado? Se dio la vuelta para mirar al hombre que la abrazaba posesivamente, desnudo y en toda su gloria a la luz del día, ella absorbió cada detalle: la mata de pelo café que le colgaba en un desorden sobre los hombros, los labios carnosos (con la parte superior un poco más pequeña que la parte inferior), estirados en una sonrisa satisfecha. Su cuerpo cincelado parecía que hubiera sido esculpido en fino mármol italiano… ¡Era él!

La idea de las estatuas le trajo un sensual recuerdo de la noche previa. Una gran fuente en medio del jardín, el olor de cigarrillos y una perfume embriagador. El Príncipe encantador cantando suavemente en su oído mientras se balanceaban sobre el pasto. Todos esos recuerdos le llevaban a… «¡Dios mío!» —Gritaba silenciosamente Jade—. «¿Cómo demonios se llama?» A costa del inevitable dolor de cabeza, cerró nuevamente sus ojos, oprimiéndolos con fuerza y se concentró. Doctor algo… ¿Evan, quizá? ¿Igor? Jade apretó los dientes con frustración.

Abrió sus ojos para mirarlo de nuevo, su rostro tan relajado y feliz contra la suavidad de las almohadas de plumas. Emoción, placer, temor y nerviosismo cayeron sobre ella como un maremoto. Allí estaba ella, acostada junto al hombre más hermoso que hubiera visto nunca, queriendo despertarlo y exigirle una repetición, pero no podía ni siquiera recordar su nombre.

Teniendo mucho cuidado de no despertarlo, Jade sacó lentamente el brazo que le rodeaba la cintura. Él se movió pero siguió durmiendo. El movimiento provocó que el dolor de cabeza la golpeara con fuerza. Rodando sobre su costado, Jade buscó sus ropas en el piso, sólo para descubrir que no estaban por ningún lugar. Ahogó un gemido y se quedó en el borde de la cama, usando una punta de la sábana para cubrirse porque podría despertar a Míster Mangazo si intentaba agarrar un poco más de tela. Lo último que deseaba era que él se despertara. Necesitaba unos pocos minutos a solas para ordenar sus pensamientos.

Luchando por salir de la cama, Jade se puso de pie y salió por las puertas del balcón, desatando las cortinas a su paso, hasta que una botella llamó su atención. Al mirar a escondidas a través del pequeño espacio que quedaba entre las cortinas, Jade vio la mesa de hierro en la esquina y empezó a recordar lo que habían compartido bajo las estrellas… las cosas, los sonidos, las caricias. «¡Oh dios, las caricias!» Un temblor le recorrió la columna al recordarlo, a él y a todo lo que le había hecho. «¡Maldición! ¿Por qué no puedo recordar su nombre?»

Echando otro vistazo rápido a través del cuarto, Jade no pudo encontrar sus ropas. Corrió hacia el baño y tomó su bolso que estaba sobre el tocador, rápidamente y con gran cuidado de no hacer ningún ruido, cerró la puerta tras ella. Colgando de un gancho estaba la inservible chaqueta que casi había arrancado del cuerpo de Iván en el asiento trasero de la limusina. «Iván. ¡Eso es!» —se regocijó silenciosamente. Agarrando la chaqueta de donde estaba colgada «Mmmm, Perry Ellis», lo envolvió alrededor de su cuerpo. Su maravillosa esencia aún impregnaba la tela «¿qué colonia será?». Ella inhaló profundamente y sonrió.

Jade se giró hacia el ornamentado espejo en la pared sobre el lavabo y el reflejo que la observó del otro lado, no era uno que ella reconociera. Una masa de cabello negro desordenado y apuntando en todas direcciones. Y las líneas del rímel y lápiz de labios corridas sobre su rostro. Tomando una toalla del montón en la repisa, abrió el grifo de agua caliente hasta que el vapor inundó el aire. Talló su rostro con un montón de jabón hasta que no hubo ni una gota de maquillaje ensuciándolo. Una vez que estuvo satisfecha viendo que ya no parecía un mapache, abrió un cajón y buscó un cepillo. En su lugar encontró un cepillo de dientes, una rasuradora y un peine de dientes muy finos. Agarrando el cepillo, se peinó rápidamente el cabello largo hasta que consiguió verse presentable.

Apenas y notó los detalles del lujoso baño, se acomodó a un lado de la tina mientras buscaba en su bolso el teléfono celular. Si no podía encontrar sus ropas, tenía que llamar a Tasha y esa era la única cosa que quería evadir a como diera lugar. Al momento de tocar la pantalla del celular, le saltó la notificación de que tenía cuatro mensajes de texto sin abrir. Abrió con rapidez el primer mensaje y empezó a leer.

OMG! ¿Tienes idea de con quién estás?Sabía que tenía que ser importante para estar en una mesa VIP, pero esto es más que absurdo. Míster Mangazo es todo eso y más!!

Debajo del texto estaba un enlace en color azul. ¿Por qué demonios Tasha tenía que usar un enlace cuando una simple descripción podría ser suficiente? Jade tocó el enlace y le abrió de inmediato la ventana del explorador. El encabezado del artículo decía todo: «Dr. Ivan Rusilko es coronado Mr. USA.»

Jade escaneó el artículo hasta que encontró un pedazo de información jugosa: «El Dr. Rusilko está por iniciar su preparación para representar a Estados Unidos en el certamen internacional de belleza masculina más importante, que se llevará a cabo en Incheon, Corea del Sur.»

Después de leer un poco más, bajó hasta el final de la página donde estaba el enlace a la foto galería. Saltando de una imagen a otra, Jade se dio cuenta que sus recuerdos de la noche previa no estaban ni un poquito alterados. Cada maravilloso pedazo de él era real. Real y sólido como la roca. Una gran sonrisa llenó su rostro. Abrió el siguiente mensaje en el que Tasha no se había molestado en escribir nada, sólo había enviado un nuevo link: «Dr. Iván Rusilko se une al spa médico de clase mundial en Miami.»

—¿Qué? ¿Cómo es posible que viva en Miami? —susurró Jade. Sintiéndose un poco mareada, luchó por reprimir una carcajada—. Y es médico. ¡Vaya! «Su experiencia incluye pérdida de peso, *wellness*, mejoramiento físico y sexual».

«¿Mejoramiento sexual?» Ella podría atestiguar de su experiencia en esa área. Jade no pudo evitar preguntarse que sería un spa médico, pero había textos aún sin leer. El tercer mensaje simplemente decía «¡Qué suertudota!», e incluía otro brillante enlace azul. Con trabajo podía contener su emoción mientras esperaba que cargara la página. «¡Iván Rusilko e Irena Stang han roto!»

Irena Stang… el nombre le sonaba familiar pero Jadén no podía ubicar de dónde. Continuó leyendo.

Después de una relación muy pública, Iván Rusilko, médico de renombre y modelo internacional y la reina de belleza y actriz italiana Irena Stan, han terminado su relación. Los publicistas reportan que se trata de un rompimiento amigable y que la pareja sigue con su amistad. Este es sólo uno de los muy públicos rompimientos del buen doctor, que parece tener una carrera hecha para salir con modelos, actrices y reinas de belleza.

Jade maldijo por lo bajo. Por eso el nombre le sonaba tan familiar. Irena Stang se estaba convirtiendo en una de las actrices más cotizadas de Hollywood. La euforia que le habían causado los dos primeros mensajes estaba empezando a disolverse. Reinas de belleza, modelos, actrices… ¿Cómo podía una chef competir con eso?

Incorporándose, regresó al espejo. Por primera vez en mucho tiempo detestó a la persona que veía. Por supuesto que trabajaba duro para mantenerse en forma, pero al igual que cualquier otra mujer, de vez en vez, Jade luchaba con sus defectos. Su cabello era muy oscuro, su busto muy pequeño. No tenía nada que ofrecer a un hombre acostumbrado a tal perfección. Desilusionada, abrió el cuarto y último mensaje.

Voy a desayunar con Micky. ¿Quieres que te espere o vas a volver a Miami con Míster Mangazo?
De cualquier manera, prepárate para soltar TODOS los detalles jugosos, chica!

Aún sin llevar nada más que el saco de Iván, Jade regresó de puntillas al cuarto y vio el impecable mármol y la mullida alfombra cubriendo el piso. Una televisión de pantalla plana colgando sobre el más que bien surtido bar de caoba y un piano en un rincón de la estancia completaba la decoración. El esplendor del cuarto había pasado desapercibido para ella en su estado de embriaguez y lujuria la noche anterior. Pero allí, sin poder encontrar sus ropas, Jade tomó una respiración profunda para calmarse y reunió cada pedazo de valor que pudo, para regresar a la habitación. Evitando hacer ruido, rodeó la cama hasta el lugar donde Iván dormía plácidamente. Echando un vistazo debajo de la cama, descubrió un hilo negro que parecía ser su bra. Agachándose, metió la mano debajo de la cama hasta que consiguió recuperar su vestido y su sostén favorito, pero no sus pantis. Bueno, algo era mejor que nada. Después de hacer su camino de vuelta al baño, se quitó la chaqueta de Iván y se puso su ropa para hacer una salida rápida.

Deteniéndose en la puerta medio abierta de la habitación, Jade vio a Iván dormido. Las lágrimas llenaron sus ojos. Quería quedarse pero sabía que sólo se estaría poniendo en línea directa a la desilusión. ¿Cómo podría competir con todas esas mujeres ricas y hermosas con las que él salía? Aun así, su corazón le decía que irse sería uno de los peores errores de su vida. A pesar de ello, Jade se fue sin dejar ni una nota ni un beso de despedida. Se fue dejando a Iván solo en la cama.

Cuando llegó al lobby, Jade aún luchaba por mantener a raya las lágrimas. Saludo silenciosamente al portero, quien inmediatamente le consiguió un taxi. Se deslizó en la parte trasera del vehículo, viendo con arrepentimiento como desaparecían el hotel y su hombre misterioso.

CAPÍTULO 5

"Cannonball"

Jade abrió la puerta del cuarto que ella y Tasha habían planeado compartir en el hotel, notando el contraste con la suite donde había pasado la noche. Corrió hacia la cama más cercana y enterró la cara en la almohada. Incapaz de sostener un minuto más las lágrimas, éstas llegaron rápidamente y Jade no pudo evitar preguntarse si había hecho lo correcto al marcharse. Una parte de ella se arrepentía de haberse ido sin dejarle una nota, pero no había nada que pudiera hacer en ese momento. Iván ciertamente no tendría deseos de saber nada de ella después de la forma en que lo había dejado. Además, era muy probable que ella sólo fuera una muesca más en su cinturón, una más en su larga lista de mujeres con las que se acostaba, la cual sólo iba en aumento. Por lo menos él tenía ahora sus bragas como trofeo, un recuerdo de su primera, y única noche juntos. «¡Ah! El balcón» —recordó. Ahí las había dejado. Él se la había arrancado en el calor del momento.

Dándose la vuelta en la cama, Jade notó las maletas a un lado de la puerta; empacadas y listas para irse. El reloj de la mesita de noche marcaba las 11:29. Tasha estaba afuera con Michael (Micky, como su amiga parecía haber empezado a llamarle), y tenían aún una hora y media hasta el *checkout*. Reuniendo toda la energía necesaria para levantarse, Jade se puso de pie, jaló su maleta hasta la cama y se dispuso a buscar algo de ropa. Ignoró el dolor de cabeza y se movió torpemente hacia el baño. Quizá una buena ducha con agua caliente podría acabar con la resaca haciendo estragos en su cuerpo y limpiarla de esos pensamientos que asaltaban su mente.

Abrió el grifo mientras se desnudaba y echó el vestido a un lado. Corrió la cortina de la ducha, se deslizó dentro y permitió que el calor se metiera dentro de sus poros. El agua caliente escurrió encima de ella, llevándose consigo algo de la tensión y la débil esencia picante de Iván, que aún quedaba en cada pulgada de su cuerpo (una esencia que quedaría para siempre grabada en su memoria).

El sonido de la puerta principal de la habitación le regresó al mundo real. Cerró la llave de agua y se envolvió en la toalla. Un coro de risas hizo eco dentro del baño y por un segundo Jade sintió celos de su mejor amiga. Después de vestirse con sus jeans y una playera, secó su cabello y lo arregló en una coleta y entonces abrió la puerta del baño.

Tasha y Michael estaban en el centro de la cama, en un montón de manos y piernas entrelazadas, besándose y acariciándose uno al otro, por fortuna, aún estaban completamente vestidos. Jade se aclaró la garganta para avisarles de su presencia, pero aún tuvo que desviar la vista cuando Michael se movió dejando a la vista su más que obvia erección.

—¡Oh, wow! —exclamó Tasha moviéndose también—. Qué pena.

—Lo siento —respondió Jade girándose hacia la puerta—, les daré algo de privacidad.

—¡Oye, espera un minuto! —Tasha saltó de la cama y paró a Jade antes de que pudiera dejar el cuarto—. ¿Va todo bien? —preguntó tranquilamente—. Pareces algo… triste.

—Estoy bien —mintió Jade—. Sólo necesito algo de café.

—Déjame conseguir mi bolso y vamos contigo.

Jade quedó mirando a donde Michael descansaba en la cama, cubriéndose con una almohada y sonriendo de oreja a oreja.

—Queda sólo una hora hasta el *checkout* y creo que tu nuevo amigo quiere despedirse. ¿Por qué no bajo yo sola por un café y tú puedes alcanzarme en el lobby cuando sea el tiempo de irse?

—¿Estás segura? —preguntó Tasha, sus ojos dirigiéndose hacia la cama—. Quiero decir, puedo ir contigo si quieres.

—Por favor, no puedes dejar al pobre hombre en ese estado —dijo Jade con forzado entusiasmo.

Tasha abrazó a Jade.

—Gracias, te debo uno —susurró.

—Sí, me la debes.

Jade pudo escuchar las risitas tan pronto como ella cerró la puerta. El viaje en el elevador hasta el lobby, fue acompañado por la música alta en las bocinas, lo que sólo sirvió para intensificar su dolor de cabeza. Escurriéndose entre la gente que estaba haciendo fila en la recepción, Jade entró al restaurante y encontró un pequeño cubículo con una vista clara de los elevadores. Por fortuna la hora pasó rápidamente, porque su mente estaba de nuevo repasando las imágenes de la noche previa, mismas que ella necesitaba olvidar. De todas maneras, sabía que esos recuerdos estaban ya grabados en su memoria. Jade iba por la segunda taza de café cuando Tasha y Michael salieron del elevador, ella sonriendo y él cargando el equipaje. Llamando a la mesera, ordenó tres cafés para llevar antes de unirse a ellos.

—¿Te sientes mejor? —preguntó Tasha cuando la vio acercarse.

—Un poco —respondió Jade al tiempo que les daba a cada uno de ellos su respectiva taza de café.

El *checkout* fue rápido y Jade se sintió encantada cuando vio su minivan al final del estacionamiento. Entre más rápido llegaran a Sarasota, mejor. Sacando las llaves de su bolso, abrió la puerta y se acomodó en el asiento del conductor, dándole a Tasha y Michael algunos minutos más de privacidad para despedirse. Los vio a través del espejo retrovisor, envidiando que ellos parecieran una pareja comprometida después de haber pasado juntos sólo esa noche.

—Ok, ¿ahora sí vas a decirme qué diablos te pasa? —exigió Tasha al minuto que se metió en el auto—. No puedes estar triste después de pasar una noche con un caballero tan exquisito como Míster Mangazo.

—¿Podemos hablar de otra cosa, por favor? —gruñó Jade mientras echaba la reversa y salía del estacionamiento—. ¿Qué pasó entre «Micky» y tú? Los dos se veían horriblemente amistosos. Estoy presintiendo algo más que un rollo de una noche.

Tasha se ruborizó y desvió la mirada.

—No sé. Espero que sea algo más que una simple noche.

—Suéltalo de una vez —dijo Jade—. Quiero todos los detalles jugosos.

Tasha le sonrió y se metió a una detallada explicación de su noche. Habló por unos buenos minutos y de pronto se quedó tranquila antes de soltarse a hablar de nuevo.

—¡Y dios mío! Ese tipo está como un toro. Te juro que sabe bien lo que hace. Y su lengua… ¡Por dios! Sí que sabe cómo usarla. Debe de haber estado ahí abajo por una hora, o al menos eso es lo que pareció.

Llegados a ese punto, Jade esperaba que Tasha se pusiera roja pero su sonrisa sólo se amplió con su más que detallada explicación.

—Al principio intentó detenerme para que no le devolviera el favor. Pero de ninguna manera le iba a dejar irse sin saborearlo primero, así que yo…

Jade comenzó a reírse. La felicidad que brillaba en el rostro de Tasha era suficiente para alejar a Iván de su mente.

—¿Cuándo vas a verlo de nuevo?

—Él vive en Fort Lauderdale y tiene que trabajar el siguiente fin de semana, pero probablemente el fin de semana después de ese. Mencionó algo de tener entradas para el juego de basquetbol o béisbol —se encogió de hombres y suspiró—. Espero que no te importe pero le dije que podía quedarse en nuestro depa —Tasha añadió un momento después—. Quiero decir, si no te incomoda tenerle ahí. Digo, podemos buscar un hotel o algo por el estilo.

—¿Bromeas? ¿Por qué podría importarme que llegue el fin de semana? La última vez que chequé, tanto tu nombre como el mío aparecían en el contrato del depa.

Tasha se quedó callada y después de un momento se giró hacia Jade.

—¿Ya estás lista para hablar?

—¿De qué? —preguntó Jade—. Pasamos la noche juntos, fue genial y ya se terminó.

—¿Eso es todo? ¿No vas a verlo de nuevo?

—Eso es todo —respondió Jade.

—¿Estás burlándote de mí, verdad? ¿Por qué dejarías ir a un tipo como ese —gritó Tasha, su voz haciendo eco en el carro—. ¿Has perdido la jodida cabeza?

—¿Qué más puedo hacer? —respondió Jade con acritud. Su tono más afilado de lo que intentaba. Fue en ese momento que se percató que durante toda la noche, Iván no le preguntó en ningún momento su nombre. Sintiéndose usada e infeliz, luchó por contener las lágrimas que la amenazaban de nuevo.

—Ese tipo sólo sale con celebridades y modelos y ciertamente yo no entro en ninguna de esas categorías.

—¿Qué dijo Iván cuando le hablaste de esto? Dudo mucho que te haya dejado ir sin platicarlo al menos.

—Ya te lo dije. No hay nada más de qué hablar. Estoy segura de que se sintió aliviado cuando despertó en una cama vacía. Basado en los artículos que me enviaste, yo diría que su mantra favorito es «sin condiciones».

—¿Te fuiste sin despedirte? —Tasha peguntó pareciendo muy confundida—. ¿Después de todo lo que hizo anoche para conseguir tu atención? Lo menos que podías haber hecho era avisarle que te ibas.

—¿Qué quieres decir con eso de todo lo que hizo anoche? ¿De qué estás hablando? —Jade miró a Tasha, casi desviándose de su trayectoria. Después de eso decidió detener la miniván y se giró hacia su amiga—. ¿Qué hizo exactamente para conseguir mi atención? ¡Ni siquiera sabía mi nombre!

—Eso no es verdad. Anoche mientras Michael y yo estábamos bailando, Iván se acercó para pedirme un baile, lo cual debo decir, no le agradó a Michael ni un poco. Mientras bailábamos me hizo un montón de preguntas sobre ti. Le dije tu nombre, que estabas soltera y que acababas de aceptar el puesto de Jefe de cocina en Bianca en Miami. Para el tiempo que terminamos de platicar, tú desapareciste hacia algún lugar y él se fue detrás de ti muy rápido. Por eso te mandé ese mensaje. Imaginé que no te vería de nuevo hasta esta mañana.

—¡Oh! —susurró Jade mientras veía hacia la nada. ¿Cómo podía un breve interludio con un hombre al que apenas y conocía, provocarle tales sentimientos de arrepentimiento? Incapaz de sostener las lágrimas un momento más, enterró la cabeza entre sus manos—. ¡Oh, dios! ¿Qué he hecho? ¡Lo jodí todo!

—Y sí que lo hiciste, ese tipo estaba verdaderamente interesado en ti —cuando Tasha habló de nuevo, su voz se suavizó—. Ya sabes. Siempre puedes *googlearle* y probablemente encontrarás su número o al menos su dirección de correo electrónico.

—No puedo hacer eso. Probablemente me odia en este momento —buscando en los espacios entre los asientos, encontró un pañuelo desechable para limpiarse el rostro—. ¡Mírame! Ni siquiera conozco a este tipo y ya estoy llorando por él. ¿No es patético?

—Será patético si sólo te cruzas de brazos y no haces nada —dijo Tasha—. Es obvio que él tiene un interés en ti. Encuentra su número y llámale. Si no lo haces, sólo te seguirás juzgando por dejarlo marchar.

Jade no dijo nada pero tomó una respiración profunda. Puso el direccional y se incorporó a la carretera. Subió el volumen del estéreo y muy pronto se perdió en sus pensamientos del trabajo. Estaba determinada a borrar todo rastro de Iván de su mente, incluso si eso significaba ser absolutamente miserable.

36

CAPÍTULO 6

"Run"

Los ojos de Iván comenzaron a arder mientras veía fijamente el monitor de la computadora, su dedo puesto directamente sobre la tecla «enter», seguía en la misma posición desde hacía cinco minutos.

Jade había tomado su decisión cuando lo dejó entusiasmado y seco, solo en una suite en la que habían compartido una noche monumental, se recordó. Incluso aunque la amiga de ella le había dado el nombre del restaurante donde Jade era la chef ejecutiva, después de su abrupta retirada él había estado dispuesto a sacarla de su cabeza. Y, sin embargo, ahí estaba, detrás del escritorio de cristal con un paquete de expedientes clínicos esperando por su atención, cada uno de ellos representaba a alguien que esperaba que él les ayudara a vencer a la madre naturaleza, y todo lo que Iván podía hacer era pensar en Jade. A pesar de la pintoresca vista del agua desde la ventana de su oficina, Iván sólo podía enfocarse en una cosa: verla de nuevo. Rápidamente escribió «Bianca» en el buscador y su dedo tembló sobre la tecla «Enter». Finalmente reunió el valor suficiente para seguir a su corazón y apretó el botón.

El primer enlace en la página de resultados, llevaba directamente al sitio web del restaurante. Tomando otra respiración profunda, dio *click* en la liga. La foto de Jade apareció de pronto en la página de inicio, junto con su biografía abreviada. Se veía tan impresionante como la recordaba: largo cabello rizado de color obsidiana, cayendo más abajo de sus hombros y sus chispeantes ojos esmeralda viéndole desde la pantalla, su boca mostrando una sonrisa.

Con sólo verla renacieron los sentimientos que había sentido aquella noche, cuando por un breve espacio de tiempo, ella había sido suya. Sentía la necesidad de verla, para poner sus demonios a descansar. ¿Pero con qué pretexto entraba en ese restaurante? Necesitaba una razón para estar ahí, para confrontar a la mujer que le había dejado sin respiración aquella cálida noche de septiembre.

Una idea tomó forma en su cabeza, así que inició sesión en su cuenta de correo y comenzó a escribirles un mensaje a varias personas que habían asistido a la Cena del Vino con él. Sus dedos volaban sobre el teclado mientras escribía.

> Hey, amigos,
>
> Quería decirles que fue fantástico verlos el fin de semana pasado. Siento mucho haberme ido tan pronto, pero estoy seguro que todos se la pasaron muy bien. Me han comentado que hay una fantástica chef nueva en Bianca, y me preguntaba si les gustaría llegar a echar un vistazo, por cuestiones de negocio, obviamente. Jaja! Sería un placer que pudieran encontrarme para el almuerzo este viernes a las 12:30 (¡corre por mi cuenta!). Déjenme saber si pueden llegar.
>
> Saludos,
>
> Iván

Su invitación fue aceptada. Los correos de respuesta siguieron llegando y la semana se pasó en un borrón. Antes de que estuviera preparado, Iván se encontró frente a la puerta de Bianca. Una montaña de tensión, anticipación, furia residual e incluso un toque de temor, pesaba sobre sus hombros. Una parte de él estaba aún enojado por la manera en que Jade se había marchado sin dejarle ni siquiera una nota, pero también quería ponerse en el lugar de ella y lograr comprenderla. Necesitaba que ella supiera que él quería algo más que un rollo de una noche y con algo de suerte, esa podría ser su oportunidad de hacerlo. Sonrió al coro de voces que charlaban detrás de él, porque le recordaban que no tendría que encarar por sí solo, aquella situación. Abriendo la puerta se hizo a un lado para permitir que sus amigos ingresaran al lugar.

Los empleados se movían con eficiencia por el restaurante mientras los comensales disfrutaban de sus platillos. Música clásica se filtraba a través de la estancia suavemente iluminada creando así un ambiente de elegancia. El olor de las trufas y el estragón tentaban al grupo mientras seguían al mesero hasta su mesa, pasando un gran retrato de la nueva jefa de cocina del restaurante. Iván se detuvo brevemente para admirar la imagen y la apariencia de Jade, viéndose tan hermosa y modesta, le agarró con la guardia baja. Una ola de náuseas le atacó y tuvo que esperar a que le pasara antes de seguir al grupo.

Para el momento en que Iván alcanzó a sus amigos, ya todos habían tomado asiento, dejándole sólo uno: en la cabecera de la mesa. Una mesera delgada y pelirroja se acercó a entregarles el menú justo cuando él estaba por ocupar su lugar.

—Buenas tardes, bienvenidos a Bianca. Mi nombre es Susan y les estaré atendiendo el día de hoy. Han elegido un buen día para acompañarnos. La chef acaba de añadir nuevos platillos al menú, incluyendo un platillo de atún de aleta amarilla a la parrilla preparado con un toque de lima fresca y menta.

Asombrado, Iván tomó el menú dispuesto en la mesa y escaneó la página. En efecto, el menú ofrecía el atún servido en la Cena del Vino, aunque por lo que veía en los ingredientes, Jade le había dado su toque personal a la comida. Sonrió. «Buen trabajo, Jade».

Después de tomar las órdenes de sus bebidas, la mesera estaba por marcharse cuando Iván le tocó ligeramente en el brazo.

—¿Disculpe, la Chef Thorne está preparando los alimentos el día de hoy? —preguntó tranquilamente.

—Claro que sí —respondió la mesera.

—Bien. ¿Podría por favor asegurarse de que ella personalmente prepare los platillos? Mis asociados trabajan en la industria y han estado ansiosos por probar sus creaciones.

—La mesera recorrió con la mirada a los comensales y asintió. —Sí, señor. Desde luego.

Iván la vio dirigirse hacia la cocina y desaparecer detrás de las puertas dobles. Eso era todo. El escenario estaba puesto y al fin podría tener respuestas a las preguntas que le habían acechado toda la semana. Tenía que saber si existía aunque fuera la más ligera posibilidad de que tuvieran un futuro.

Mientras se relajaban en sus sillas, Dirk, un playboy latino vestido con ropa de los noventas, miró casualmente alrededor del restaurante.

—Entonces, ¿este lugar será un éxito?

—Seguro. Buena ubicación, un nombre interesante —acotó Jay, un ejecutivo de una revista con una desaliñada barba café—, y mientras sigan contratando meseras como aquellas —comentó señalando a una rubia de grandes pechos que acababa de desaparecer por la puerta de la cocina…

—Ya veremos —interrumpió Stephen, un crítico de comida—. Más les vale que la comida sea buena porque no podemos comernos a las meseras.

—Apuesto a que no te importaría echarle un mordisco a esa —respondió burlona una rubia, igualmente pechugona, que se encontraba sentada a un lado de Iván. Él sonrió, moviendo la cabeza por el curso que llevaba la conversación. La mesera regresó un momento después y él no pudo evitar sentir nervios de nuevo. ¿Por qué «ella» le ponía tan nervioso? Después de todo, no podía saber quién era él y Jade estaba a varios metros de donde él se encontraba. Aun así, su estómago no parecía querer calmarse.

—¿Puedo tomar sus órdenes? —preguntó educadamente.

Uno por uno de sus invitados fue diciendo sus órdenes. Iván sabía exactamente lo que quería probar.

—Yo tomaré el atún, cielo —dijo con una sonrisa y un guiño respetuoso.

La mesera asintió y desapareció de nuevo por las puertas de la cocina. Sus amigos retomaron la conversación animadamente mientras discutían los méritos de tener un sumiller, entre los empleados.

—Todo buen establecimiento debería tener uno disponible —dijo Stacey, sentada a su derecha—. ¿No crees, Iván?

—¿Hmmm? —murmuró. Sus pensamientos permanecían enfocados en su inminente reencuentro con Jade.

—Estaba diciendo, ¿que si no estás de acuerdo que todo restaurante que se precie, debería tener un sumiller en su nómina? —repitió la pregunta con una ligera sonrisita.

Iván se sentó derecho, intentando prestar atención a la plática. Después de todo, era él quien les había invitado a ese almuerzo.

—Estoy de acuerdo. Los sumilleres son una ayuda que los ricos, y con eso me refiero a los que están bañados en dinero, usan para ocultar su falta de conocimiento acerca del vino. ¿Por qué no tener a alguien dentro de sus empleados para tomar ventaja de esa ignorancia? —dijo con una sonrisa—. ¿No es ese el motivo por el que a ustedes les gustan tanto? —sus compañeros de mesa estallaron en carcajadas.

—Descarado —le acusó Stacey mientras reía junto con los otros.

Dirk se giró hacia la foto de Jade en la entrada del restaurante.

—Entonces, sobre esta chef… ¿qué hicieron ellos? ¿Arreglar a alguna modelo y ponerle una espátula en la mano? Quiero decir, por favor, los chef no se ven como ella. He visto a Emeril sudar varios kilos durante un show. El doble, si tiene que repetir la escena.

Iván simplemente escuchó y sonrió ligeramente. Él no era el único que encontraba a Jade más que impresionante.

—Debe ser capaz de apagar la estufa si le dieron ese puesto —añadió Stephen desde el otro lado de la mesa—. He escuchado cosas buenas, pero debo decir, si la comida es del montón, ella naufragará como el «Titanic».

Iván sintió un nudo en el estómago. Quizá no debería haber traído a todos. ¿Y si ella no era una gran chef? En realidad no tenía ni idea. «¡Jesús!» ¿Qué penoso sería aquello? Todas esas personas eran profesionales y si descubrían que los había llevado hasta ahí con un objetivo romántico, lo crucificarían. Quizá no debería haberles dicho que ya había probado la comida y que ella era la mejor chef de la ciudad. Agarrando su copa de la mesa, tomó un largo sorbo de vino. ¿Dónde había quedado su fe? «Lo hará genial» —se aseguró.

Susan corrió a través de las puertas dobles y dentro de la abarrotada cocina llena de *sous* chefs en sus filipinas blanco brillante. Pasando los lavaderos, encontró a Jade al fondo de la cocina.

—Discúlpeme, Chef Thorne.

Jade levantó la vista de la olla de salsa de crema que había estado moviendo.

—¿Sí?

—Hay un grupo de personas que han solicitado específicamente que sea usted quien prepare sus alimentos —sacando el papel con las órdenes de su mandil, se lo tendió a Jade.

—Como si no tuviera ya suficiente que hacer —suspiró Jade. Tomando el pedazo de papel de manos de la mesera, leyó las órdenes: dos atunes, dos medallones de lomo de res y unas brochetas de camarón a la parrilla. Metió la pieza de papel dentro del bolsillo de su filipina y asintió—. Por menos no ordenaron el soufflé.

—Una cosa más, Chef —añadió Susan con cierta duda— reconocí a uno de los hombres en la mesa, del restaurante donde trabajé antes. Es un crítico de alimentos del *Herald*.

—¿Qué? —jadeó Jade—. ¿Qué está haciendo aquí? Los críticos no reseñan a un nuevo chef durante su primer mes. ¡Dios! ¿Cuál fue su orden?

—Uno de los atunes.

—Gracias, Sus —respondió Jade.

Susan la vio tomar aire para tranquilizarse y entonces se puso a trabajar.

Media hora después, Iván vio a la mesera regresar a su mesa cargada con una bandeja llena de alimentos. Ellos sonrieron aprobadores cuando les colocó los deliciosos platos en frente. Su amigable charla, enlazada con cuestiones de negocios, continuó a través del almuerzo y se hizo más animada a medida que daban buena cuenta del vino. Observando a los presentes, Iván notó que todos habían limpiado sus platos. Sonrió mientras tomaba el último sorbo de su vino y llamaba a la mesera.

—Disculpe —dijo Iván, sintiéndose más confiado gracias a la generosa porción de vino que había ingerido—. ¿Sería posible hablar con la chef? Nos gustaría ofrecerle nuestros cumplidos personales por tan espectaculares comidas.

Un murmullo de sentimiento recorrió la mesa.

—Sí, por favor, que se una a nosotros —añadió Stacey.

Iván sonrió ampliamente, encantado de que ellos hubieran disfrutado tanto como él. El giro que le dio Jade al platillo de la Cena del Vino, había llamado la atención de gente muy importante.

—Por supuesto. Le avisaré —respondió Susan.

Momentos después, Iván contuvo la respiración cuando vio a Jade salir de la cocina. No estaba sorprendido de las miradas que recibía de clientes curiosos, mientras hacía el camino hacia la mesa que ellos ocupaban.

—Dios mío, estaré comiendo aquí con más frecuencia —murmuró Jay cuando la vio acercarse.

Iván se rio entre dientes. «Deberías verla desnuda» —añadió silenciosamente—. Incluso trabajando en una cocina tan caliente, ella se veía maravillosa. Su vestido rojo había sido reemplazado por la filipina de Chef y pantalones negros; sus Manolos dieron paso a unos zapatos propios de los chefs. Su cabello suelto estaba acomodado debajo del tradicional gorro blanco y todo eso sólo la hacía más sexy ante los ojos de Iván. Su ritmo se redujo a medida que se acercaba a la mesa, observando a cada uno de los presentes pero aún sin encontrar los ojos de Iván.

Stephen no perdió tiempo y saltó directo a las alabanzas.

—¡Oh, querida! —la elogió—. Mis felicitaciones por el trabajo tan bien hecho. ¡Ese ha sido el mejor atún a la parrilla que he probado… bien, para ser francos… en toda mi vida!

—¡Gracias! —Jade tomó su mano extendida—. Estoy encantada de que hayan disfrutado su almuerzo.

—Una comida absolutamente genial gracias a una mujer hermosa —añadió Jay, casi agitando la mano de ella.

—¡Oh, qué amable! —respondió alegre Jade.

Manteniendo su aura de frialdad, Dirk habló desde su asiento.

—Fue fantástico, querida. Estoy ansioso por ver hasta dónde puede llegar.

—Corazón, esto estuvo delicioso —dijo Stacey levantándose. Iván podía sentir a su amiga rubia, maquinando cosas a cerca de la nueva chef.

—Muchas gracias a todos —sonrió una Jade ruborizada—. El placer fue todo mío al cocinar para ustedes hoy y me siento muy honrada por sus cumplidos. Espero que nos…

Su voz se perdió cuando sus ojos finalmente se encontraron con los de él. Una extraña mezcla de lujuria y dolor lo recorrieron en ese momento. Estaba seguro que sus ojos susurraban en ese instante, «quiero follarte», mientras su postura le gritaba, «¿por qué me jodiste?»

Cualquiera que fuera el mensaje que él enviara, parecía ser un poco abrumador para ella, que tuvo que sostenerse de una silla.

—Ah… espero que nos visiten de nuevo muy pronto —tartamudeó, finalmente recuperando sus sentidos—. Si me disculpan, tengo que regresar a la cocina.

Jade giró sobre sus talones y huyó. Pero Iván alcanzó a verla a los ojos cuando ella echó un vistazo hacia atrás. Tirando la servilleta de lino en la mesa, se levantó.

—¿Me disculpan un momento? —sin esperar respuesta se fue a perseguir a Jade a través del abarrotado restaurante, golpeando meseros y tirando bandejas de postre como un apoyador de la NFL—. Jade —la llamó, ganándose más de una mirada de desaprobación. Siguió adelante, esquivando las puertas dobles de la cocina—, ¡espera por favor!

Iván se detuvo en seco, casi chocando con ella al darse cuenta en el último momento que Jade se había detenido bruscamente justo en frente de él. Le tocó suavemente el hombro y la giró para mirarle el rostro. Su corazón dio un vuelco al ver su cara llena de lágrimas, parecía decididamente hostil, con los brazos cruzados. Sin decir palabra, le limpió las lágrimas. Estar tan cerca de ella hacía que se le acelerara el pulso. Su esencia de coco y jazmín se sentía incluso más que los olores de carne asada y orégano de la cocina.

—¿Qué estás haciendo aquí? —preguntó, todavía luchando con las lágrimas.

—Tengo que saber.

—¿Saber qué? —demandó ella.

—Bueno, para empezar, tengo que saber por qué te fuiste sin decirme adiós —sin pensarlo, rozó la suave curva de su mejilla con su pulgar, acariciándola cariñosamente y viendo fijamente a sus ojos verdes—. Pero lo más importante. Necesito saber por qué una mujer a la que apenas conozco, ha dejado un enorme hueco en mi pecho. Por qué cuando abro los ojos en la mañana me siento desilusionado de que no estés ahí y por qué, cada canción que ponen en la radio me suena a Frank Sinatra. ¿Por qué una simple noche contigo se sienten como mil?

—Por favor, no me hagas esto —rogó—. No soy para ti y creo que ambos los sabemos. La pasamos bien esa noche. Dejémoslo así, ¿vale?

—¿Qué quieres decir con eso? —preguntó—. ¿Realmente crees que soy el tipo de hombre que tiene rollos de una noche?

—Pues he visto los artículos que han escrito sobre ti —respondió con acritud, pero cuando vio que él no dijo nada, suavizó su tono—. Mírame —Jade hizo un gesto hacia su uniforme—, he visto el tipo de mujeres con las que has salido y estoy bastante segura que ellas no regresan a casa oliendo a mantequilla.

Iván frunció el ceño, dándose cuenta que su pasado le estaba jugando chueco.

—¿De eso se trata? —pregunto bruscamente—. ¿Por eso te fuiste sin despedirte siquiera?

—No —respondió Jade mirando hacia el piso—. ¿Realmente quiere saber por qué me fui? —levantando la mano, ella usó sus dedos para numerar cada motivo—. Eres doctor, modelo, has viajado por el mundo y has salido con actrices y reinas de belleza. Yo no soy más que una chef de Colorado. Yo me gano la vida «cocinando» para gente como tú. —Se detuvo un momento, intentando luchar otra vez con las lágrimas—. Aceptémoslo. Yo soy yo. Tú eres tú. Y no olvidemos los círculos sociales. Hay miles de kilómetros entre nosotros en ese punto. Me sorprende que te acuerdes de mi nombre.

Iván se quedó de pie, inmóvil y completamente confundido. ¿Cómo una mujer tan hermosa como aquella podía sentirse tan inferior?

—¿De verdad crees eso? ¿Que soy algún tipo de James Bond, un playboy internacional que vive su vida saliendo con puras mujeres famosas?

Haciendo a un lado un mechón de su cabello, tomó su rostro entre sus manos.

—Si ese es el tipo de hombre que soy, entonces ¿por qué estoy aquí en este momento, avergonzándome frente a un montón de gente que no conozco? —hizo un gesto al personal de cocina y los camareros que parecían estar cautivados con el espectáculo que se desarrollaba frente a ellos—. Eres extraordinariamente hermosa y ni siquiera te das cuenta. Actúas como si ser chef fuera algo simple o degradante pero yo pienso que es algo increíble. ¡Tienes un don! Y sí, he viajado por el mundo y he conseguido cosas que mucha gente sólo sueñan con hacer. ¿Y qué? Eso es lo que he hecho, no lo que soy. Justo ahora, sólo soy un hombre… uno desesperado porque le des una oportunidad. Nada más que eso.

Iván miró tímidamente alrededor de la cocina después de terminar su monólogo, contuvo la respiración esperando la respuesta de Jade. ¿La había convencido?

Después de mirarlo ferozmente por unos minutos, se sonrojo de nuevo y miró hacia el piso. Cuando levantó la vista hacia él, sus ojos brillaban con calidez.

—Lo siento, Iván. Siento mucho haberme ido de la manera que lo hice. Te merecías algo mejor…

Él presionó un dedo de manera gentil sobre sus labios para callarla.

—Eso es pasado. Esto es el ahora y lo que pasó, ya fue. Todo lo que pido es que me dejes tener una cita apropiada contigo. Flores, chocolates, cenas. Sin sexo, sin expectativas, sólo una cita real. Déjame probarte que las suposiciones nunca llevan a nada bueno.

Jade intentó aguantarse la risa, pero falló miserablemente.

—Bueno… me encanta el chocolate.

El sonido de su risa fue contagioso y él sonrió ampliamente.

—¿Eso es un sí?

—Sí.

Acercando sus labios a los suyos, la besó. Podía saborear la sal de sus lágrimas pero ningún beso le había sabido nunca tan dulce. Envolviendo sus manos en su cintura, la pegó fuertemente a su pecho. Pero la emoción pronto se convirtió en pasión y Jade le devolvió el beso con urgencia. El corazón de Iván se emocionó con sus caricias, podía sentirlo difundiéndose por su cuerpo.

Silbidos desenfrenados y aplausos del personal de cocina les recordó que tenían espectadores y Jade se retiró intentado recomponerse. Pero él no estaba listo para dejarla ir. Agarrándola de la cintura, la levantó del suelo y sosteniéndola más fuerte la volvió a besar, a pesar de los intentos poco entusiastas de Jade por liberarse. En medio de su pasión, los movimientos de ella les hicieron perder el equilibrio, Iván la dejó en el suelo sólo para tropezar hacia atrás en el mostrador y tirar una olla de salsa de crema. A pesar de sus buenos reflejos, la salsa se derramó en su pantalón hasta dejar un charco en el piso.

—Tenemos que dejar de hacer esto —la sonrisa en el rostro de Iván traicionó su tono áspero y se echó a reír. —¿Te das cuenta que es el segundo traje de mil dólares que hemos arruinado en una semana, no?

Un rubor coloreó sus pómulos mientras otra ronda de aplausos llenaba la cocina.

—Muy bien, chicos. De vuelta al trabajo —ordenó Jade—, no hay nada que ver aquí.

Iván la atrapó en sus brazos y puso sus labios en el cuello de ella, trazando una línea de besos tiernos y susurrando contra su piel.

—Puedes arruinar cada uno de mis trajes, siempre y cuando prometas decir sí, en todo momento.

CAPÍTULO 7

"Gimme Shelter"

—Lleva el negro —le gritó Tasha desde la habitación contigua. Momentos después apareció en la puerta de la habitación de Jade y le lanzó una bufanda verde—. Checa cómo te queda con esto.

—Tasha —gimió Jade—. Todavía es verano. ¿Quieres que me ponga una bufanda? Voy a tardar más en maquillarme que en sudarlo completamente con esta cosa puesta.

—La belleza cuesta, querida. Se verá fantástico con tus ojos. —Tasha hurgó en el armario de Jade hasta que regresó con un vestido en la mano—. Ahora bien, este vestido haría sudar a cualquier hombre y muestra tus fantásticas piernas.

—¡Ey, Tash! ¿Has visto el control remoto? —preguntó Michael al tiempo que rodeaba la esquina. Se detuvo en seco al ver a Jade en sujetador y bragas—. ¡Oh, dios! Lo siento mucho.

—¿Si tanto lo sientes por qué sigues ahí parado mirando? —bromeó Tasha. Agarrando la toalla que descansaba sobre la cama y se la aventó—. ¡Eres un idiota!

—Está bien —le aseguró Jade—. Estoy segura que no es nada que no hayas visto antes.

Michael se puso como un tomate y salió huyendo por donde vino.

—Tú y Michael han estado muy acaramelados —remarcó Jade—. No han sido ni dos semanas y él ya se está tomando sus días libres para venir a verte.

—¿Es genial, verdad? —la mirada soñadora en el rostro de Tasha decía más que mil palabras y Jade supo que su amiga ya era caso perdido. Sólo una chica enamorada podía tener una sonrisa tan tonta. La misma que más de una soltera envidiaba. Jade se metió el vestido negro por la cabeza, disfrutando del sedoso material acariciando su piel, abrazando su cuerpo hasta reposar a mitad de su muslo. Tasha estaba en lo correcto. El vestido acentuaba sus mejores rasgos y la hacía verse más alta. Tomando su estuche de maquillaje que estaba sobre la cómoda, se sentó en la cama—. ¿Puedes hacer magia con mis ojos cómo aquél fin de semana?

—¿A dónde te irá a llevar? —preguntó Tasha mientras le hacía el efecto de ojos ahumados que había llevaba tiempo perfeccionando—. Probablemente a un restaurante lujoso o quizá a una galería de arte.

—Lo dudo. Él mencionó algo acerca de una fiesta privada.

—Mmmm… —fue todo lo que dijo Tasha—. Quédate quieta. Ahí. Ya estamos.

Jade tomó la bufanda y la acomodó alrededor de su cuello. —Okey. ¿Cómo se ve?

Tasha sonrió evidentemente encantada con su creación.

—Sólo una cosa más —desapareció de la habitación y regresó un minuto después para tomar la mano de Jade y colocarle una bandita de oro y diamantes en la muñeca—. ¡Perfecto!

—Tasha, no puedo llevar esto. Era de tu mamá. Imagina si lo rompo o peor aún, lo pierdo.

—No pasará —dijo con confianza. Jade la abrazó.

—Gracias.

—Para ahora —Tasha se alejó—. Vas a arruinar tu maquillaje y ya no hay tiempo de hacerlo de nuevo.

Justo en el momento que Jade veía su reloj, sonó el teléfono y corrió a contestar.

—¿Bueno?

—Buenas noches, señorita Thorne. El Doctor Rusilko está aquí para verla.

—¿Puede hacerlo subir? —preguntó Jade. Sus palmas comenzaron a sudar al pensar en Iván estando el lobby.

—Sí, señorita.

Jade colgó y de inmediato se puso a caminar por la sala de estar como un león enjaulado. Los tacones de sus zapatillas negras haciendo ruido en el piso con cada paso ansioso que daba. Parándose frente al espejo de cuerpo entero en el pasillo, volvió a revisar que todo estuviera en su lugar.

—Te ves genial —le aseguró Michael—. Si ese tipo no piensa que estás para morirse, es que tiene un serio problema.

Jade intentó pensar en una respuesta divertida pero su mente se negaba a cooperar y simplemente le dedicó una sonrisa. De alguna manera, un toque en la puerta asustó a todos los ocupantes del condo.

—Un segundo —gritó Jade y luego murmuró un «¡mierda!» mientras corría al espejo para darse un último vistazo. Miró sobre su hombro hacia su amiga—. ¿Cómo me veo?

—Justo como Micky dijo: para morirse —Tasha rio entre dientes y se sentó en el sofá a lado de él.

Jade movió la cabeza negativamente. Ese par era una audiencia muy entusiasta.

—Que empiece el espectáculo —dijo acercándose a la puerta. Giró el pomo y ésta se abrió lentamente, revelando a un hombre que parecía Iván, pero no lo suficiente. En lugar de su cabello desordenado, lo traía acomodado en una pulcra coleta en su nuca y sus ojos expresivos parecían más brillantes y más suaves a la vez. Una camisa blanca a medida acomodada perfectamente dentro de unos pantalones negros, hacía que todo su encanto juvenil se desvaneciera y en su lugar fuera reemplazado por pura sexualidad masculina. Jade se inclinó para darle un abrazo, preparándose para inhalar su fantástica esencia y no pudo evitar sorprenderse cuando él se echó para atrás dubitativo.

—Ummm… esta es una de mis camisas favoritas. ¿No vas a romperla o a tirarme salsa encima o sí? —bromeó. Sin darle oportunidad de responder, la tomó de la mano y la besó tiernamente en la boca.

El gesto afectivo dejó a Jade sintiéndose mareada. Se aferró a él para apoyarse, asombrada de que algo tan simple e inocente pudiera hacerla sentir de esa forma.

—Y esto, *milady*, es para ti —susurró, moviéndose sólo lo suficiente para sacar algo del bolsillo y ponerlo en su mano.

Jade vio la pequeña pero familiar caja de chocolates Amedei.

—Pero… esto… son —tartamudeó—. ¿Cómo supiste que son mis favoritos?

—Creo que son los favoritos de todo mundo —dijo Iván, haciéndole un guiño antes de robarle otro beso rápido—. Y ninguna primera cita está completa sin flores.

Iván canturreó mientras sacaba un simple tallo de orquídeas rosa pálido detrás de su espalda.

—Gracias —dijo Jade con un suspiro—. Son hermosas.

Envolviendo sus brazos alrededor del cuello de Iván, Jade se puso de puntillas y le dio un beso apasionado en la boca. Presionando su cuerpo con el de él, intentando poner fin a la distancia que había entre ellos. Iván olía tan delicioso como siempre.

—Jade —gruñó Iván, rompiendo el frenético beso—. ¿Este es un beso para una primera cita? Porque, ¡le juro señorita Thorne, que no tenía idea!

—¿Siempre eres tan listillo? —dijo ella, acompañando su pregunta con un guiño.

—Recuerda que prometí ser un perfecto caballero esta noche y si no paramos ahora… —Iván hizo un movimiento reprobatorio con la cabeza.

Una sonrisa pícara iluminó el rostro de ella que se acercó para susurrarle al oído.

—¿Qué pasará si no paramos ahora?

—Si no paramos esto, no seré responsable de mis actos. —Susurró Iván mientras se ajustaba los pantalones.

Jade sonrió maliciosamente. ¡Al diablo con las súper modelos y actrices, ella le volvía salvaje en menos de cinco minutos!

—¿Eso es todo lo que conseguiremos? ¿Un beso? Vamos chicos, pueden hacerlo mejor que eso —interrumpió Michael desde el sillón.

Jade se giró a tiempo de ver a Tasha dándole con el codo en las costillas.

—Te quiero de regreso a las diez —añadió Tasha maternalmente—. Y nada de jueguecitos.

Iván sonrió alejando a Jade de la puerta.

—No te preocupes. La tendrás de vuelta a las once —comentó, haciéndole un guiño a Jade.

—¡Espero que sea a las once de la mañana! —gritó Tasha cuando cerró la puerta— ¡Diviértanse!

Bajaron en el elevador, atravesaron el lobby y salieron del edificio tomados de la mano. Una inusual brisa fría de finales de verano les saludó y Jade se sintió llena de vida y lista para encarar la noche que les esperaba.

Vio a Iván entregando el ticket al valet, recordando cada curva de su musculoso cuerpo y lo bien que él se sentía cuando se presionaba contra ella en el calor del momento. El vehículo saliendo del estacionamiento la distrajo. En lugar de un Mercedes o algún tipo de exótico carro deportivo, un Jeep Wrangler de la vieja escuela, con la lona bajada, se estacionó frente a ellos. Jade se giró lentamente hacia él y vio como la sonrisa iba cubriendo su rostro. Ella empezó a reírse.

—Su carruaje, querida —Iván imitó un acento australiano, la ayudó a acomodarse en la bestia negra con enormes llantas. Cerrando la puerta soltó una carcajada. —Las suposiciones, chiquita, nunca son correctas.

Iván trepó al asiento del conductor, encendió el estéreo y una versión en vivo de *Margaritaville* de Jimmy Buffet empezó a sonar. Aceleró y salió rápidamente del estacionamiento, haciendo que las llantas chillaran y dejando a un valet con una cara de enojo. «¿Quién es este tipo? Es una caja llena de sorpresas» —pensó Jade. Después sonrió al recordar que hasta ahora, le habían gustado sus sorpresas y estaba ansiosa por ver qué más podía suceder.

CAPÍTULO 8

"Wild Nights"

La voz de ron de coco de Jimmy hacía eco en el estéreo, casi perdiéndose en el viento mientras ellos avanzaban en la carretera.

—Entonces, ¿a dónde vamos? —preguntó Jade. La brisa amenazando descomponer el peinado que le llevó dos horas dejar impecable.

Iván le respondió después de bajar el volumen de las notas tropicales.

—La paciencia es una virtud, nena —parecía bastante orgulloso de su broma hasta que miró el rostro enojado de Jade—. Nos dirigimos a la fiesta de cumpleaños de un amigo —dijo inmediatamente, haciendo un gesto hacia unos edificios a lo lejos—. Es el piso de uno de esos chicos malos.

Jade comenzó a sentir temor, podía sentir la bilis acumulándose en su garganta. Era su trabajo cocinar para los ricos y famosos, no mezclarse con ellos. Ella era carne fresca a punto de ser tirada a los leones.

—¿Quiénes estarán ahí? —preguntó, intentando no sonar demasiado nerviosa.

—Principalmente especialistas. Abogados, médicos, socialités y ejecutivos.

Ella debió delatarse de alguna manera porque de pronto sintió la mano de Iván en su rodilla, intentando tranquilizarla.

—Jade, esas personas no son mejores que tú. Ellos comen, duermen, tienen sexo. Igual que tú… Oh, bueno, no podría estar seguro de eso último. En realidad, estoy bastante seguro que ellos «no» tienen sexo como tú porque eso es fo… ammm, lo siento. Ya sabes a lo que me refiero —le lanzó una sonrisa tonta y acarició su pierna juguetonamente.

—La única diferencia es su cuenta de banco. Sólo sigue mi ejemplo y estarás bien. Después de todo, vas a ser la cosa más hermosa que atraviese esa puerta esta noche.

—Genial —murmuró—. Tú estás acostumbrado a este tipo de cosas. Yo no.

—Bueno, la práctica hace al maestro. Yo soy malísimo con los nombres pero ya he perfeccionado mi técnica para que ellos me suelten sus nombres sin que se los tenga que preguntar. Presta atención y verás. A demás, es mejor que te vayas acostumbrando a esto. Uno de estos días ellos serán las personas a las que estarás viendo. Jade Thorne, Súper Chef. Ya puedo ver Show de Cocina escrito junto a tu nombre.

Jade puso los ojos en blanco, pero no pudo evitar sentirse halagada por su confianza en ella. Incluso si únicamente estaba intentando ser encantador y hacerla sentir más tranquila. Tragó saliva nerviosamente cuando se estacionaron frente al extravagante condo; luchando con las náuseas. Mirando hacia arriba se percató que se encontraban en Point, uno de los lugares más exclusivos de South Beach. El lugar por el que ella trotaba todas las mañanas a causa de su belleza. Muchas de esas mañanas, mientras corría por ahí, se preguntaba cómo sería vivir en un lugar de esos y ahora estaba a punto de descubrirlo.

Se veía diferente en la noche. Luces rojas y verdes iluminando y bailando en las columnas de las aceras. El agua brillando en la luz naranja lanzada por el puerto del otro lado de la bahía, a kilómetros de ahí. Había cierta paz en ese momento, sin las personas corriendo, paseando a sus mascotas y los turistas que se amontonaban durante el día.

—Hola, señor. ¿Está aquí para la fiesta? —preguntó el valet enfundado en un uniforme rojo y blanco.

—Lo has adivinado —respondió Iván cuando abrió su puerta y corrió hacia el otro lado para ayudar a salir a Jade. Ofreciéndole su brazo, la sacó del Jeep—. Mmmm —murmuró apreciativamente viéndola deslizar su cuerpo para salir del auto.

Jade no pudo evitar sonreír pese a sus nervios. «Quizá este chico es de verdad…»

Amplias puertas y ventanas de vidrio se alineaban en el frente del edificio y fueron saludados de inmediato por un golpe de aire frío que rodeó sus cuerpos cuando entraron. Ella tembló y sus pezones se endurecieron con el frío que asaltó su cuerpo. Inmediatamente se sintió agradecida que ese pequeño vestido negro hiciera un buen trabajo ocultando las reacciones de su cuerpo a las bajas temperaturas, entre otras cosas.

Cruzando el lobby, pasaron junto a un surtido de turistas muy arreglados, corriendo de un lado a otro mientras se preparaban para la noche del sábado.

A demás de la gente, el lobby en sí mismo era una vista impresionante. Pinturas estilo Picasso adornaban las paredes pero la *pièce de résistance* era la escultura de la fuente en medio del piso, del cual emanaba los sonidos del agua y el suave brillo de la luz iridiscente. Una lustrosa alfombra roja estaba acomodada sin ningún patrón en particular cruzando el piso blanco, coordinándose con los sofás rojo rubí y las mesas de café de cristal para completar la elegante decoración.

Mientras pasaban una de las áreas de espera, Jade no pudo evitar notar una revista de Alta Cocina de la que no había oído hablar antes y por un instante, se imaginó a sí misma en la portada. «Un día de estos…» —pensó, apegándose a la confianza de Iván.

Se acercaron al conserje que inmediatamente los atendió.

—¿Puedo ayudarles en algo?

—Sí, estamos aquí para la fiesta de Shaunnessey —respondió Iván.

—¿Cuál es su nombre, señor?

—Dr. Rusilko y acompañante —respondió como si nada, probablemente había dicho esa frase mil veces antes.

El conserje revisó los documentos en su escritorio y buscó entre la lista de nombres. Una vez que encontró lo que estaba buscando, lo tachó para después llevarlos hacia el otro lado del lobby donde se encontraban una línea de elevadores dorados.

—Por favor, usen el segundo set de elevadores a su izquierda.

—¿Estás bien? —preguntó Iván cuando se acercaron a los elevadores. Jade se obligó a sonreír.

—Hasta ahora estoy bien —su voz sonó como un chillido—. Pero te juro que si me dejas sola por segundo…

—¿Dejarte sola? ¿Bromeas? Voy a tener que hacer guardia a tu lado para asegurarme que no seas robada por algún banquero millonario. Dios me ayude si eso sucede… —bromeó Iván, consiguiendo provocarle una sonrisa.

—¿Vamos al estacionamiento de nuevo? —preguntó tontamente cuando le vio presionar el botón con la letra E, justo como había hecho la noche que pasaron juntos.

—¡Exactamente! Sólo lo mejor para ti, nena —le hizo un guiño y se rio entre dientes.

El elevador se movió lentamente hacia el último piso y Jade se inclinó contra el cristal recordando como si de una película se tratara, todo lo que había sucedido en un ascensor aquella noche. Tratando de reprimir una sonrisa, al final perdió la batalla y soltó una carcajada. Miró a Iván y su sonrisita de suficiencia le dio a entender que él estaba pensando lo mismo. Compartieron una sonrisa cuando el elevador se detuvo.

—¿Lista para el *rock and roll?* —Iván le puso el brazo en la cintura.

Por un momento, Jade sintió que era la única mujer en la tierra y él estaba destinado a protegerla. Una ola de confianza se difundió dentro de ella y sonrió.

—Siempre.

—Esa es mi chica.

Las puertas del ascensor se abrieron y se vieron bombardeados por la música alta y las carcajadas. Entraron al departamento más extravagante que Jade hubiera visto alguna vez en su vida. Abrió los ojos de par en par cuando se dio cuenta que ocupaba el piso entero.

Dos mujeres con vestidos de diseñador en blanco y negro y sonrisas de cien watts los saludaron, llevando consigo unas bandejas con vino color rosa. Iván le pasó una copa a Jade antes de agarrar una para él.

—Gracias —les dijo.

Moviéndose al interior de la guarida del león, Jade notó la elegante cocina. Cuatro cocineros trabajaban afanosamente con la cena y le tomó todo su autocontrol no lanzarse y decirles lo que estaban haciendo mal.

—Novatos —dijo en un susurro.

—Lo que es justo, es justo —susurró Iván de vuelta—. Si no se me permite pensar en sexo entonces no puedes pensar en trabajo tampoco.

Jade tembló. La sexi voz de Iván la derretía como mantequilla.

—Ya sabes, Doc Rusilko que algunas reglas se han hecho para romperse —respondió, lo cual dejó a Iván sin palabras y sonriendo de esa manera tan característica que ella comenzaba a adorar.

Jade se congeló cuando el mar de gente la engulló. Socialités, empresarios y mujeres en tacones altísimos que parecían sacadas de páginas de revistas, se arremolinaban a su alrededor. Los muebles de la habitación principal del departamento habían sido sacados y en su lugar se había construido una pista de baile con cabina para el DJ, el mismo que ya estaba tocando los temas del top ten.

—Y bien, ¿qué opinas? —Preguntó Iván.

—¡Wow! —Jade movió la cabeza en negación—. ¿Todas estas personas son amigos del cumpleañero?

La risa de Iván pareció más un grito.

—Cuando eres rico, todos son tus amigos.

—¿A qué se dedica? —Jade preguntó sintiendo curiosidad.

—Su negocio principal es algo financiero que ni siquiera pretendo entender, pero también es accionista en una Televisora, entre otras cosas. —Gritó Iván para poderse escuchar por encima de la música—. Hace un montón de cosas en realidad, pero es un gran tipo.

Jade asintió, pero sin duda se veía más asombrada de lo que sentía.

—Vamos a echar un vistazo al balcón —sugirió Iván con una cálida sonrisa.

Mientras ellos hacían el camino a través del mar de silicón, Botox y bronceados de spray, Iván la fue presentando con cualquiera que se parara a saludarles. Jade sonrió educadamente, haciendo pequeñas pláticas y apreciando los esfuerzos de Iván. Desde fabulosamente vestidos VIP's a profesionistas locales, la fiesta era una oportunidad de oro para hacer contactos, si a Jade le importara tal cosa.

Sólo una vez en su camino a través del gentío, Iván insistió que conociera a alguien en particular. La empujó ansiosamente hacia un caballero impecablemente vestido y muy bronceado que estaba rodeado por una horda de mujeres hermosas. Pasando a través de las *fashionistas*, a las que Iván no les dirigió ni un segundo vistazo, interrumpió la conversación del hombre a quien saludó afectuosamente. Compartieron un caluroso abrazo y unas pocas carcajadas antes de que Iván guiara a Jade al frente.

—Jade, quiero que conozcas…

—Ah, ella es la señorita Thorne, de quien he oído mucho, gracias a mis colegas —dijo el hombre, interrumpiendo a su vez la presentación de Iván—. ¿Cómo te va, preciosa? ¿Estas disfrutando de la fiesta?

—Sí, es genial. Muchas gracias por invitarme.

—Bien, come y bebe todo lo que guste tu corazón. Patty está pagando la cuenta —hizo una pausa para tronar sus dientes a su propia broma—. Encantado de conocerte. Una disculpa por tener que irme tan abruptamente pero mi chofer espera.

Besando la mano de Jade, se giró a Iván para hacerle un guiño antes de darse la vuelta hacia el elevador con su harem de mujeres hermosas siguiéndole.

Completamente confundida, Jade se giró hacia Iván.

—¿Quién era…?

—No te preocupes por eso, nena.

Jade abrió la boca para preguntar más pero ya estaban en los siguientes saludos. Moviéndose gradualmente hacia el balcón, Jade tomó nota del truco de nombres de Iván y no pudo evitar reírse consigo misma. Él había dicho que era terrible con los nombres, pero se había tomado muchas molestias para descubrir el suyo. Finalmente, ya a unos pocos metros del balcón, encontraron al cumpleañero, muy metido en una discusión política con varios de sus invitados.

—El Doctor Shaunnessey, tratando de salvar el mundo de nuevo dijo Iván con una sonrisa, aparentemente deshaciendo un caluroso debate.

—Intentándolo como siempre, doc —dijo. Hizo un gesto hacia Jade antes de preguntar—, ¿y ella es?

—Ella fue la mejor chica del servicio de acompañantes que contraté para esta noche. No está mal, ¿eh? —los ojos de Jade se abrieron de par en par pero Iván mantuvo su cara de póker cuando todos a su alrededor se quedaron callados. Permitió que la cara del doctor Shaunnessey se pusiera roja antes de soltar una carcajada y presentarla formalmente—. Esta hermosa mujer es mi pareja, Jade Thorne. Es la nueva jefa de cocina de Bianca.

—¿De verdad? —preguntó el doctor levantando una ceja—. Soy Patricio Shaunnessey, pero por favor, llámame Patty. He escuchado cosas maravillosas acerca de ese lugar y su experiencia culinaria. Tuve que rechazar la invitación de Iván porque ya tenía un compromiso previo, pero es un honor conocerla finalmente, querida.

—Podría decir lo mismo, si estuviera segura qué lado de la discusión estaba usted defendiendo antes —respondió Jade. Prácticamente sintió el corazón de Iván saltando hacia su garganta, igual que el cumpleañero, pero al igual que Iván, permitió que la broma durara sólo lo suficiente para ser incómoda antes de empezar a reírse y darle un codazo a Iván en las costillas—. Lo siento pero tenía que devolvérsela por la broma de la *escort* —explicó a Patty con una sonrisa.

El grupo empezó a reírse cuando Iván tomó la mano de Jade y la llevó hasta sus labios.

—Al parecer, también es comediante.

—Querida, me has hecho la noche —respondió Patty y le dio a Jade un caballeroso beso en la mejilla antes de devolver su atención a Iván—. Eres afortunado, amigo.

La mirada de Iván cayó intensamente sobre ella y Jade sintió la calidez de su mirada.

—No tienes idea de cuán afortunado soy —dijo.

Finalmente llegaron al balcón para apreciar la vista de la bahía, Jade suspiró viendo la inmensidad del mar; fascinada con la vista tan impresionante. La fría brisa del verano cortaba la humedad y se apoderaba de su piel, erizando los vellitos de su brazo. El horizonte de Miami brillaba a lo lejos y su reflejo bailaba en el agua.

Iván se inclinó y puso sus manos en la cintura de ella, alisando la sedosa tela de su vestido.

—¿Un poco diferente desde aquí, no?

—Es hermoso —dijo Jade con un suspiro mientras sacudía la cabeza—, gracias por traerme.

—No, gracias a ti —dijo él.

—¿Por qué? —ella dio la espalada a ese paisaje para encontrar algo igual de deslumbrante delante de ella. Iván se la comió con los ojos, como si intentara memorizar cada detalle. Ella sintió una oleada de emoción y levantó la cabeza cuando él bajó la suya para besarla.

—Mmmm… piña —murmuró en voz baja y ella sonrió todavía besándolo.

—Gracias por hacer este momento perfecto.

Sintiendo que estaban dando un espectáculo en el balcón, ella dio un paso atrás, se separaron de la misma manera en que se habían acercado antes.

—Vamos por algo de beber —sugirió Iván, tomando su mano. El corazón de Jade dio un salto al hacer eso de una manera tan natural, como si llevaran años saliendo juntos.

A medida que se perdían en la multitud y cruzaban el cuarto, Jade examinó las bandejas de aperitivos que pasaban y notó el esfuerzo que había supuesto su preparación. No tenía duda alguna que se había invertido bastante en el menú de esa noche. Miró hacia la cocina donde ya se estaba preparando la siguiente ronda de canapés y ahí fue cuando la vio. La rubia que había estado en su mente todo ese tiempo. La misma que estuvo con Iván en la Cena del Vino y después había sido parte del grupo que llegó al restaurante. «¿Quién es esta mujer?» —se preguntó Jade, y se encogió internamente cuando los celos se apoderaron de ella. Esperaba que hubieran sido capaces de alejarse sin que los viera, pero no tuvo suerte, en el instante que los vio, caminó directo a Iván. «¡Maldición!»

—Iván, cariño ¿cómo estás? —dijo la rubia corriendo a través del cuarto.

Jade intentó poner una cara agradable. De cerca, la mujer parecía de unos treinta años, rasgos latinos, cabello claro y un cuerpo bastante atlético. «Dios, no hace de esos» —se dijo cuando observó los reveladores y muy perfectos senos, al igual que su trasero. Pese a eso, ella podía ver por qué los hombres, incluyendo a Iván, la encontraban atractiva.

—Jade Thorne —dijo en un tono exagerado después de haber tenido ojos sólo para Iván—. ¿Cómo estás? ¿Lo estás pasando bien?

Levantando la quijada y dando su mejor impresión de entusiasmo, respondió: —Estoy muy bien, gracias. ¿Quién no disfrutaría una fiesta como ésta?

—No bromeabas, ¿verdad Iván? Ella «es» una cosita impresionante —la rubia le echó una mirada calculadora—. Eres un hombre afortunado.

—Eso me han dicho —Iván sonrió al tiempo que apretaba la mano de Jade.

—¿Qué te parece Miami? —le preguntó la mujer, haciendo sólo la pausa suficiente para después seguir con una serie de preguntas personales; comenzando con su lugar de nacimiento, seguido de sus planes de ahí a cinco años, hasta llegar a preguntar de su familia.

Jade respondió con toda la gracia y el humor que pudo reunir, impresionándose incluso a sí misma por la naturalidad con que le salió todo. Quizá Iván estaba en lo correcto. No eran más que personas de carne y hueso.

—Bueno cariño, tengo que irme y encontrar a mis amigos —dijo finalmente, tocando con ligereza el brazo de Jade—. Pero he oído tanto de ti que tengo que darme un momento para conocerte. Estaremos en comunicación —se giró hacia Iván y le hizo un guiño—. Y tú, vamos a tener un almuerzo pronto. Tenemos mucho de qué hablar.

—Me parece bien, muñeca. Cuídate —Iván le hizo un gesto de despedida cuando ella se perdió entre la gente.

«¿Qué fue todo eso?» La curiosidad de Jade fue en aumento. «¡Mierda!» Seguía sin saber el nombre de esa mujer. Durante todas esas preguntas, la rubia no había soltado nada acerca de ella misma en ningún momento. Jade aceptó la copa que le pasó Iván pero permaneció preocupada por la conversación.

—¿Y ella quién era? —preguntó en voz alta.

—¿Ella? ¡Ah! Es una vieja amiga. Es una lindura —respondió Iván con una risa—. ¿Te estás divirtiendo, nena?

—Empecé a divertirme desde el instante en que vi esa bestia negra que tienes por auto rodeando la esquina —respondió Jade alegremente, aunque una parte de ella aún pensaba en esa rubia.

Forzándose a sacar ese asunto de su mente, Jade volvió a mezclarse con la gente como una profesional. Se rieron de las bromas, vieron a algunos ponerse borrachos y se hicieron nuevas amistades, todo mientras Iván seguía a su lado, sonriendo.

Finalmente Jade miró su reloj, esperando que se les hubiera hecho tarde, sólo para sorprenderse al ver que eran ya las cuatro de la mañana. Se quedó sin aliento.

—El tiempo se ha ido volando…

—¿Lista para ir a casa? —preguntó Iván, pareciendo bastante convencido de querer eso mismo.

—Casi —sonrió Jade. Aún sorprendida de que al final se hubiera sentido a gusto entre esa gente—. Necesito encontrar el baño de damas.

—Te mostraré dónde está —Iván le puso una mano en la espalda y la llevó a través de un largo pasillo hasta el cuarto de baño de invitados. Encontrando la puerta cerrada, se inclinó contra la pared y la jaló hacia su pecho. Le pasó los dedos por el cabello—. ¿Te divertiste esta noche?

Mirándolo, Jade sonrió.

—Sí, aunque creo que estoy cansada.

Iván sonrió, la tomó en sus brazos y la besó con ternura, sin prisas y sin inhibiciones. Jade sintió una ola de calor recorriéndola cuando profundizaron el beso, se sintió atraída hacia él por una fuerza magnética invisible.

Se dejó llevar. Hizo a un lado sus temores. La necesidad de sentir sus caricias, su piel contra la suya, era más de lo que podía soportar. Sentir su dureza contra su muslo fue todo lo que necesitó para deshacerla, así que tuvo que aferrarse a él aún más fuerte.

Rompiendo el beso, Iván luchó por encontrar las palabras y la respiración.

—Ah, bueno, estoy feliz de que lo hayas pasado bien.

—Es mucho para digerir pero creo que me las arreglaré —dijo Jade sonriendo a su momentánea pérdida de compostura.

La puerta del baño se abrió y una mujer despeinada salió a trompicones por el pasillo. Iván la soltó y se enderezó.

—¿Qué te parece si nos vamos de una vez?

—No podría estar más de acuerdo —susurró Jade mientras se colaba por delante de él—. Sólo dame un minuto para refrescarme —mientras pasaba a su lado, aprovechó para hacerle una caricia de lo más casual a su miembro.

—Oh, te lo estás ganando, nena —consiguió decir Iván. Jade pestañeó mientras se deslizaba dentro del cuarto de baño de mármol, dejándolo completamente cautivado.

Jade salió minutos después y se sintió encantada cuando vio que aún tenía la atención de Iván. Él sacudió la cabeza y se ajustó ligeramente la bragueta antes de tomar la mano de ella.

Regresar al abarrotado cuarto principal se sentía como caminar dentro de un furioso infierno. A pesar de ser más de las cuatro de la mañana, la fiesta aún estaba en su apogeo, Jade juraba que había incluso más gente en ese momento que cuando recién llegaron. Sospechaba que más que alcohol era lo que mantenía a algunos de los fiesteros a ese ritmo. Echando un último vistazo, Jade absorbió cuanto pudo y lo guardó en su memoria. Esa era una fiesta real en Miami, no algo sacado de un cursi programa de televisión. Se echó a reír en silencio preguntándose cómo había saltado de una simple vida en Colorado a la absoluta locura en tan pocos meses.

—Huyamos de aquí antes de que nos atrapen en otra conversación —sugirió Iván, mostrando su arrogante sonrisa favorita con ese toque carnal. Se escabulleron entre la multitud, evadiendo todo contacto visual y lograron llegar hasta el ascensor sin ser molestados.

No siendo capaz de soportar ni un minuto más, Jade apenas esperó a que las puertas del elevador se cerraran antes de envolver sus brazos en el cuello de Iván y besarlo con una pasión que rivalizaba el calor del sol. Se apretó contra él por un momento, sólo lo suficiente para despertar su deseo por segunda vez. Entonces, sintiendo que lo había provocado lo suficiente, se alejó, dejando que sus intenciones quedaran comprendidas.

—Yo… Jade —susurró.

Entrelazando sus dedos, se dio la vuelta y dejó que sus brazos la envolvieran, siendo consciente de su reflejo en el lado de espejo del elevador. Se veían bien estando juntos. Completamente natural y ella no pudo dejar de sonreír.

Iván apoyó todo su peso en el cristal y Jade se envolvió más en su calor.

—¿Así terminan todas las fiestas en Miami? —preguntó seductora, desabrochando el primer botón de su camisa y acariciando la piel expuesta.

—Bueno, eso depende —susurró con voz baja y grave.

—¿De qué?

—Depende de en dónde desees despertar en la mañana —respondió Iván con una voz llena de malvadas intenciones—. Espera, esta es nuestra primera cita —se contuvo rápidamente.

Jade miró al suelo con timidez por un instante.

—Desde que vivo en Miami, sólo he estado en la playa durante el día. Creo que ya es hora de cambiar eso —dijo añadiendo su propia sonrisita arrogante con un guiño tonto. Lo sacó del ascensor, diciéndole en silencio que su noche no estaba ni de cerca terminada.

—Ah, suena perfecto —murmuró Iván con un brillo de excitación en los ojos.

Sin decir palabra, caminaron a través del vestíbulo vacío, pasaron el solitario escritorio del recepcionista y salieron por la puerta delantera, acelerando el ritmo con cada paso.

—¿Tiene su boleto, señor? —preguntó el valet—. Umm, aún no estamos listos para irnos. Mi acompañante quiere ver tortugas marinas —contestó Iván sin dejar de caminar.

Jade estuvo cerca de caerse de la risa por el rostro estupefacto del empleado. Agarrándose el uno al otro como si estuvieran pegados, caminaron directamente hacia la playa.

CAPÍTULO 9

"Moondance"

Caminaron por el paseo marítimo tomados del brazo y Jade se sintió segura y protegida. Recorrieron los cien metros hasta la playa, disfrutando de estar juntos sin necesidad de decírselo. Cuando llegaron a la arena, Iván se quitó los zapatos y después se hincó sobre una rodilla para para quitarle las zapatillas a ella, una por una. La sacó del paseo para llevarla hacia la suave arena de la playa, muy lejos del caos que acaban de dejar. La sal en el aire remplazó la abrumadora mezcla de perfumes y colonias. Las rítmicas olas rompiendo contra la playa eran un fondo mucho mejor que los golpes bulliciosos del Dj y las estrellas mucho más elegantes que cualquier interior. Sólo la fría brisa del verano que habían sentido en el balcón permanecía igual.

—Bueno, aquí estamos. Miami Beach en toda su gloria. Es hermoso, ¿verdad? —dijo Iván mirando hacia el cielo negro como la tinta.

—Sí —respondió Jade—. Sí, lo es.

Tomándola de la muñeca la llevó a la orilla donde la arena estaba mojada y suave. Moviéndose hacia el norte, empezaron su caminata a la luz de la luna.

—Me gustaría pensar que fue una excelente cita —caviló, mirándola de reojo.

—¡Nah! Yo le pondría nueve, únicamente —bromeó ella y le apretó la mano.

—¿Un nueve? —protestó—. ¡Eso duele! Lo bueno es que eres chef y no profesora. Odiaría que me reprobaras.

—Bueno, hay algo que te puede conseguir un punto extra… ¡ouch!
—Jade se tambaleó hacia adelante, con el pie dolorido así de pronto.

Iván la agarró antes de que se cayera y ella se apoyó en sus hombros.

—¿Qué pasó? —preguntó.

—No lo sé —dijo ella—. Aplasté algo —recorrió la playa con la mirada, tratando de encontrar la fuente de su dolor. Cerca de ella logró ver varias gotas de sangre que parecían negras en la semioscuridad y destacaban contra la arena grisácea. No muy lejos de ahí, estaba un trozo de una concha rota, la culpable de arruinar su noche casi perfecta—. Creo que fue una concha.

—Ven, deja que te ayude —Iván le tendió la mano. La bajó lentamente sobre la arena y se sentó con las piernas cruzadas junto a ella en la playa.

Jade se estremeció cuando él tomó su pierna para ponerla sobre su regazo. Levantó su pie y usando la luz de la luna la examinó a conciencia.

—Pienso que es posible que tenga que amputar. Soy médico, ya sabes.

—Ja, ja —Jade dobló su pie para conseguir una mejor vista del daño.

Sangre coagulada y arena cubrían la herida de unos dos centímetros de longitud.

—Necesita limpiarse —dijo Iván, tomando de nuevo su pierna para dirigirla hacia él y apretando gentilmente con la punta de sus dedos.

Vio con asombro cómo seguía inspeccionándola. Una mezcla de concentración y preocupación bailando en su rostro, provocándole a ella algo dentro de su alma. Había pasado mucho tiempo desde que un hombre se había preocupado por su bienestar. El pensamiento la intrigó y asustó a partes iguales.

—Espera un segundo —dijo mientras tomaba uno de sus zapatos y se encaminaba a la orilla del agua. Lo sumergió en el mar y entonces regresó a ella—. Esto va a doler un poco.

—Está bien —dijo Jade con una sonrisa—. Soy una chica grande. Puedo soportarlo.

Sus ojos seguían cada movimiento de Iván mientras atendía su herida, limpiándola hasta que no había rastros de arena o sangre. Hizo una mueca de dolor sólo una vez cuando el agua salada tocó la herida. Se sorprendió cuando Iván se desabrochó la camisa y se la quitó. Agarrándola con las dos manos hizo un movimiento para romperla en dos. Eligió el pedazo más pequeño, envolvió la tela con fuerza alrededor de su pie y la aseguró con un nudo.

—Eso debería de parar el sangrado —dijo con seriedad y entonces una sonrisa pícara cruzó su rostro cuando la miró—. «Tenemos» que dejar de arruinar mis ropas. Dentro de poco no tendré nada que ponerme.

—Humm… podría acostumbrarme a eso —Jade levantó una ceja.

—Nena, eres todo un caso —respondió Iván con una carcajada pero sin advertencia sus pantalones se sentían apretados y restrictivos. «Mmmm, chiquita…» no podía precisar qué era ni se preocupó por analizarlo en ese momento, pero algo a cerca de Jade encendía una llama en lo más profundo de su ser. Ella era hermosa y también espléndida, atenta y de buen corazón y en ese momento se dio cuenta que no podría cansarse de ella. Podría pasar el resto de su vida felizmente arruinado sus ropas y riendo mientras ella estuviera a su lado.

Levantó el pie de Jade hasta su boca, besándole tiernamente los dedos de los pies. Evidentemente encantada, Jade suspiró y se recostó en la arena. Sus piernas se abrieron ligeramente y él comenzó con su apasionado asalto. Cuando sus besos llegaron al borde de su vestido, una sonrisa llenó su rostro y supo que rompería su promesa de no tener relaciones sexuales. No poseía la fuerza de voluntad o el deseo de resistirse a la diosa que tenía delante. Colocando la pierna de ella sobre el suelo, cuidando de no golpearle el pie lesionado, Iván puso sus manos debajo de los muslos de ella, sosteniendo su peso. Un millón de pensamientos aturdieron su mente, todos y cada uno de ellos llevándole a la misma conclusión: «tengo que saborearla».

Lenta y tortuosamente, Iván se abrió camino hasta el muslo donde una capa de raso era lo único que lo separaba de su dulzura. Acariciándola muy suavemente con su lengua sobre la tela, sintió a Jade retorciéndose, agarrándolo del pelo. Los gemidos sutiles y la respiración jadeante que salían de ella eran como descargas de adrenalina para su creciente pasión. Iván hizo rápidamente a un lado las bragas con su dedo y la acarició con un delicioso lametón.

—IIIIIIván… —gimió ella, completamente incapaz de terminar de hablar cuando se llenó de puro placer. Iván continuó con lo que estaba haciendo, chupándola con lametones implacables y Jade no tardó en correrse violentamente bajo su cuerpo. Su voz resonó en el aire de la noche mientras gritaba su nombre.

Sin previo aviso, se aferró a sus hombros y lo empujó sobre su espalda. Con movimientos inestables, se incorporó y se sentó a horcajadas sobre sus piernas.

Jade buscó a tientas la cremallera y él lanzó un suspiro de alivio cuando sus pantalones se abrieron, luego batalló por un momento para meter su mano en el bolsillo. Le lanzó el paquete de aluminio a ella y Jade ralentizó sus movimientos para poner el condón en su lugar. Pareció buscar algo en lo profundo de sus ojos cuando se colocó encima de él y comenzó a bajar su cuerpo; su calidez envolviendo su palpitante polla con cada movimiento de sus caderas.

Iván dirigió sus rítmicos movimientos con las manos en su cintura y acarició profundamente su cuerpo voluptuoso, poniéndolos a los dos un paso más cerca del orgasmo. Inclinando su cabeza hacia atrás, Jade se pasó las manos por el pelo mientras gritaba su placer. Luego se derrumbó encima de Iván y le abrió los labios, metiendo su lengua hasta el fondo de su boca. El sonido del éxtasis de ella hizo eco en su oído, llevando su pasión a un nivel imposible. Empujó fuertemente dentro de ella, los sonidos de carne contra carne llenando el aire de la noche. Embestida tras embestida, Iván levantó sus caderas de la arena para tomarla más profundo. Jade dio la bienvenida a cada centímetro de él, enviándolos a una órbita de dicha sexual. Los minutos parecieron horas mientras sus cuerpos chocaban entre sí, la tensión aumentaba cada vez que él levantaba las caderas para encontrase con las de Jade, ambos luchando por alcanzar el clímax. Iván se estremeció cuando la calidez de Jade se apretó y pulsó alrededor de su pene. A medida que sus cuerpos se balanceaban al unísono, espasmos de placer lo envolvieron y ellos gritaron al fin su liberación.

Sin aliento, pero lleno de vida, Iván se derrumbó en la arena con Jade montada sobre él. No había palabras para describir lo que habían compartido. Respiraron agitados durante un tiempo, pero mientras yacían bajo las estrellas, Iván se sintió relajado, total y completamente y pronto, él y Jade habían igualado su respiración a una lenta y acompasada.

—Bueno, creo que rompimos esa regla, nena —dijo Iván, finalmente rompiendo el silencio.

—Estoy encantada de haberlo hecho —contestó felizmente Jade sin levantar la cabeza de su pecho. Por un momento, ella le dio palmaditas en el brazo, al ritmo de sus latidos.

Cuando el sol comenzó a clarear en el horizonte, recuperaron sus pertenencias y volvieron al edificio donde el Jeep seguía estacionado. A pesar de su ofrecimiento de cargarla, Jade insistió que podía caminar e incluso se las ingenió para meter su pie vendado dentro del zapato. El aire olía a limpio y la brisa se sentía fresca mientras caminaban lentamente por el paseo marítimo, esquivando a los paseadores de perros y los corredores madrugadores.

Iván podía decir que el valet no sabía muy bien qué hacer con ellos cuando se acercaron. Él sin camisa y Jade con la ropa un poco desecha, ambos cubiertos de arena.

—Hombre, esas tortugas marinas son rudas —bromeó mientras le entregaba el boleto. Jade se echó a reír, pero el aparcacoches sólo consiguió soltar una risita nerviosa antes de correr para recuperar el Jeep.

Minutos después, dobló la esquina y se detuvo frente a ellos. Iván abrió la puerta del pasajero y ayudó Jade a subir. Le dio una generosa propina al empleado que seguía sin decir palabra y se metió en el asiento del conductor, dándole las gracias una vez más antes de salir a las calles casi desiertas de Miami.

Iván tomó la ruta panorámica a lo largo de *Ocean Drive* con la esperanza de robar unos pocos minutos más con ella. Se aferró con fuerza a su mano, llevándola cada poco a su boca para darle un beso, viendo el sol que comenzaba a elevarse mientras conducía. Para el momento en que Iván se detuvo delante de su edificio, ya había amanecido. Soltó la mano de Jade y rápidamente rodeó el jeep para ayudarla a bajar, admirando sus curvas y excitándose de nuevo.

—Eso fue… mágico —dijo, atrayéndola para otro beso prolongado. Susurró suavemente contra sus labios: —¿Cuándo puedo volver a verte?

Jade sonrió, pero fue incapaz de encontrar palabras para responderle.

—No va a haber una segunda cita ¿verdad? —preguntó él.

—Sólo si piensas que puedes superar ésta —murmuró Jade y lo besó en la boca.

—Hmm… creo que puedo hacerlo —dijo Iván atrayéndola más cerca de su cuerpo. El sabor de su brillo de labios sabor piña inundó su boca cuando le mordió el labio inferior—. ¿Por qué no te llamo más tarde, nena? Creo que necesito un baño y una siesta.

De mala gana, permitió que Jade se deshiciera de su abrazo. Ella insistió que no necesitaba ayuda para subir las escaleras y prometió lavar de nuevo el corte de su pie de manera exhaustiva, así que él no tuvo más remedio que dejarla ir. Aún se veía impresionante en su corto vestido negro y la mirada de pura satisfacción en su rostro hizo que Iván sonriera.

Saltando de nuevo al Jeep, negó con la cabeza y rio para sus adentros, poniendo el estéreo a todo volumen mientras se dirigía a casa.

CAPÍTULO 10

"More Than A Feeling"

Tan silenciosamente como le fue posible, Jade metió la llave en la cerradura y giró el picaporte. Lo que realmente necesitaba era una ducha caliente y dormir bien. Lo que no necesitaba era un millón de preguntas de Tasha. Jade se quitó las zapatillas en el pasillo antes de entrar al apartamento, pero al abrirse la puerta, el sonido de alguien susurrando en la sala de estar le hizo saber que al menos uno de ellos estaba despierto. Al doblar la esquina, vio a Michael sentado en el sofá, atándose el tenis.

—Te has levantado temprano —dijo Jade aturdida mientras se frotaba los ojos.

—Sólo voy a correr —respondió Michael mientras se sentaba y la veía. Sorprendido, la miró de arriba abajo—. ¿Una noche movidita?

—Sí, algo así —Jade dejó su bolso sobre la mesa y se giró para irse pero la voz de Michael la mantuvo en su lugar.

—Parece que te hubieran asaltado. ¿Ni siquiera te has ido a la cama?

—No, no he ido a la cama y todo depende de tu definición de asalto —Jade le regaló una media sonrisa—. ¿No ibas a salir a correr?

—De ninguna manera. No ahora. No quiero perderme el evento principal. Desde el minuto que atravesaste esa puerta anoche, supe que no ibas a regresar a dormir, pero Tasha se quedó despierta hasta las cuatro de la mañana esperándote.

—¿Hizo qué? —preguntó Jade con incredulidad—. No tenía que esperarme levantada.

—Seamos realistas, Jade. No es que conozcas realmente a ese tipo aún.

Jade odiaba cuando Michael la llamaba de esa manera, pero él tenía un buen punto. Ella estaba segura que Iván nunca haría algo para lastimarla pero sus amigos no habían comprendido eso.

—Okey, voy a hablar con ella. —Dejando a un lado por un momento su necesidad de dormir, Jade golpeó suavemente la puerta de Tasha.

—Tasha, ¿estás despierta? —susurró. Después de no conseguir respuesta alguna, abrió la puerta y entró. Se sentó a un lado de la cama y movió gentilmente el hombro de su amiga—. Despierta.

—Hummm… —murmuró Tasha y giró sobre su espalda, poniéndose la sábana sobre la cabeza—. ¿Qué hora es?

—Creo que son las seis de la mañana.

Jade escuchó a Michael acercándose y le sintió en la puerta detrás de ella. ¿Pensaba que habría una pelea de gatas o algo así? Ignorando la divertida imagen que apareció en su mente Jade volvió a sacudir el hombro de Tasha.

—Cariño, estoy en casa.

—Bueno —gruñó Tasha—. Estoy encantada que Iván no sea un psicópata o algo, pero ¿puedo volverme a dormir ahora?

Jade se rio entre dientes y se puso de pie, sabiendo que la conversación no estaba ni de cerca, terminada. Cerró la puerta detrás de ella y devolvió su atención de nuevo a Michael.

—No es lo que esperabas, ¿eh?

—Podría haber sido mejor con un poco de crema batida o barro.

—Tal vez la próxima vez —replicó Jade.

—Promesas, promesas —suspiró—. Me voy a correr.

Moviéndose lentamente y apoyándose sobre un pie, Jade fue cojeando hasta el baño de la habitación. Agarrando una toalla del estante, se despojó de su ropa. Abrió el grifo y se metió bajo el chorro de agua caliente, deleitándose con la sensación de la cascada que caía por su cuerpo, llevándose la arena que todavía se aferraba a ella.

El agua bailando sobre su piel le recordó a los dedos de Iván acariciando su cuerpo. Jade nunca se había sentido tan completamente satisfecha o feliz con un hombre y la idea la aterrorizaba. Ella era el tipo de mujer que podría tomar cerveza con los chicos y reírse de todos sus chistes colorados. Ser su amiga solamente, nada en el plano amoroso. Pero quizá esa era su oportunidad de ser feliz, su oportunidad de ser el objeto del verdadero afecto de un hombre y no sólo su lujuria.

Sonriendo, echó una cantidad generosa de gel de baño con esencia de lavanda en la esponja y dejó que el agua se llevara la ansiedad que le habían causado sus sentimientos por Iván. No era exactamente amor lo que sentía, aún no, pero sin duda era algo que nunca había esperado encontrar en la Cena del Vino y nunca con tanta rapidez. Después de enjuagarse a fondo, principalmente su pie, que parecía tener sólo una pequeña lesión, a pesar del dolor inicial, cerró el grifo y se envolvió apretadamente con la toalla.

La distancia a su habitación no tenía más de seis metros, pero con el cansancio que sentía, creyó recorrer un kilómetro. Ni siquiera se molestó en ponerse pijama, Jade se derrumbó en el centro de la cama e inmediatamente se quedó dormida.

—¡Despierta! —gritó Tasha, lo que pareció ser un minuto después. Empezó a saltar en un lado de la cama—. Quiero escuchar todo.

—¿No puede esperar hasta más tarde? —Jade miró con ojos llorosos el reloj en su mesita de noche.

—Vamos, levántate. Iremos a almorzar… tú pagas.

Jade sonrió mientras luchaba por incorporarse, olvidando por un momento que lo único que llevaba era una toalla. Todavía medio dormida, refunfuñó: —Pásame mi bata, por favor.

Tasha saltó de la cama y sacó la bata de felpa de la parte posterior de la puerta.

—¿Vas a levantarte o no? —preguntó testarudamente—. Esperé hasta las cuatro de la mañana. Lo menos que puedes hacer es comprarme el almuerzo en algún lugar de Lincoln Road.

—¿Lincoln? —Jade soltó una carcajada—. Todo lo que quieres hacer es ver gente.

—¡Culpable! —confesó Tasha—. Pero es domingo y cualquier cosa es mejor que el fútbol.

—Bien —aceptó Jade—. Pero dame unos minutos para arreglarme.

Jade rebuscó en su armario y se metió en un par de capris blancos sin adornos y una blusa de tirantes amarilla. Se recogió el pelo en un moño apretado y se aplicó una delgada capa de maquillaje. Después de verse rápidamente en el espejo, se unió a Tasha en la sala de estar.

—¿Lista?

—Sí —Tasha se levantó del sofá.

Sólo unos minutos después, el sol de la tarde caía sobre ellas mientras caminaban por el bulevar, deteniéndose de vez en cuando en los escaparates o colándose en las tiendas para ver de cerca los más recientes Jimmy Choo. Las plazas estaban llenas de gente, los lugareños y turistas por igual decoraban la calle con su brillante y floreada ropa de playa.

—¿Qué te parece este lugar? —preguntó Tasha, señalando el letrero que decía: *Books & Books*.

Un buen de gente estaba ya desayunando debajo de los enormes paraguas azules del restaurante.

—Claro, por qué no —accedió Jade—. He oído que tienen buena comida.

La cuestión era decidir si se quedaban dentro o fuera del establecimiento, aunque con el calor que hacía, la respuesta era obvia. Optaron por la sensación refrescante del aire enfriado artificialmente. Mientras tomaban sus asientos en la parte trasera del restaurante, Jade se preparó para el aluvión de preguntas que sabía que estaban por llegar.

—¿Les ofrezco algo de tomar? —les dijo el mesero de tez blanca cuando les entregó el menú.

—Para mí un capuchino, por favor —dijo Jade.

—Oh, eso suena bien. Voy a tomar lo mismo.

Cuando el camarero se retiró, el comportamiento de Tasha pasó de indiferente a indiscreta.

—Entooooonces —comenzó y de inmediato se lanzó al ataque. Bombardeó a Jade con una pregunta tras otra sin darle la oportunidad de responder.

—Tranquila. Me vas a dar un latigazo cervical si hablas tan rápido —bromeó Jade—. Una pregunta a la vez.

—¿A dónde te llevó? —soltó Tasha después de tomarse una milésima de segundo para recuperar el aliento.

—Fuimos a la fiesta de cumpleaños de su amigo en el *Continuum*. Ese magnífico edificio en *Pointe* —Jade se reclinó en su silla y cerró la boca, a propósito para atormentar a Tasha con su silencio. Parecía estar funcionando.

—Micky me dijo cuán impresentable te veías esta mañana al llegar a casa —Tasha lo intentó de nuevo—. De ninguna manera te verás «así» sólo por ir a una fiesta de cumpleaños.

Jade no pudo ocultar su sonrisa.

—Vamos, Jade. Te he dicho todo acerca de Micky y yo. Desembucha.

—Sí, tú lo haces —respondió Jade—. Demasiado, algunas veces.

El mesero regresó con las bebidas y los colocó sobre la mesa, luego sacó su libreta para tomar sus pedidos para el almuerzo: Pollo estilo oriental para Jade y la ensalada Cobb al estilo de South Beach para Tasha.

Después de que el camarero se fue y ella hubo tomado un largo sorbo de su café espumoso, Jade relató los detalles de la fiesta.

—¿Qué pasó entonces? —preguntó Tasha, sentado en el borde de su asiento—. ¿Logró salir del ascensor en una sola pieza?

—Por favor… no es que me hubiera lanzado sobre él en el ascensor. Puedo controlarme bastante bien.

—¡Ni tú te lo crees! ¿Recuerdas esa vez en la universidad cuando Jim Noon te llevó a los campeonatos estatales? ¿Necesito decir más?

Jade se echó a reír casi escupiendo su bebida mientras recordaba ese fin de semana, parecía haber sucedido hacía siglos.

—Sí, pero en realidad nunca se lo di a Jim.

—¿Quieres decir que ustedes dos nunca…? —Tasha metió su dedo índice de una mano dentro del círculo hecho al unir su dedo pulgar e índice de la otra mano—. Siempre pensé que habías…

—Jim quería que todos pensaran eso, pero no sucedió nada de importancia.

—Pero lo hiciste ayer por la noche, ¿verdad? Quiero decir, Iván y tú estaban más que cachondos e intensos cuando te fuiste.

—Después de la fiesta, Iván quería mostrarme cómo buscar tortugas marinas —dijo Jade con indiferencia y luego se encogió de hombros.

—¿Tortugas marinas? ¿Por qué diantres irías a buscar tortugas marinas en medio de la noche? —exclamó Tasha. Pero después de un momento se le prendió el foco—. ¡Ohhh! Eso explica la arena en el fondo de la bañera esta mañana. ¡Sexo en la playa!

Jade se ruborizó y miró para otro lado.

—Sí, algo así.

—¡Oh dios mío! Te estás enamorando de él —gritó Tasha.

—¿Qué? —replicó Jade—. No lo estoy.

—Sí, lo estás haciendo. Conozco esa mirada.

Cuando se terminó la comida y los capuchinos se evaporaron, el mesero regresó con la cuenta. Mientras miraba su tarjeta de crédito, Jade notó la extraña expresión que cruzó su rostro. Él se giró para marcharse pero dudó.

—¿Hay algún problema? —preguntó Jade.

—No, señora pero usted es... ¿Es la chef Jade Thorne?

—Pues, sí —farfulló— ¿por qué lo pregunta?

El mesero miró a Jade con reverencia. Finalmente tonando el valor para hablar continuó: —Sólo quería decirle que me encantó lo que Dirk D dijo sobre usted en su blog la semana pasada.

—¿Quién? ¿Qué dijo?

—Dirk D. Es el «*blogger*» de sociales de Miami Beach. Fiestas, gente, lugares que se deben visitar, dónde comer... Cosas del tipo «por eso no salgo contigo». Él comió recientemente en su establecimiento y puso el enlace a su biografía en la página web del restaurante. Por eso la reconocí, por la foto (el mesero sonrió de alegría). Soy estudiante de gastronomía a tiempo completo. Sólo trabajo aquí para pagarme la escuela y es agradable leer historias de éxito como la suya. Quizá un día seré tan famoso como usted.

Jade consiguió formular una respuesta sin reírse.

—¿Famosa? No diría que lo soy pero gracias por el cumplido. Me has hecho el día.

—Bueno, ha sido genial conocerle —todavía parecía un poco deslumbrado cuando tendió la mano para saludarla.

—El placer es todo mío. Espero verte allí en algún momento.

—Bien, gracias —él se alejó de la mesa con una risita infantil.

Jade miró a Tasha que estalló en una carcajada que podría haber alcanzado la escala Richter.

—Mira, ya eres famosa. Puedes permitirte el lujo de pagar mi almuerzo.

—No te metas conmigo —advirtió Jade—. Me pregunto quién será ese tipo Dirk D., tendré que *googlearlo* cuando llegue a casa.

Seguían riéndose cuando salieron del restaurante, se tomaron del brazo y se dirigieron a una boutique calle abajo.

Poco tiempo después Jade agarró un seductor *baby doll* que después regresó a su lugar en el estante. Satén y seda de vivos colores la rodeaban. Hacía mucho desde la última vez que había comprado lencería y se sentía un poco perdida.

—¿Qué te parece esto? —le preguntó Tasha, mirando por encima de una pila de batas de raso. Levantó un lindo conjunto de sostén y panty.

—Demasiado… rosa.

—Jade —se quejó Tasha—. Hemos estado aquí una hora. Tiene que haber algo que te guste.

—Hay muchas cosas que me gustan pero no son lo que estoy buscando y sólo han sido quince minutos listilla.

—Quizá deberíamos intentar en esa otra tienda en la Quinta.

Jade negó con la cabeza y siguió buscando en las perchas. Se detuvo cuando un pequeño conjunto negro le llamó la atención. El sujetador y la tanga eran de brillante raso negro y resaltarían su figura, levantándole algunas cosas que necesitaba. La liga era de un encaje sinuoso que hacía juego con el tirante del sostén.

—¡Espera! —exclamó Jade—. ¡Esto es perfecto!

Tasha se echó a reír de nuevo.

—¿Y dices que no estás enamorada de él?

Jade giró la etiqueta con el precio y estuvo a punto de ahogarse. No había gastado tanto ni en su último par de Fluevogs.

—¡Qué rayos! —dijo más para sí misma que para Tasha que estaba ya de camino a la caja registradora. Seleccionando un par de medias de uno de los estantes, los puso en el mostrador a lado de sus nuevos regalitos, sonriendo al imaginar la mirada que pronto notaría en el rostro de Iván.

CAPÍTULO 11

"*Dream On*"

Esa noche, la cocina parecía un poco diferente: los olores eran más potentes, las luces fluorescentes menos fuertes y las tareas mundanas que ocupaban el noventa por ciento de su tiempo eran menos, pues, mundanas. Había notado una nueva tendencia en los días transcurridos desde que Dirk D la había mencionado en su blog, el mismo que ella seguía sin poder revisar. Los pedidos de atún se habían triplicado en la última semana, había más reservaciones para cenas y ya le habían dicho que las noches que trabajaba en el restaurante, estaban más ocupados que de costumbre.

En lugar de delegar todas las funciones a sus *sous chefs*, Jade se ocupaba personalmente de la preparación de cada platillo que salía de su cocina cuando ella estaba allí. Y no era sólo el personal de cocina y los meseros que notaban los cambios. Geoff, el propietario, también había notado un repunte en las ventas. En las noches que Jade personalmente cocinaba los alimentos, los ingresos habían aumentado significativamente y, le dejó en claro que recibiría un buen cheque de bonificación como agradecimiento. También había designado una mesa en la parte delantera de la sala principal, como la mesa del chef, asegurando que los VIP's e invitados de ella tuvieran los mejores asientos de la casa.

Jade también había decidido tomarse un par de libertades respecto a su apariencia mientras estaba en el trabajo. Su cabello aún tenía que estar recogido, pero había empezado destacando sus rasgos con un lápiz labial de color salmón, un toque de colorete y sombra de ojos color avellana que hacía que sus ojos brillaran como esmeraldas recién pulidas. ¿Quién sabía cuándo tendría que hacer una aparición en el comedor? Jade había llegado rápidamente a darse cuenta de que en Miami, la imagen lo era «todo».

Esa tarde sus pantalones negros complementaban su uniforme de chef perfectamente planchado, bordado con su nombre, Chef Thorne, en la solapa izquierda. Y se había asegurado que el bordado estuviera en el lado más pequeño para que se viera mejor. Habiéndose hecho cargo de todos los aspectos relacionados con su vida laboral, Jade se sentía preparada para casi cualquier cosa.

Y en ese momento, a pesar del atún medio cocido y las verduras que acompañaban el plato, dispersos delante de ella, Jade no podía dejar de preguntarse qué estaría haciendo Iván. ¿Dónde estaba? ¿Andaba el pelo recogido en una cola de caballo o colgando salvajemente alrededor de su cara y los hombros? ¿Qué llevaba puesto? «Ahora no». Hizo a un lado las vívidas imágenes. «Lo veré pronto… completito». Pero ¿cuándo?

Todavía no habían hecho planes para su próxima cita. La restaurante le exigía suficiente y él estaba cargado de trabajo, trabajando jornadas más largas; incluso después de haber terminado de ver a sus pacientes mientras se preparaba para lanzar un nuevo plan de dieta para la clínica. También consiguió hacerse un hueco para una sesión de fotos en alguna ocasión y siempre tenía en mente un plan para algún tipo de nueva inversión. Era el tipo de hombre que intentaba hacer de todo. Jade se rio para sus adentros. Pero mientras él se lo estuviera haciendo a ella… Se interrumpió cuando su mente pasó de programación para todo público a una tres equis.

Tal vez podría enviarle un pequeño saludo para hacerlo sonreír, con esa sonrisa arrogante que tanto amaba. Agarrando su teléfono, sus dedos comenzaron a escribir:

Quería decirte que extraño sentirte… Dentro de mí ;)

Un segundo mensaje siguió al primero después de unos cuantos minutos de retraso. «Eso ayudará a que fluya un poco de sangre». En cuestión de segundos la respuesta apareció en su pantalla:

Dios mio! Me gusta, chica.
No puedo esperar a probar tus labios…

Jade se obligó a trabajar, intentando no pensar demasiado en la clase de labios a los que se refería él. Pervertido. Sólo de imaginárselo estando entre sus pierna se le nublaba la vista. Intentando que su mente se concentrara en la tarea en cuestión, empezó a cortar las diferentes verduras. Una vez que empezó con ello, rápidamente pasó a trabajar el atún, añadiendo las especias y ablandándolo al mismo tiempo. Poniendo la llama a todo lo que daba, vertió el aceite de oliva extra virgen en la sartén y se dispuso a cocinarlo. Ni una sola vez se bajó el ritmo y cuando levantó la vista, un grupo de *sous chefs* se habían detenido para observarla.

—Sigan trabajando —les regañó con un rubor cubriéndole el rostro pero volando a través de su primer lote de órdenes, y quizá con la cabeza en otro lado por momentos. Jade se impresionó incluso a sí misma.

—Ahora todo lo que necesito es un programa en la televisión —Jade bromeó por lo bajo mientras ponía los toques finales a la ensalada de *carpaccio*.

Susan entró corriendo por las puertas dobles de la cocina y gritó de inmediato.

—¡Volvió! —El corazón de Jade revoloteó. ¿Cómo había llegado tan rápido? Debió haberle leído la mente. ¿O estaba ya de camino cuando le mandó el mensaje de texto? Empezó a imaginar la escena en su cabeza: Iván saboreando el brillo de labios de sabor piña que ahora se ponía a diario, mientras sus labios, suaves y dulces se unían a los suyos en beso tierno. Pero su fantasía se vino abajo cuando Susan terminó lo que había estado diciendo—. Ese tipo que es crítico gastronómico, el que conoce el novio de la Chef Thorne.

—Él no es mi novio y no estamos en secundaria —dijo Jade un poco asustada. No es que el hecho de que Susan usara la palabra «novio» le molestara… Le ponía un poco de los nervios pero también era reconfortante y algo a lo que sin duda podía acostumbrarse. De pronto la realidad le cayó como un balde de agua fría: el crítico gastronómico estaba sentado en el comedor «otra vez». Eso era una buena señal ¿no?

—¡Oh, Jesús! —murmuró. Todos los pensamientos sobre Iván se evaporaron temporalmente y se puso las pilas de inmediato—. Avísale que estoy disponible y que cocinaré encantada cualquier cosa que ordene.

—Está bien, eso haré —dijo Susan mientras salía corriendo otra vez por la puerta—. Y viene acompañado de la falsa rubia —añadió—. Esa con las enormes… ya sabes.

«¡Otra vez ella! ¿Quién diantres es esa?» —gritó mentalmente Jade—. «Vamos, enfócate. Esta es la segunda vez en el mes que viene para acá, debe gustarle la comida… Puede que sólo sea una coincidencia». Jade se paseó por la cocina para asegurarse que todo estaba listo.

—Aquí vamos —anunció Susana cuando regresó—: quieren un Mero frito con salsa de tapioca, Cordero a la menta, Pato en salsa de uvas y por supuestoooooo ¡un Suflé a los tres quesos!

¡Vaya examen! Sin duda habían pasado de una cena casual a un examen profesional de gastronomía.

—Muy bien, gente, escuchen —gritó Jade—. Tenemos unos VIP's en la casa esta noche, así que haremos que quede a la primera. ¿Vale?

Jade se sintió feliz al verlos cuadrar los hombros, reajustarse las ropas y las mangas mientras el ejército de *sous* chefs y meseros se preparaban para una guerra de cocina. Jade estaba justo en la zona de batalla. Ya sea que fuera el entusiasmo por la prueba, la conmoción de estar bajo presión o la confianza con la que le había dejado Iván, no estaba segura del qué, pero algo estaba funcionando a su favor.

Sus principal prioridad era asegurarse de que empezaran el suflé. Después de eso, se apuró a freír el pescado y preparar el cordero y el pato. Tomo especial cuidado de la presentación artesanal mientras los colocaba en el plato.

Recordando que a la intimidante rubia le gustaba el vino, añadió una botella de *pinot noir* para que la probaran durante la cata. Susana tomó rápidamente los platos y se fue hacia la mesa del chef.

Aunque había otras órdenes que atender, Jade se mantuvo atenta a la puerta de la cocina hasta que finalmente regresó Susana.

—Ya terminaron —anunció—. ¿Les llevo ya el suflé?

—¿Escuchaste o viste algo? —preguntó Jade, caminando impaciente delante de la estufa—. ¿Por lo menos parecían disfrutarlo?

Susana sonrió por fin.

—¡Les encantó! —dijo con efusividad—. Mientras estaba esperando cerca de la mesa, logré escuchar un poco de lo que dijeron. Estaban muy enfocados en la presentación, que les encantó por cierto, y la rubia se mantuvo diciendo lo agradable y linda que eres.

—¿Qué diantres tiene eso que ver con mis platillos?

—El crítico dijo que no cambiaría nada —continuó Susana—. Estaba muy concentrado disfrutando del pato —dijo con una risita.

—Está listo, puedes llevarlo —Jade le pasó cuidadosamente el suflé. Estaba física, mental y emocionalmente agotada pero más que feliz al saber que habían disfrutado la comida. Entre el trabajo, Iván y los críticos, estaba acabada, pero en el mejor sentido posible.

Los segundos se hicieron eternos otra vez en el reloj estilo años cincuenta que colgaba en la pared de azulejos de la cocina. Jade continuó su paseíto inquieto hasta que Susana regresó con una mirada radiante.

—¡Les encantó! —gritó y corrió hacia Jade para abrazarla—. ¡Felicidades! Te lo mereces.

Jade y Susana saltaron de arriba abajo por un breve momento, como si de chamaquitas se tratara, pero de inmediato recuperó la compostura y sonrió arrogante.

—¡Sabía que podía hacerlo!

—Quieren hablar contigo un segundo porque tienen prisa, así que ve con ellos antes de que se vayan.

—¿Qué? ¿Cómo me veo?

—Te ves como una condenada supermodelo disfrazada de chef. ¡Ahora mueve tu trasero fuera de aquí! —agarrando una toalla de los estantes, Susan le sacudió la harina que tenía en la manga.

—¡Gracias! —tomando una respiración profunda, Jade atravesó las puertas hacia su destino. La rubia y el crítico ya estaba de pie y tomando sus cosas, listos para irse. Jade atravesó la sala con maestría, casi corriendo para alcanzarlos pero fue interrumpida por un ramo de rosas rojas, blancas y amarillas. Sacándolas de su camino, intentó pasar al hombre pero fue detenida por el maître.

—Chef Thorne, necesita firmar por esas —dijo con su presumido acento francés.

—¿Son para mí?

«Imposible».

—Sí —respondió, claramente molesto por la invasión de lo que parecían unas ocho docenas de rosas de tallo largo.

—Debe ser un error.

—No, Chef Thorne, dice aquí en la tarjeta: «Para Jade, mi cómplice en la búsqueda de tortugas» —dijo—. Ni siquiera voy a preguntar a qué se refiere —resopló mientras le tendía el pequeño sobre blanco y las rosas.

«¡Dios mío! No se atrevió a hacerlo» —agarró la tarjeta que le pasó el maître—. «¡Dios! Sí lo hizo».

Los críticos culinarios ya iban hacia ella y Jade se asustó.

—Espere aquí, ahora vuelvo —le dijo al maître y enfocó su atención en los VIP's.

—Chef Thorne, es un gusto verla de nuevo —exclamó el hombre calvo ofreciéndole su mano—. Soy Stephen Watson, crítico de gastronomía del *Herald*.

—Estoy feliz de conocerlo oficialmente Señor Watson. Espero que haya disfrutado de la comida —balbució intentando reprimir su emoción.

—Otra obra maestra culinaria —cacareó su archienemiga que iba enfundada en un vestido rosa demasiado apretado.

—Es bueno verla de nuevo —Jade le sonrió.

—Desafortunadamente tenemos que irnos —explicó el señor Watson, jugueteando con el botón superior de su camisa—. Pero esté atenta al periódico en estos días. Pienso que estará encantada con uno de mis próximos artículos —sonrió y le hizo un guiño que mandó a Jade hasta la luna de tanta alegría.

—Definitivamente lo haré y gracias por comer aquí. Siempre es un placer atenderles.

Jade fue interrumpida nuevamente por el maître.

—Chef Thorne, ¿puede firmar eso, por favor? El mensajero tiene que irse.

Jade sonrió educadamente mientras imaginaba apretando el maldito cuello del francés por interrumpir el momento más importante de su vida gastronómica.

—Vaya, aparentemente no somos los únicos impresionados con usted ¿verdad? —dijo la rubia con un tonito celoso.

Jade, avergonzada, sólo pudo soltar una risa por la situación. Corrió y le arrebató la pluma al maître para firmar el recibo. Devolviendo su atención al crítico y a la rubia, Jade respondió:

—Espero verlo de nuevo y estaré ansiosa de leer su artículo, señor Watson.

—Sí, la próxima vez «tiene» que acompañarnos en la cena.

—Definitivamente —aceptó Jade—. Por favor, avísenme cuando estén por venir y estaré encantada de acompañarlos.

La rubia se inclinó para darle un abrazo a medias, muy de la alta sociedad.

—Estaremos en contacto —dijo la rubia y entonces ambos se despidieron.

¡Maldición! Seguía sin saber el nombre de esa mujer, pero no importaba. En su mente, acababa de ganar el Super Bowl y era tiempo de celebrarlo. Pero primero debía encargarse de: ¡ocho docenas de rosas! Sonrió a la florería que ahora llenaba el restaurante y decidió ponerlas en toda la estancia como un recordatorio de la noche. Regresó a la cocina tan pronto como terminó de acomodarlas y se sirvió una copa de su *shiraz* australiano favorito, el mismo que amaba desde aquella noche que pasó en Sarasota.

Sacando su teléfono de su bolsillo, rápidamente escaneó sus mensajes y esa vez encontró un correo electrónico de Iván:

> Dicen que si le das a una mujer un ramo de rosas, sonreirá.
> Si le das dos, pensará en ti.
> Dale tres y te perdonará.
> Mándale cuatro y se enamorará de ti.
> He doblado esa cantidad y todo lo que pediré es una segunda cita.
> Señorita Thorne, ¿me harías el honor de acompañarme a por
> segunda vez este viernes?
> Tu cómplice buscador de tortugas,
>
> ~Iván.

Una sonrisa amenazó con apoderarse del rostro de Jade. En ese preciso instante, su vida era perfecta. Sentía un poquito de temor porque dicen que cuando todo marcha bien es porque algo malo está por venir. El Viernes… ¡Dios! No tenían eventos especiales así que podía dejar listo todo y escaparse temprano. Cerró sus ojos por un momento para calmarse. Los eventos de esa noche habían sido demasiado maravillosos para ser reales. Al día siguiente podría preocuparse por el peligro que conlleva tanta perfección. Esa noche era toda suya.

Bajó la vista hacia su teléfono por un segundo antes de responder:

> Noventa seis rosas no podrían haberme hecho sonreír o
> pensar más en ti, de lo que ya lo estaba haciendo, pero
> sí, definitivamente te han conseguido esa salida. ¡Vamos a
> buscar más tortugas!

Rellenando su copa una vez más, Jade brindó consigo misma y se bebió todo el líquido antes de volver al trabajo como una mujer nueva… una mujer completa.

CAPÍTULO 12

"*Young Lust*"

*F**ree Bird* de *Lynyrd Skynyrd* chilló desde la mesita de noche cuando la alarma se accionó en el teléfono de Iván a las cinco y media de la mañana.

El sonido lo despertó de su sueño casi comatoso. El rock clásico era un giro de ciento ochenta grados a los tranquilos sonidos de la selva con los que se había quedado dormido.

—¡Ay, ay, ay…! —fue todo lo que pudo decir mientras se frotaba los ojos. Su mente de inmediato empezó recordar todo lo que tenía que hacer ese día. De alguna manera tendría que ajustar sus acostumbradas sesiones de ejercicio antes de arreglarse para su fantástica noche con su nueva chiquita. «Dios» —pensó—. «Tengo que dejar de llamarla así».

Se estremeció cuando lo golpeó al aire helado. Desde que se había mudado a Miami, dos años atrás, había insistido en tener el aire acondicionado a todo lo que daba, durante la noche para poder dormir. Eso le recordaba los inviernos tan crudos del noroeste de Pensilvania a los que se había acostumbrado desde niño.

Cuando levantó la sábana, decidido a empezar el día, su polla lo saludó, dura y erecta contra su estómago. Debía de haber estado en un sueño fantástico, porque el aire estaba helado y aun así se las había arreglado para estar más que preparado para la acción.

—¡Maldita sea, nena! —sus pensamientos se desviaron hacia Jade y se preguntó cuál sería su rutina matutina. ¿Dormiría desnuda o con un tanga?

¿Boxers? ¿Alguna jodida prenda con volantes que ni siquiera sabía que existía, pero sin duda se veía genial sobre su trasero? ¿Aceptaría pasar la noche con él, si se lo pedía para poder descubrir eso de primera mano o sería demasiado pronto?

No pudo resistirse a deslizarse su mano sobre su erección cuando los recuerdos de sus preciosas curvas lo despertaron completamente. ¿Cómo lo despertaría ella en las mañanas? ¿Con un beso tierno? ¿Unos suaves golpecitos en el hombro? O quizá, ¿le sorprendería con un beso de otro tipo? La idea de los labios suaves y dulces de Jade lo hizo apretar su polla con ansias. Empezó a acariciarse lentamente, luego más fuerte y más rápido mientras su fantasía se hacía más intensa. Se quitó las sábanas de encima cuando la imagen de Jade llenó su mente, se imaginaba la calidez de ella chocando contra su piel fría, una y otra vez: su sabor, cuando la tenía acostada en la playa, cuando la tuvo debajo de él en el balcón, el perfume de ella mezclándose con su lujuria animal. Su mano acarició su polla con movimientos cada vez más rápidos mientras se imaginaba a Jade llevando el corto vestido negro que abrazaba su trasero firme y sus perfectas tetas, arrodillándose frente a él y tomándolo dentro de su boca. El éxtasis lo golpeó fuerte y rápido. Se quedó con las piernas abiertas, la respiración pesada y su cuerpo agotado.

Cuando se hubo recuperado y finalmente salió de la cama, Iván fue recibido por un suelo frío. Se arrastró hasta la ventana de su apartamento en el duodécimo piso sobre el lado de la bahía de Miami Beach para echar un vistazo al cielo y ver qué tiempo haría esa mañana. El resplandor anaranjado que iluminaba las nubes sobre el horizonte de Miami pronosticaba lluvia, pero eso no importaba. Tenía que salir a correr. Estaba despierto y esa era su rutina.

Encendió la luz y su habitación quedó iluminada, revelando todas sus cosas familiares y favoritas. Una obra de M.C. Escher colgaba en la pared de color rojo encima de su cama. Su guitarra con el resplandor azul estaba en su pedestal en una esquina, junto a la silla favorita de su abuela, con ese tapizado de mezclilla; era una de las pocas cosas que había cargado con él cuando dejó la casa de sus padres. La cómoda de castaño estaba colocada debajo de la ventana con vista al océano, de esa manera, hasta en sus días con más carga de trabajo, tendría ese paisaje para recordarse que la vida era hermosa y amada.

—¡Mierda! Hace frío —murmuró para asegurarse que no se estaba imaginando el frío. Se puso un par de calzoncillos limpios, unos shorts blancos y su playera favorita de Pink Floyd, entonces se dirigió al baño.

Iván se mojó la cara con agua fría y se empapó el cabello intentado provocarse un subidón de adrenalina para los once kilómetros de su paseo diario. Observó el agua que resbalaba por su cara en el espejo y sonrió. El agua quedó en el olvido. La imagen de Jade en la playa pasándose las manos por el pelo mientras la luz de la luna la daba una apariencia etérea, fue todo la motivación que necesitaba para la carrera que tenía por delante.

La emoción le duró poco cuando su mente volvió a repasar todas las actividades que tenía que hacer ese día: ejercicios, pacientes en el spa, un desayuno de trabajo para afinar los detalles del lanzamiento de su nuevo programa de pérdida de peso, después regresar al trabajo, más ejercicios y «entonces» su segunda cita con su tan deliciosa nueva adicción.

Esa noche planeaba ofrecerle a Jade una experiencia completamente nueva. Se sentía tan emocionado como paralizado por las posibilidades. Volviendo a su habitación se sentó en la cama y se colocó los viejos tenis. Estimaba que le habían acompañado por unos mil seiscientos kilómetros y estaban ya a punto de ser jubilados. Después de amarrarse las agujetas, hizo un intento de estiramiento antes de agarrar su teléfono y completar el mismo ritual que seguía todas las mañanas. Pasando a través de la sala de estar a oscuras, entró a la cocina para poder robarse una botella de agua del refrigerador y tragarse el contenido, con la esperanza de tener suficientes líquidos en su sistema para enfrentarse a la bochornosa mañana.

Después de cerrar la puerta del refrigerador, desandando el camino hasta la puerta delantera, salió hacia el elevador. Mientras se acercaba, sus obligaciones laborales y de placer le llegaron de nuevo a la cabeza y decidió subirle el volumen a las canciones. Pero no tardó en darse cuenta que su intento de distraerse con las letras de Pink Floyd eran inútiles. Su trabajo pasó a segundo plano porque no podía dejar se preguntarse lo que llevaría puesto Jade esa noche para su cita o lo que no llevaría, si conseguía llevársela a la cama.

«¿Un vestido de tirantes? No, demasiado casual. ¿Un vestido de noche? Demasiado formal. ¿Un traje sexy de policía? Esa sí que era una idea interesante pero muy improbable.» De cualquier manera, lo que sea que decidiera llevar puesto, él sabía que Jade se vería genial. Ella podría ir con un traje de payaso y aún verse sexy.

Al entrar al ascensor, Iván continuó con sus ensoñaciones y predicciones personales. «¿Cabello suelto o levantado? ¿Tacones o zapatos de piso? ¿Perfume floral o afrutado? ¿Mucho maquillaje o si inclinaría por algo más natural? ¿Una tanga o…?» —se detuvo—. «¡Dios, soy terrible! Pero de seguro llevará tanga» —le dijo una voz en su cabeza—. Él tenía su propio fetiche por esas minúsculas piezas de hilo dental que las mujeres consideraban ropa interior, sin mencionar las faldas que con mucho trabajo las tapaban.

Cuando el elevador llegó a la planta baja, Iván salió con la pila bien cargada, su sangre bombeando con fuerzas por las fantasías que tenía con el bomboncito al que estaba cortejando. «¿Cortejando?» ¿Eso era lo que estaba haciendo? ¿Su relación con Jade tenía el potencial para ser algo más que una maravillosa búsqueda de tortugas marinas? La respuesta le llegó tan natural como respirar: «Sí».

Iván seguía sin poder creerlo (asombrado por no haber llegado antes a esa conclusión), cuando dejó el aire acondicionado del lobby para enfrentarse al extra caluroso viento que le golpeó como una tonelada de ladrillos.

Adentrándose en el horno húmedo que era Miami Beach, trotó la corta distancia hasta la playa. Empezó su estiramiento formal, esperando estirar sus músculos lo suficiente, los cuales aún parecían estar dormidos. Menos de cinco minutos en el calor y su playera ya estaba empapada de sudor, así que decidió quitársela y meterla en los bolsillos de su short.

Una mujer que trotaba por ahí aminoró su ritmo para poder mirar. Sus bíceps quedaron completamente visibles cuando estiró sus manos sobre la cabeza, todo lo que pudo para distender sus músculos por última vez. La mujer se tropezó y estuvo a punto de caer de boca sobre la arena.

—¿Te encuentras bien? —le preguntó después de escucharla jadear, pero con sus pensamientos enfocados en Jade, con trabajo y se fijó en aquella chica.

Cuando empezó a correr no pudo evitar preguntarse si estaba conquistando a Jade de la manera adecuada. Nunca había estado detrás de una chica antes y ser tan directo era algo extraño para él. Todas sus relaciones anteriores habían sido provocadas por un amigo en común o su agente, así que el juego que estaba jugando en ese instante era diferente. Pero también había algo distinto en Jade.

Recordó el segundo en que había puesto sus ojos en ella. Su porte cuando atravesó la pista de baile, su presencia, era palpable. La forma en que su vestido rojo delineaba su cuerpo delgado, la mirada en su rostro. Desde el primer momento en que la vio, Iván supo que esa era el tipo de mujer por las que vale la pena correr riesgos.

Y sí, él había viajado por todo el mundo y había estado con reinas de belleza, actrices, cantantes y *socialités*, pero esa chica del vestido rojo lo había puesto de cabeza y había alterado su mundo sin ni siquiera saber su nombre. ¿Y desde que «sabía» su nombre? Bueno, su adicción había empeorado.

Iván terminó su calentamiento y recordó que tenía dos opciones: correr en el camino que bordeaba la playa o salirse del cemento y pisar la arena. Se recordó que había decidido mudarse a Miami para poder vivir en la playa, así que se inclinó por lo último. Dándole a su cuello un estirón final y a su espalda un giro rotativo, Iván devolvió su atención al sicodélico ritmo de la música y empezó a moverse por la arena, tenía seis kilómetros por delante y mucho sudor que sacar. Pero no podía dejar de sonreír.

CAPÍTULO 13

"Shakin'"

Jade dio vuelta por la cocina, por quinta vez, o algo así, leyendo y releyendo el mensaje de texto que había recibido durante su hora libre para el desayuno:

Sólo quería desearte un hermoso día y espero que estés lista para la noche mágica que nos espera. Estoy ansioso por conocer a la verdadera Jade Thorne esta noche, por dentro y por fuera. Ojalá estés hambrienta. La palabra clave es ¡informal!

¿Hambrienta? Eso era sencillo. Pero, ¿informal? ¿Qué significaba eso? ¿Un vestido? ¿Pantalones? ¿Shorts? La jerga de Miami Beach era un idioma que necesitaba aprender, y rápido. Pero a Jade le preocupaba que incluso si llegaba a entender el lenguaje, nunca podría hablarlo con fluidez. Su guardarropa era un poco modesto y no había muchas prendas que llevaran etiquetas de diseñador. Temiendo estar haciendo una tormenta en un vaso de agua, Jade, tan casual como le fue posible, le preguntó a su *sous* chef (que además de ser nativo de Miami, siempre andaba a la última moda), lo que Iván consideraría ropa informal.

Riendo, Bert la jaló hasta las puertas de la cocina para echar un vistazo al restaurante.

—¿Ves a esa mujer con el top azul y pantalones bonitos? Eso es informal —le dijo mientras señalaba a la mujer que estaba en el bar—. ¿La mujer que está allá en ese vestido rojo y zapatillas? Eso es informal pero elegante. Si te dicen: formal. Piensa en algo que llevarías a la boda de un famoso. ¡Y listo! Tips para vestir bien en Miami Beach, paso por paso.

—¡Entendido! —dijo Jade sintiéndose un poco mejor cuando regresaron al trabajo.

Ella podía conseguir eso mismo, y ya que sabía cómo elegir su vestuario, todo lo que necesitaba era que su día terminara. Pero el tiempo parecía ir lentísimo mientras hacía los arreglos necesarios para los clientes de esa noche, lo cual le dio a Jade el tiempo necesario para escanear mentalmente su clóset y probarse imaginariamente distintas ropas. Cuando logró salir finalmente salir corriendo por la puerta, estaba tranquila de dejar al personal de esa noche bien preparados. Estaba sorprendida de tener un fin de semana realmente planeado en lugar de pensar en las horas interminables sin nada que hacer a las que se había acostumbrado.

Fue prácticamente corriendo hasta su carro, rompiendo cada límite de velocidad camino a casa. Jade prefirió correr los cuatro tramos de escaleras que esperar el elevador para llegar a su apartamento, rezando porque Tasha estuviera ahí para ayudarla a arreglarse. En su frenético intento por abrir la puerta, las llaves se le cayeron al piso. Se maldijo por hacerse perder el tiempo. Entró corriendo al departamento y para suerte suya, Tasha estaba sentada frente a la computadora y Michael no se veía por ningún lado. ¡Perfecto!

—¡Cálmate, matadora! —dijo Tasha cuando vio a Jade pasar corriendo a su lado—. ¿Dónde está el fuego?

—No hay ningún fuego —gritó Jade desde su habitación—. Pero necesito que me ayudes a arreglarme. Iván pasará por mí en dos horas así que necesitamos apurarnos.

—Toma respiraciones profundas y lentas. ¡Relájate! —se rio Tasha—. ¿Realmente crees que él está así de loco preparándose para ti?

Iván apagó su computadora y dejó su oficina unos pocos minutos después de su última consulta. Hizo a un lado el montón de papeleo y dio una ronda de despedida a todas las chicas de la recepción, antes de atravesar las puertas del *Four Seasons*. Se montó a su Ducati negra y empezó el viaje de regreso hasta su apartamento, la moto le permitía sortear el tráfico, justo lo que necesitaba hacer. Decidió no ponerse su casco, algo rarísimo en él, pero la temperatura era demasiado perfecta y él amaba sentir el viento deslizándose entre su cabello, incluso sabiendo que era una estupidez correr esos riesgos.

Con su habitual camisa, con los botones desabrochados casi hasta la mitad, Iván finalmente se permitió emocionarse por los eventos de esa noche. Se sentía en la cima del mundo y listo para lo que fuera. Sus lentes de aviador brillaban con el sol de las cinco de la tarde y casi salieron volando de su rostro cuando hizo un giro a mucha velocidad en el estacionamiento. Iván aparcó su moto enfrente de Betty (su Jeep) y corrió hacia la puerta. Se sentía algo intranquilo y sorprendido por su preocupación, no acerca de lo que iba a ponerse sino de cuán limpio (o no) estaba su apartamento y sobre qué cocinar.

Sus planes para la noche incluían compartir su amor por la gastronomía con Jade. Iván no le había dicho a ella (realmente a nadie más), que le habría encantado ser chef. Podría haber seguido por ese camino si no se hubiera quedado atrapado con el modelaje y los asuntos médicos.

Había crecido en una familia que disfrutaba de comidas abundantes y risas al por mayor. Había aprendido a cocinar no sólo viendo a su mamá sino también a su papá. La familia italiana de su madre le dio el don para preparar una perfecta salsa para pasta y el amor por las tradiciones navideñas, como el pastel de jamón y queso y los Siete Peces de Italia (un platillo que disfrutaba cocinar cada Noche Buena vestido en su traje de Santa). Por el lado de su padre, le había llegado la sazón de Cerdos en una manta o *Halupki*, un platillo de col rellena. Cuando se hizo mayor y aprendió más sobre la nutrición por su carrera de medicina, se enseñó las cuestiones básicas para asar un pavo y freír verduras y había estudiado las técnicas simples y saludables para cocinar con ingredientes frescos.

Quería mostrarle a Jade que compartía su amor por la cocina y prepararle una cena completa. Normalmente Iván podría haber pensado que no era una buena idea cocinar para un chef, pero se trataba de Jade «y» de algún modo sabía que tenía la sartén por el mango. No le cocinaría únicamente una comida digna de una reina, si era necesario, podría rematar con una botella del vino que hacía con su padre cada año.

Pero aún se preguntaba «qué» iba a cocinarle. Si hacía algo fácil, ella no estaría impresionada. Si hacía algo difícil y lo arruinaba, se sentiría avergonzado. Necesitaba encontrar un punto medio. Iván miró su reloj. Tenía dos horas para tomar una decisión, comprar los ingredientes, arreglarse, limpiar su depa y por supuesto, conseguirle un regalito. Había sido educado para respetar a las mujeres y él intentaba hacer algo especial en cada cita. ¿Cursi? Sí. Pero a él sin duda le encantaba eso.

Corriendo hacia su apartamento, con las llaves ya en la mano, Iván trazó un plan que esperaba capturara el corazón de Jade de una vez por todas.

La primera hora pasó volando mientras las chicas buscaban frenéticamente el perfecto atuendo «informal». A pesar de los cálculos de Jade mientras estaba en el trabajo, su confusión regresó cuando abrió la puerta de su clóset.

¡Tasha al rescate!

Después de un rápido baño, Jade se sentó frente al espejo llevando unos pantalones con un gran cinturón café y una blusa blanca escotada. Las manos expertas de Tasha daban los últimos toques al maquillaje y el cabello de Jade, asegurándose que pareciera salida del salón de belleza.

El teléfono de Jade sonó, asustándolas a ambas y ella vio que tenía un mensaje de texto. Faltaban quince minutos para que llegara Iván.

«No puede ser él» —se dijo—. La hora estándar en Miami usualmente iba con treinta minutos de retraso.

—No te muevas —le advirtió Tasha—, no quiero que arruines este look «informal» —se rio poniendo los ojos en blanco—. Yo lo veo.

Tasha tomo el teléfono para leer el mensaje:

**Estoy en camino, jovencita. Llego en 5 min.
Espero que no te hayas levantado el cabello.**

—Tanto trabajo para nada. Creo que perdimos tiempo con tu cabello —Tasha suspiró, dándole a Jade una falsa mirada intimidante—. Veo otro desayuno gratis en mi futuro.

El corazón de Jade le dio un vuelco al pensar en lo que se avecinaba. Se había atormentado todo el día tratando de imaginar algo y finalmente estaba por descubrir lo que le esperaba. Escribió rápidamente la respuesta:

Está bien, te esperaré en la entrada.

Acomodando su cabello en una coleta, Jade agarró la pequeña bolsa de cuero que había preparado con anticipación con todo lo necesario: cepillo de dientes, maquillaje, una muda de ropa, y las nuevas prendas que había comprado en Lincoln. Poniéndose las elegantes sandalias, besó a Tasha en la mejilla y le sonrió con complicidad.

—Te debo una.

—Sí, por supuesto —le dijo Tasha. Le devolvió el beso y añadió—: ¡Ah! Trata de no volver esta noche. Quiero todos los detalles jugosos mañana temprano.

Jade sonrió con nerviosismo. No tenía idea de si Iván le pediría que se quedara a pasar la noche y no estaba completamente segura de aceptar. Pero ¿a quién intentaba engañar? La bolsa que colgaba de su hombro era prueba suficiente de que eso era lo que quería.

Se sintió un poco decepcionada cuando salió del ascensor y no vio a Iván por ningún lado. Ni una sola señal de esa bestia negra en la que había llegado la última vez a recogerla. Lo que si le llamó la atención fue un motociclista bastante sexy que estaba estacionado frente a su edificio. Tan sexy y muy Miami Beach.

Sí, eso era. Un chico bonito montando ese monstruo. Mezclilla azul oscuro abrazaba sus piernas y una camisa verde tipo polo con manga corta que se estiraba perfectamente sobre los marcados músculos de sus brazos. La moto rugió a la vida y se arrastró a lo largo de la acera, deteniéndose a pocos centímetros de los pies de Jade, dejándola tan asustada como molesta.

«¿Quién se cree este imbécil que es?»

Sin decir palabra, el imbécil se quitó el casco. Mirándola con curiosidad, Iván preguntó:

—¿Estás haciendo suposiciones de nuevo, jovencita?

Sintiéndose como una completa idiota, Jade se echó a reír.

—¿Bromeas? ¿De verdad crees que me veo como una motera? ¿Quién es el que está haciendo suposiciones ahora, doctor?

Al bajarse de la moto, Iván se quitó el casco, liberando su cabello que llegaba hasta sus hombros. Jade sonrió, recordando cómo se sentía el cabello de él cuando estaba en sus manos y la embriagante esencia que salía de él en oleadas cuando se calentaba. Un escalofrío le recorrió la piel cuando se acercó a la moto.

—«Este» es el motivo por el que esperaba que no hubieras pasado demasiado tiempo arreglando tu cabello —dijo Iván mientras le tendía otro casco.

—¡Por supuesto que no! —dijo ella sarcásticamente—. Sólo me lo recogí todo.

—Bien hecho. Te ves deliciosa —Iván la atrajo hacia él y le dio un beso en la mejilla—. Sólo falta algo —añadió y Jade vio la pequeña caja que llevaba en la mano.

Se quedó sin aliento cuando él abrió la cajita para mostrarle lo que contenía y luego lentamente, le dio la vuelta. Hizo a un lado su cabello para poder colocarle el collar de plata alrededor del cuello, asegurándolo con el diminuto broche. Colgando de la cadena estaba una brillante tortuga marina. Jade levantó la mano para acariciar la suave superficie con sus dedos.

—Nunca había estado tan celoso de una tortuga —Iván sonrió besándole la sedosa piel de su nuca.

Jade se giró hacia él y respiró profundamente. Su deseo por ese hombre la dominaba y ella lo besó con fervor.

—Eres demasiado bueno para mí. ¿Qué hice para merecerte?

—La noche apenas comienza, bebé —susurró Iván contra su piel.

—Bueno, gracias. No tienes idea de lo mucho que esto significa para mí.

Jade siempre había sido feliz con las cosas simples de la vida y encontraba grandes alegrías en los detalles pequeños pero significativos. Abrumada por sus sentimientos, se inclinó para besarlo de nuevo.

—Si tienes suerte, puede que te «muestre» lo agradecida que estoy.

—Mmmm… —Iván se aclaró la garganta y dio un paso atrás para intentar recuperar el aliento—. Perfecto, ¿estarás bien montando a este chico malo?

—Siempre hay una primera vez para todo —respondió Jade también un poco sin aliento.

Se puso el casco que le dio Iván y se montó en la Ducati. Admiró sus líneas suaves y la manera tan natural en que sus brazos encajaban con las curvas de su cuerpo y su trasero, con las curvas de la moto. Casi parecía construida para el sexo. Ella lo agarró firmemente de la cintura. Iván encendió la moto después de sacar sus gafas de sol de su bolsillo. Al instante, las vibraciones bailaron sobre los muslos de Jade, sorprendiéndola, pero si ella iba a ser una motera tendría que irse acostumbrando a la moto, ¿verdad?

Cuando Iván aceleró, el ronroneo de la máquina masajeó su coño y ella se retorció de placer, agarrándose más fuerte de él. ¿Iba a correrse antes de que llegaran a su destino? ¿Y a dónde iban exactamente? Jade había empezado a pensar cómo preguntárselo cuando él aceleró más, provocándole un nuevo hormigueo en todo su cuerpo y entonces él deslizó una mano entre ellos. Frotó su delicado centro, suave pero intensamente, mandándola al precipicio en un instante (a cien kilómetros por hora). Esa fue la primera vez. Iván, desde luego, había elegido hacer el paseo por *Ocean Drive*, una de las zonas más transitadas y populares de Miami Beach. Bañistas y turistas de todo tipo los miraron embobados cuando la sonriente pareja pasó por ahí.

Recuperando la compostura, la mente de Jade comenzó a dar vueltas cuando se detuvieron en Mirador, un enorme edificio con vista a la playa. Y obviamente no era un restaurante… cuando la moto se detuvo en la entrada principal, Iván apagó el motor y la ayudó a bajar. Le sonrió con malicia pero no dijo ni una palabra.

—¿Dónde estamos? —Jade no podía contener su curiosidad.

—Como dije antes: ¡espero que tengas hambre! —Iván sonrió cuando la tomó de la mano y la condujo hacia el lobby. Saludó al recepcionista cuando pasaron frente a él y aquél lo saludó con un gesto de vuelta.

Mientras esperaban que llegara el ascensor, Jade le susurró: —Tengo la sospecha de que vives aquí.

—¿Qué? —dijo Iván con los ojos muy abiertos—. ¿No puedes dejar que un chico te sorprenda?

Mientras se metía al elevador (confiada que tenía razón), Jade empezó imaginar la noche que le esperaba. ¡Una velada en casa! Posibilidades tan dulces como extremas pasaron por su mente. Al final aceptó que no tenía ni una maldita idea de lo que podía esperar.

Cuando las puertas del ascensor se abrieron, Iván tomó la mano de Jade, esa vez entrelazando sus dedos con los de ella. Le dirigió una mirada, como si quisiera comprobar su reacción. El corazón de Jade se conmovió con ese gesto tan romántico y el interés que ponía en sus sentimientos. Ella le apretó la mano, sonriéndole mientras caminaban por el pasillo.

CAPÍTULO 14

Iván batalló con sus llaves y Jade estuvo a punto de arrancárselas de la mano, al tiempo que le daba un golpecito en el hombro.

—¡Tenía razón! Estamos en tu casa.

—Eso va a dejar un moretón, ¿sabes?

—Poooor favooor —se burló—. Si apenas y te toque.

—Sí, sí, tú ganas —Iván rio mientras abría la puerta—. Después de usted, *madam*.

Cuando entró, Jade fue golpeada por el refrescante aire frío. Después se quedó cautivada por la vista. A través de las ventanas, las luces de Miami habían empezado a encenderse en la distancia. Sólo después devolvió su atención al lugar en sí. Estaba lleno de todo tipo de cosas, pero de alguna manera lograba parecer organizado. «Algo así como el propio Iván» —pensó con una sonrisa.

—¡Está bien, lo admito! Tengo una señora que hace la limpieza y viene de vez en cuando —confesó Iván.

—Es bueno saberlo —Jade rio de nuevo mientras continuaba mirando alrededor. Al adentrarse más en el depa, detectó el débil olor de la vainilla. Debería haber una vela en alguna parte. ¿O estaba cocinando? Iván era un estuche de sorpresas, nunca se sabía con qué iba a salir…

Intrigada por todo lo que la rodeaba, ella se acercó a examinar una colección de cuadros en diferentes formas y tamaños. Había fotos de Iván abrazando lobos marinos, sosteniendo koalas, escalando rocas y participando en una gran variedad de actividades con gente que imaginaba era su familia.

—Tiene un buen historial Doctor Iván. Podría hacer una larga lista de preguntas para usted.

Sonrió de nuevo, pero esa vez con más intensidad. En un instante se había movido hacia ella para envolverla con sus brazos alrededor de la cintura y su cálido aliento le hizo cosquillas en la piel a medida que hablaba.

—Gracias, pero esta noche no es sobre mí, esta noche es para «nosotros».

Jade estaba a punto de comentar una sorprendente imagen de un brote de girasol cuando Iván deslizó sus manos a lo largo de su torso hasta descansar en sus caderas y se colocó justo detrás de ella.

Cerrando los ojos y metiendo la cabeza en el hueco de su cuello, Jade se entregó a sus sentidos. Ni una pizca de espacio quedó entre ellos mientras se inclinaba hacia atrás y sentía su creciente erección.

—¿A qué viene esto? —preguntó ella sin aliento—. Y no es que me esté quejando.

—Supongo que me gustó la forma en que me llamaste Doctor Iván —dijo con una risa baja que parecía más un gruñido. Deslizó sus manos bajo su camiseta y acarició su abdomen, sus dedos subían y bajaban hasta que trazó un camino a lo largo de sus costillas hasta el botón de sus pantalones. Toco el pequeño botón de metal por un momento y Jade sintió que el tiempo se alentaba hasta detenerse por completo mientras él parecía intentar decidirse. Su mente empezó a correr con miles de pensamientos. ¿Qué estaría pensando? ¿Se sentiría inseguro de lo que ella quería?

Sus preguntas se desvanecieron cuando Iván comenzó a trazar la curva de su oreja con la lengua, lamiendo muy suavemente y su cuerpo se agitó ante la sensación. Poco a poco, destrabó el botón y deslizó la mano por la parte delantera de sus pantalones, más allá de la cremallera y hasta ese lugar húmedo entre sus piernas. Mientras sus dedos exploraban la humedad que todavía quedaba de su encuentro con la Ducati, Jade extendió sus piernas sin pudor, instándolo a continuar.

Iván le deslizó los pantalones hasta los tobillos y ella abrió más las piernas. Jade miró el sofá, preguntándose si sería capaz de mantenerse en pie mientras duraba el chequeo del buen doctor, pero al final decidió que no cambiaría ni una cosa cuando él deslizó un dedo y su pulgar comenzó a acariciarle el clítoris. Jade se estremeció y con los dedos de él deslizándose de arriba para abajo a un ritmo constante, ella empezó a gemir en éxtasis. Sus dedos la follaban más y más rápido, llevándola hacia el orgasmo. Justo cuando su cuerpo temblaba y se contraía, Iván movió su mano hacia arriba, presionando su palma con fuerza contra su clítoris. Jade apenas pudo mantener el equilibrio cuando oleadas de placer la envolvieron y tuvo que agarrarse de él para no caer.

—Joder —murmuró después de un momento.

Iván le dio un apretón cálido y le besó el cuello.

—¿Estás lista para la cena, querida?

Obligando a sus ojos a enfocarse, se fijó en la cocina y Jade sonrió. Fue en ese momento cuando se dio cuenta de lo que la noche le tenía reservado.

—Sí, doctor, creo que lo estoy.

Una mesa de color marrón moteado engalanaba la cocina donde esperaban dos copas de vino, junto con dos taburetes. A un lado, el vino se decantaba en una botella de vidrio que parecía algo sacado de un laboratorio de química. Iván tomó un pequeño mando a distancia de color negro y desde algún lugar, la voz sensual de un artista con el que ella estaba familiarizada, llenó el aire: «*The Way You Look Tonight*». El recuerdo que acompañaba esa melodía puso una sonrisa en sus rostros.

—Bienvenida a la «casa de» Iván, donde esta tarde tendré el honor de cocinar para ti.

Sacó uno de los taburetes de la barra y le indicó que tomara asiento. A Jade de repente no le importó si la única cosa en el menú de esa noche eran perros calientes y hamburguesas. Iván era tan atento por hacer algo tan especial y personal para ella, sobre todo cuando su relación apenas estaba empezando…

—Eres demasiado dulce. Gracias —dijo mirándolo significativamente.

Se dio cuenta de que era la primera vez que había tenido un novio que hiciera algo como eso para ella. «¿Novio?» —Jade se maldijo.

Hasta ese instante todo iba muy bien, pero la palabra «novio» lo hacía sonar tan oficial. Esa era sólo su segunda cita y las cosas no iban tan serias aún. ¿O sí?—. «Contrólate, oh Reina del planeta de las expectativas poco realistas».

Devolvió su atención a Iván, que ya estaba ocupado con los preparativos para la cena.

Él le llevó la licorera llena de vino.

—Yo cocinaré —dijo—.Pero no creas que vas a salvarte así de fácil. Tienes dos puestos de trabajo esta noche. En primer lugar, serás la DJ oficial y en segundo lugar, tendrás que ayudarme a vaciar unas cuantas botellas de vino fantástico.

—Hmm… Tengo que ser la DJ y la mesera ¿eh? ¿Quién será el conductor designado después de que acabemos toda esa bebida? —preguntó juguetonamente.

—Podemos cruzar ese puente cuando lleguemos a él —Iván le hizo un guiño seductor antes de dejar dos copas al lado de la licorera.

Jade miró del decantador a la botella de vino vacía en el mostrador. «Carnaval de Amor. ¡Qué perfecto!» Sacudió la cabeza y sonrió.

—Creo que tenemos un trato, doc.

Observó con asombro como Iván se movía a través de la cocina, con la gracia y la facilidad de un chef profesional, casi tan natural como lo hacía ella en su propia cocina.

—Entonces, ¿qué estará preparando para nosotros el buen doctor esta noche? ¿Perros calientes? ¿Hamburguesas?

—¿En serio? ¿No crees mucho en mis habilidades culinarias ¿verdad? —Miró sus manos con fingida incredulidad—. Consideré ir a la escuela de gastronomía ¿sabes? Y sucede que, cocinar es algo que llevo en la sangre señorita Thorne.

Iván se echó a reír, entonces, haciendo la peor imitación de Sean Connery que Jade hubiera escuchado en su vida, él presentó el menú.

—Esta noche cenaremos Camarones salteados con marañón, brócoli, elote tierno y coles de Bruselas con una pizca de ajo fresco. Acompañado con calabaza spaghetti con toques de canela y mantequilla. Pero primero empezaremos con una ensalada de rúcula y tomates cherry. Se dice to-«ma»-tes, no to-«may»-tes. E irá acompañado de queso feta rematado con un toque de reducción de vinagre balsámico. Los vinos seleccionados para esta noche son los más finos de Australia, algunos de mis favoritos de todos los tiempos.

Iván hizo un gesto con la mano hacia el montón de botellas sobre la mesa de la cocina, entre ellos uno en una bolsa de terciopelo. Jade recordaba las botellas en envueltas en terciopelo que había recibido en la Cena del Vino.

—Y para el postre… bueno, vamos a ver cómo va la cena antes de que hablemos de tal cosa.

Cuando terminó, Jade no sabía se echarse a reír o desmayarse.

«¿Habla en serio?»

—No exactamente perros calientes y hamburguesas ¿verdad? —añadió Iván con voz normal.

Jade estuvo a punto de morirse de la risa.

—Yo habría estado perfectamente bien con los perros calientes pero dado que parece que sabes de lo que hablas, ahora veamos si como roncas duermes.

Ella se bajó del taburete y caminó por el suelo de baldosas hasta donde estaba Iván. Lo jaló hacia ella, besándolo juguetonamente, lamiendo y haciéndole cosquillas en el labio inferior con la punta de su lengua.

—Yo me haré cargo del postre —susurró.

—Bien, ahora estoy oficialmente distraído —dijo Iván—. Debo tomarme una copa de vino. Y, señorita DJ, ¿qué tema va a elegir? Tiene más de ocho mil canciones para escoger. ¡No me decepciones!

—¿Qué hay de malo con lo que tenemos? —preguntó Jade—. ¡Me encanta Sinatra! Y yo diría que a ti también.

—¡Lo admito! —respondió alegremente él mientras Jade servía las copas.

Dándole a Iván una copa, levantó la suya en un brindis.

—Porque esta noche descubramos oficialmente quienes somos.

—Y lo que nos depara el futuro —añadió Iván cuando sus copas tintinearon al unirlas. Sus ojos se encontraron con los de ella y los retuvieron por un momento, sin pestañear. Luego, Iván fue hasta el refrigerador y regresó con los ingredientes para las ensaladas: vegetales salteados y una calabaza gigante.

—¿En qué te ayudo?

—En nada —le aseguró él—. Lo tengo todo bajo control. Sólo siéntate, relájate y habla —le sonrió—. ¿De dónde eres? Y no quiero únicamente la ciudad y el estado. Quiero detalles, nena.

—Hmm… déjame ver —Jade tomó otro sorbo de vino, aliviada de que la primera pregunta fuera fácil—. Crecí en un pequeño pueblo de Colorado llamado *Estes Park*. Básicamente es una gran reserva de vida salvaje. No puedes caminar por la puerta delantera sin haberte encontrado algún animal. —Jade sonrió, recordando su niñez—. Cuando no estaba en la escuela, estaba en el lago nadando y atrapando ranas, ayudando en la granja de mi abuelo o pescando con mi papi. En el invierno, buscábamos la colina más alta y pasábamos todo el día usándolo de tobogán.

—¿Nosotros? ¿Tienes hermanos? ¿Hermanas? —Iván se movía metódicamente mientras cortaba las verduras—. ¿A qué se dedican tus padres?

—¡Ey!, esas son tres preguntas. No es justo —bromeó Jade.

Tomó un largo trago de su vino antes de responder.

—Tengo una hermana y un hermano y somos muy diferentes uno del otro. Mi hermana está en su último año de bachillerato. Todos piensan que es una *drama queen*, pero eso es simplemente porque es la más pequeña, debajo de todo ese maquillaje, chismorreo y su forma tan descarada de hablar, es realmente dulce. Mi hermano, por otro lado, parece muy duro viéndolo a simple vista. Es un metalero lleno de tatuajes que pasa demasiado tiempo con los videojuegos, tomando cerveza y perdiendo el tiempo con sus amigos. Papá es Guardaparques, lo cual es probablemente de donde heredé mi amor por los animales y la naturaleza, y mi mamá se la pasa ocupada intentando ponernos a todos en vereda.

Determinada a no acaparar toda la conversación de la noche, Jade lanzó una pregunta antes que Iván tuviera tiempo de lanzarse al ataque de nuevo.

—Bien, ahora es mi turno míster Estados Unido, ¿qué me cuentas de tu familia?

—Ja, ja. Veo que te mueves como pez en el agua en Google, ¿eh? —Iván empezó a mezclar la ensalada—. Bueno, al igual que tú, vengo de un pueblo pequeño. El mío está en el noreste de Pensilvania donde los únicos lugares abiertos después de las diez de la noche son Walmart y Perkins. Mi papá es quiropráctico y la razón por la cual decidí ser médico. Tuve un par extra de opciones disponibles después de la universidad pero esa fue la elección correcta, especialmente con mi papá ahí para guiarme. Mi mamá tiene una maestría en Psicología pero eligió la carrera más difícil de todas: criarnos. Es muy creyente, siempre está rezando por nosotros y creo que es «su» fe y el amor por nuestra familia lo que me ha mantenido por el buen camino. Mi hermano es urólogo, especializado en cirugía reconstructiva. Le llamo Capitán Polla, ya que su principal tarea es precisamente corregir problemas de penes.

Jade pudo ver la manera en que los ojos de Iván brillaron con el respeto y amor a su hermano.

—También es mi modelo a seguir —añadió Iván—. Y mi hermana pequeña es asistente médico en una clínica de oncología. Ella bien podría superar a mi loco padre en la escala de chifladuras. ¿Mencioné que es la que me ayuda a conseguir chicas?

Jade ladeó la cabeza y lo miró expectante.

—Solía ser —dijo rápidamente—. No necesitaré más sus servicios.

Jade ya sentía añoranza por su hogar.

—Entonces, ¿qué me cuentas de tu niñez? ¿Qué hacías? Estoy segura que tienes algunas buenas anécdotas.

—Mi papá pensaba que me haría un hombre de bien si trabajaba en la granja, entonces mis días de niñez consistían en ordeñar vacas, hacer las pacas de heno y ¡mover el excremento con una pala! —Iván se rio pero sus ojos nunca se separaron de los de Jade, hizo una pausa y se dedicó a mirarla un momento. Abrió la alacena y sacó dos platos antes de continuar—. Odiaba el trabajo en la granja, pero estoy feliz de haberlo hecho. Me permitió apreciar las cosas simples de la vida y el valor de cada moneda ganada con nuestro esfuerzo. Pero no sólo trabajé en la granja. También jugué *hockey* todo el tiempo que estuve en la preparatoria. Era un tipo duro y representaba bien mi papel. Una vez incluso, tuve oportunidad de ir a las profesionales —dijo sacudiendo la cabeza—. Pero me estaba yendo tan bien en la escuela y acababa de ser aceptado en el programa avanzado de medicina así que me salté mi último año de universidad y me fui directo a la escuela de medicina. Tenía que elegir entre algo seguro y mi sueño de infancia. Después de considerarlo bastante y una orientación muy cuidadosa por parte de mi papá, elegí lo que era seguro. Pero fíjate, no pasa ni un solo día en que no me pregunte que podría haber sucedido si hubiera perseguido ese sueño.

Con la ensalada por fin lista, Iván les vertió aderezo y le pasó un plato a Jade.

—Aquí va la primera ronda. Espero que te guste. Y por cierto, ¡estás fallando! Ya nos quedamos secos —Iván miró fijamente las copas de vino vacías.

Aún sorprendida de que tuvieran antecedentes similares, Jade agarró el vino y sirvió las dos copas generosamente.

—Aquí tienes. Y siendo justos, creo que te toca la siguiente pregunta.

—¿Qué es lo que te excita y qué es lo que te choca? A demás de las tortugas, por supuesto.

Jade se echó a reír.

—Definitivamente. Las tortugas, por supuesto, es de las cosas que más me excitan. Y sin excepción, las cosas que más odio son el tabaquismo, la arrogancia y la pereza. Si alguna de las tres cosas está presente, entonces consiguen un «adiós amigo».

—Excelente respuesta, eso lo resume todo para mí también. El tabaquismo es una de las cosas que más me saca de mis casillas —dio Iván, haciendo agujeros en la enorme calabaza.

Mientras él la colocaba en el horno de microondas, Jade cambió la jugada.

—Ex novias: ¿qué salió mal?

Iván se quedó inmóvil, con los brazos en el aire.

—¿Quieres ir por ese camino, eh?

Jade pudo detectar la mirada sorprendida de él cuando se giró a verla, pero entonces sonrió.

—Okey, sin tapujos, ¿correcto? —Iván agarró su copa y la vació de un trago—. ¿Qué quieres saber de ellas? Pide y se te dará. Soy un libro abierto.

—¿Qué pasó? ¿Cómo las conociste? —preguntó Jade.

—Como te darás cuenta con el tiempo, soy más bien una persona tímida. A pesar de toda esa farsa que puedas leer en internet, no soy mujeriego, playboy ni padrote. Sin contar a mis novias de la preparatoria, todas mis ex novias me las presentó un amigo, un agente o algún representante en una forma muy de negocios. Sin eso, habría estado soltero por los últimos cinco años. Pero cada relación que he tenido, aunque haya terminado, fue maravillosa de alguna manera. Siempre he combatido mis rompimientos con una frase que encontré en un lugar de lo más inusual: «no llores porque terminó, sonríe porque sucedió».

Jade apoyó la barbilla en su mano.

—Esa es buena.

—No puedo creer que conozcas esa frase —dijo sonriendo ampliamente—. Me he aferrado a ella en cada situación difícil que he tenido que pasar —admitió—. He tenido la fortuna de haber compartido cosas maravillosas con mujeres extraordinarias, y siempre atesoraré eso. Pero el tiempo y la distancia pueden romper el más fuerte de los lazos. Ya intenté demostrar muchas veces que es falso que esto afecte una relación, pero ya me prometí que es algo que nunca haré de nuevo. Es muy difícil dejar que algo se te vaya de las manos sólo porque no estás ahí para sostenerlo.

«Vaya» —pensó Jade—. «Mis suposiciones estaban equivocadas otra vez». Parecía que Iván realmente había amado y perdido. Perdida en sus pensamientos por un momento, Jade regresó a la realidad cuando Iván la tomó de la mano con suavidad.

—¿Y qué hay de ti? —le preguntó cariñosamente—. ¿A cuántos chicos tengo que agradecer que te hayan dejado ir para que ahora tenga esta oportunidad contigo?

—No muchos. Tuve un par de novios en la preparatoria. En mi último año salí con un chico que era realmente friki y peculiar, no era exactamente mi tipo pero no llevábamos muy bien. Estuve muy enamorada de él por casi dos años que anduvimos juntos. Entonces un verano fuimos a visitar a unos familiares en la costa y cuando regresé a casa descubrí que me había estado engañando con una de mis mejores amigas. Me rompió el corazón. Después de eso sólo tuve relaciones informales hasta que terminé la universidad. He tenido unas cuantas relaciones medio serias desde entonces pero nada que me llevara corriendo al altar. Si no fuera tan cobarde en cuanto a chicos se refiere, probablemente habría tenido más suerte en el departamento de romance.

—Jajaja… Te gano en eso, chica —Iván se echó a reír—. Puedo asegurarte que soy el cobarde más grande que hayas conocido cuando se trata de hablar con mujeres.

—Oh, vamos. ¿Tímido tú? —lo interrumpió Jade—. ¡No tuviste ni un pelo de tímido en la Cena del Vino! Y he visto en internet un par de entrevistas tuyas donde estabas muy hablador, si quieres saberlo —Jade se ruborizó y estudió su vino.

—Dar entrevistas de cosas de moda o culturismo, no es nada —protestó Iván señalándola con un enorme camarón crudo—. ¿Discutir sobre cosas que me apasionan como dietas y ejercicios o salud infantil? Son pan comido. Pero dejar a un lado mi ego y abrir mi corazón a alguien que apenas conozco, me asusta a morir —declaró.

—Entonces ¿por qué estoy aquí ahora? —preguntó Jade de la manera más coqueta posible, metiendo un dedo dentro de la copa lo giró sobre el borde antes de lamer la gota que estaba en la punta de su dedo.

—Hay una primera vez para todo —dijo Iván, encogiéndose de hombros mientras secaba sus manos en una toalla de papel—. Y cuando te vi entrando esa noche en la cena supe que ibas a ser esa primera vez, para mí. Ni siquiera puedo explicar que me pasó por la cabeza cuando entraste en mi campo de visión esa noche.

Mordiendo su labio inferior, Jade intentó suprimir una enorme sonrisa.

—Estoy feliz de haberlo hecho —respondió con modestia.

Poniéndose de pie sobre las patas del taburete, se inclinó sobre la mesa, encontrándose con Iván a medio camino para compartir un beso ardiente.

—Okey, tengo otra —dijo ella, reclinándose de nuevo en su asiento al tiempo que la música cambiaba a algo más alegre, aligerando el ambiente—. ¿Qué hay de tus tatuajes? No es muy de médicos tenerlos, ¿o sí?

Iván miró hacia el cielo como si fuera una conversación que ya hubiera tenido antes.

—Bueno, la clave es aprender a dejarte fuera, especialmente en este ambiente —dijo con una carcajada—. No soy exactamente del tipo de bata blanca y estetoscopio, ¿sabes? Cada uno de mis tatuajes es por un miembro de mi familia —explicó—. Me tatué la palabra padre, por mi mamá, que tiene ascendencia italiana; la cruz rusa es por mi papá, que es de origen ruso. La que tengo aquí en la muñeca es el Bastón de Esculapio, símbolo del médico y las alas de atrás son por mi hermano. El rojo de la serpiente y el azul en la vara son recordatorios de mi participación en Míster Estados Unidos, fue parte importante de mi vida más de lo que habría imaginado. Aún necesito conseguir uno que haga juego en mi otra muñeca, para mi hermana. Está en proceso, podríamos decir. Tengo que esperar la inspiración y ¡en este momento es difícil encontrar el tiempo para sentarme y conseguir que lo hagan! —se rio de nuevo—. Ahora, volviendo a ti. No veo ningún tatuaje y ya lo he buscado bastante bien —añadió

con una sonrisa maliciosa—. Así que tendré que pensar en algo más…
—se tocó la barbilla como si estuviera pensándolo profundamente—.
¿Cuál consideras que es tu mayor ambición, lo que más te mueve? ¿Por
qué te mudaste de Colorado a Miami? —preguntó Iván mientras se
giraba hacia la estufa y empezaba a calentar algo de aceite de oliva.

—Bueno, había estado buscado un trabajo aquí desde hacía tiempo.
Les decía a todos que era porque quería vivir cerca del mar y que Miami
era el lugar perfecto porque Tasha ya estaba viviendo aquí, pero…

—¿Cuál era la verdadera razón? —preguntó Iván—. Vamos, ya
me avergoncé hace un rato contando mis cosas, ahora es tu turno.

Jade se esforzó por encontrar las palabras correctas mientras él
dejaba caer el camarón en el aceite hirviendo, creando una cacofonía
de olores y sonidos. Siguiendo el ejemplo de Iván, tomó su copa y
vació el contenido de un único trago—. Nunca le he dicho esto a
nadie y no sé por qué voy a contártelo. Pensarás que es estúpido.

Iván la miró con enfado.

—Yo «nunca» pensaré que algo que digas o hagas es estúpido.

Él parecía genuinamente interesado así que Jade se tragó su orgullo.

—Desde que era pequeña, he estado enamorada del estilo de vida
de las celebridades. Las paredes de mi habitación estaban cubiertas
con carteles de chicos con los que soñaba y de mujeres hermosas a
las que admiraba. Me preguntaba cómo se sentiría caminar por aquí
y verme en la portada de una revista o leer sobre un romance que
supuestamente estuviera teniendo con algún actor y ni Dios quiera
que un día tenga la oportunidad de verme en televisión. Después de
haber ido a la escuela de gastronomía supe que ya estaba cansada de
Nueva York. Los Ángeles me parecía una ciudad demasiado grande.
Chicago demasiado frío, entonces me decidí por Miami, esperando
que de alguna manera encontrara mi camino aquí y me ayudó que
Tasha ya viviera en la ciudad. Yo estaba trabajando en un muy buen
restaurante en *Estes Park* donde el chef era maravilloso y una gran inspiración para mí y entonces tuve mucha suerte con Bianca. Mi mentor
habló bien de mí, incluso sabiendo que eso significaba que lo dejaría,
y Geoff estuvo dispuesto a correr el riesgo. —Hizo una pausa por un
momento pero Iván no dijo nada—. ¿Ves? Ahora piensas que soy una
idiota —murmuró, jugando nerviosamente con su copa de vino vacía.

Iván terminó de añadir los vegetales a la sartén donde se estaban
friendo los camarones que parecían ya bastante crujientes y después
se giró para abrazarla, rodeándola con su calor.

—No creo que seas estúpida, para nada. ¿Por qué crees que estoy aquí? ¿Por qué crees que la mitad de la gente de la ciudad está aquí? Creo que todos estamos persiguiendo fama y fortuna, de una u otra forma. Pienso que es sorprendente que hayas salido de tu zona de confort y te mudaras aquí. El noventa por ciento de la población se pasa la vida imaginando su futuro y olvidando que el «ahora», es el que estamos viviendo y respirando. El diez por ciento que vive en el presente son los únicos que tienen historias que contar, los únicos que viven la vida de la manera en que debe ser vivida. ¿Estúpido? No. Yo creo que estás haciendo un gran trabajo viviéndola.

Jade se encontró sorprendentemente consolada por sus palabras. Quizá su decisión de mudarse a Miami tenía sentido después de todo. Se merecía una oportunidad.

—Gracias.

—Cuando gustes, bebé —le dijo. Le sonrió y después echó un vistazo a la estufa—. ¡Hora de comer! —anunció.

Perdida en la conversación y el vino, Jade con trabajo notó que la comida estaba casi lista.

—Huele delicioso —señaló, respirando profundamente los olores que flotaban en el aire—. ¿Necesitas ayuda?

—Sí, más vino para ambos y más música.

—Estoy en eso —Jade les sirvió más vino antes de desplazarse en las listas de reproducción de Iván. Mientras buscaba entre el listado interminable de artistas, se preguntó brevemente si ese hombre era real. Parecía tener una hoja guardada en algún lugar con todas las cosas correctas que decir según qué momento. La había dejado tranquila contándole sobre sus relaciones anteriores e incluso, asegurándole que perseguir su sueño en Miami no era una locura. El enigma de Doctor Iván «Mangazo» Rusilko, modelo internacional, no era más que una fachada. En el fondo, Iván era un chico sincero y dulce, que apreciaba las cosas simples de la vida, justo como ella.

Finalmente encontrando a uno de sus favoritos, se decidió por algo de *Dave Matthews Band*.

—¿Te parece? —preguntó.

—Más de lo que imaginas —respondió Iván moviéndole las cejas juguetonamente mientras se encargaba de dar los últimos toques a la calabaza spaghetti. Aparentemente satisfecho con su presentación, recogió los platos y se los pasó a Jade para que juzgara por sí misma.

Ella sólo logró sonreír y sacudir la cabeza mientras admiraba el despliegue de colores que había en los platos.

—De verdad cocinas —dijo sorprendida—. ¿Hay algo que no sepas hacer?

—Creo que será mejor que lo pruebes primero, para asegurarse que es satisfactorio —dijo él. Levantando su copa, Iván la animó a hacer un brindis—. Esto es para conocer a la verdadera Jade Thorne. Tu belleza me dejó sin aliento, pero tu inteligencia detiene mi corazón.

Chocando sus vasos, Jade se quedó mirando al hombre que tenía delante de ella. Finalmente ella sonrió. Por una vez en la vida no necesitaba convencerse de haber tomado la decisión correcta.

—Ahora, ¡a comer! —dijo Iván.

CAPÍTULO 15

"Sexual Healing"

Los platillos bellamente decorados estaban ya frente a ellos en la mesa cercana. Jade quería asegurarse que la intensidad de su conversación no se perdiera. Estaba intrigada y quería hacer algunas preguntas un poco más personales a Míster Mangazo.

—¿Y qué hay de ti? ¿Qué haces en Miami? ¿Eres médico, modelo o qué? —preguntó ella después de tragar un bocado de calabaza espagueti—. Esto está delicioso, por cierto.

Iván sonrió claramente complacido de que ella estuviera disfrutando la comida.

—Si te diera una respuesta ahora, estaría simplemente adivinando. Eso cambia diariamente —dijo riendo—. Cuando estoy en el spa, soy médico. Cuando estoy en una sesión fotográfica, soy modelo. Y si me salgo con la mía, y me siento estúpido simplemente por decirlo…

—Por favor —interrumpió Jade—, si a mí no se me permite sentirme estúpida, tampoco tú tienes derecho. Somos libros abiertos, ¿recuerdas?

—Sí, correcto, libros abiertos —aceptó Iván—. Bueno, me encantaría terminar en la política. Siempre bromeo conmigo mismo que me retiraré a los cuarenta y tres, después de dos mandatos como presidente… —se interrumpió con una carcajada y Jade no estaba segura de si él estaba bromeando.

—Ciertamente tienes todos los antecedentes para eso —dijo ella—. En mi opinión, ya estás en ese camino. Votaría por ti sin pensarlo dos veces.

—Te está saliendo lo comediante de nuevo —sonrió mientras ella tomaba un bocado de camarones.

—Me encanta cómo hiciste las verduras y el ajo está fantástico. Bien hecho —dijo Jade, realmente impresionada con su comida—. De verdad eres un aprendiz de todo.

—Un aprendiz de todo pero maestro de nada —respondió con un suspiro cómico.

Notando que la licorera estaba vacía y sus copas de vino iban por ese camino, Jade recordó el trabajo que le habían asignado y se levantó para abrir la siguiente botella que estaba en el mostrador de la cocina, asegurándose de deslizar un dedo sobre los hombros de Iván mientras pasaba a su lado.

—¿A dónde vas? ¿Tan mala es la comida?

—Nop, sólo hago mi trabajo. Nos estamos quedando sin vino —Jade hizo un gesto hacia la licorera.

—No eres sólo una cara bonita, ¿verdad? —respondió Iván—. Agarra el de la bolsa de terciopelo.

Jade hizo un gesto de asentimiento.

Sujetando la botella y un sacacorchos, se giró y preguntó:

—Entonces, ¿qué haces en tu spa?

Él no respondió de inmediato, se quedó viéndola abrir el vino con eficacia.

—¿Iván? ¿A dónde te fuiste? —preguntó Jade con voz sensual. Hizo girar el sacacorchos entre sus dedos.

Iván saltó y se ruborizó ligeramente. Jade lo había atrapado en algún tipo de fantasía. «¿Un sacacorchos? ¿En serio? ¡Hooombres!»

—Sí, en el trabajo hago técnicas antienvejecimiento, aptitud física, salud sexual y pérdida de peso —explicó, cambiando al modo negocios rápidamente—. Me estoy preparando para presentar un nuevo programa de pérdida de peso, creo que ya te lo mencioné. Va a causar furor, así que he estado lidiando con todo eso. También hago cosas como Botox y algunos cosméticos de alta gama para la *crème de la crème*. Esa es la medicina de Miami, yo hago a los ricos más hermosos y ellos me hacen… bueno, no me hacen rico, desafortunadamente —se rio.

—¿Y qué me recomendarías? —preguntó Jade. Aún con la botella de vino en una mano y el sacacorchos en la otra, hizo un giro completo en medio de la cocina, para que él pudiera verla.

Entonces sirvió las copas de vino y decidió usar el regazo de Iván para sentarse, en lugar de su silla. Montando sus piernas, le entregó su copa.

Con los ojos como platos, Iván agarró su copa de inmediato y la vació de un solo trago antes de colocarla sobre la mesa. Cuando él se deslizó hacia adelante, Jade sintió su erección presionada contra el calor entre sus piernas. Ella sonrió seductora.

—¿Y bien? —preguntó.

Mirándola fijamente a los ojos, Iván respondió:

—Si pudiera despertar a tu lado cada día, por el resto de mi vida, contigo viéndote la mitad de bien de lo que te ves ahora, sería un hombre feliz. Cada parte de ti es perfecta, no cambiaría ni una sola cosa. Pero eso sí, voy a tener que hacer un buen chequeo antes de confirmar mi diagnóstico.

Sin darle oportunidad de decir otra palabra, Jade lo besó mientras se frotaba contra él, sus cuerpos atrapados en una seductora danza en el asiento de su silla. Entonces ella se echó hacia atrás tan rápido como había empezado. Dejando a Iván sin aliento y sin palabras, ella le susurró:

—Creo que ya es hora del postre y supongo que tú también lo piensas.

Ella movió su mano hacia abajo para poder acariciarle la polla sobre sus pantalones. La respuesta de él fue inmediata, sus manos se agarraron de los brazos de la silla y sus caderas se movieron en sincronía con las manos de ella. Bajándose de su regazo, Jade se deslizó por sus piernas y se puso de rodillas, dejó su copa sobre la mesa justo al lado de la de él. Temblando de anticipación mientras le pasaba las manos por los muslos y el prominente bulto de sus pantalones, Jade pestañeó seductora, desabotonándole los jeans, le abrió lentamente la cremallera.

—¡Mire nada más, doctor! Vamos en plan comando ¿verdad? Estoy sorprendida… y complacida.

Una lenta sonrisa se extendió en sus labios.

—Estoy para complacer.

Jade metió la mano en sus pantalones y lo tomó firmemente entre sus dedos.

—Impresionante.

Iván tragó saliva y se agachó para retirarle un mechón de cabello de su frente.

—Me estás matando, Jade.

Jade miró el pene completamente erecto que tenía en sus manos y después echó un vistazo a Iván antes de tomar cada delicioso centímetro de él, dentro de su boca. Iván se estremeció y empezó a mecerse para encontrar cada movimiento que hacía ella para chuparlo. Jade se tomó su tiempo, trabajándolo con movimientos ascendentes y descendentes, sus manos agarraron la base del pene mientras lo tomaba tan profundo como podía. El sabor salado de su esencia se difundió en su lengua y Jade supo que él estaba muy cerca.

Sin decir nada, lo soltó y se puso de pie. Agarró su bolso y se dirigió al baño, dejando a Iván en la silla, muy duro, sin aliento y rogando por más.

—¡Eeeeyyy! —protestó él.

—No tardo —gritó ella sobre su hombro mientras se escabullía—. Y rellena nuestras copas mientras no estoy.

Una vez que cerró la puerta del baño, rápidamente se puso su arma secreta, la misma que había comprado en Lincoln.

Unos minutos después, Iván parecía haberse recuperado lo suficiente para moverse. Lo escuchó repasar las canciones y tuvo que sonreír cuando un tema de *Al Green* flotó en el aire. Definitivamente era la hora del postre.

Jade se ajustó el modelito y acomodó su cabello, pero cuando se disponía a hacer su gran aparición, se detuvo de pronto con la mano sobre el picaporte. Esa no era la primera vez que tenía intimidad con Iván, entonces ¿por qué se sentía tan nerviosa? Con cuidado se sentó en el borde de la bañera. Tal vez había mucho más en juego en ese momento. Acababan de pasar dos horas desnudando sus corazones. Pero eso era algo «bueno».

A medida que su mente giraba con muchos pensamientos, se distrajo observando el baño de Iván. Las toallas debajo del fregadero se veían lindas. Nada de medicamentos en el botiquín, sólo ginseng y «¡órale!», un montón de vitaminas. Obligándose a detener la inspección, Jade no pudo resistir la botella azul cobalto que estaba a un lado del lavadero. Levantó la tapa plateada y «ooohh», ahí estaba, el ingrediente secreto en la distintiva esencia de Iván: Polo Blue. Roció un poco sobre su piel y disfrutó el olor. De inmediato imaginó los cálidos brazos y el aroma de él rodeándola. Tomó una respiración profunda para calmarse, se puso de pie, echó una última mirada en el espejo, abrió la puerta y salió al pasillo.

Con las luces tenues y el sonido de Marvin Gaye flotando en el aire, Jade miró al otro lado de la habitación y encontró a Iván echado sobre el sofá, mirándola con admiración, como si acabara de ganarse la lotería. Pasión, necesidad y más importante, afecto; se reflejaban en la profundidad de sus conmovedores ojos cafés.

Su ansiedad momentánea había desaparecido y Jade se acercó, admirándolo mientras cerraba las distancias. Sabía que a él le gustaba lo que veía y ella se sentía increíblemente sexy y desinhibida. Se detuvo quedando fuera de su alcance y giró para dejarlo apreciar la parte posterior de su nueva lencería.

—Entonces —susurró Jade sobre su hombro ¿qué opina, Doctor Iván? ¿Necesito trabajar algo? —se inclinó ligeramente revelando el contorno de su tanga de satén negro por debajo de la liga de encaje. Antes de que pudiera darse la vuelta para enfrentarlo, Iván estaba a su espalda, presionado contra ella, su polla dura empujando contra la parte baja de la espalda de ella.

—Ya te lo dije señorita Thorne, necesito una mejor revisión antes de dar mi diagnóstico —susurró en su oído cuando se estiró entre ellos para desabrocharle el sujetador. Sus dedos acariciaron su piel al deslizar los tirantes de sus hombros y dejar que el sujetador cayera al suelo.

 Haciendo a un lado su sedoso cabello oscuro, depositó un beso en su hombro. Ella tembló bajo su toque.

—Hmmm… los reflejos están bien —murmuró, arrastrando sus labios tiernamente sobre su espalda al tiempo que sus dedos encontraban sus pechos. Jade se tensó mientras él apretaba y jugaba con sus pezones. Girándola, la puso contra la pared y colocó sus manos a cada lado de su rostro. Sus bocas se encontraron rápidamente y la lengua fuerte y segura de Iván se sumergió en la boca de ella, robándole el aliento.

Las piernas de Jade cedieron bajo el poder de su beso y se derrumbó en sus brazos, sus cuerpos fundiéndose en uno solo mientras ella se rendía a él. Sus lenguas bailando, entrando y saliendo con Iván volviéndola loca de necesidad. La dejó luchando por respirar cuando por fin dejó de besarla.

Bajando la cabeza, la boca de él encontró su pecho, lamió y chupó su pezón hasta que Jade empezó a retorcerse. Justo cuando ella no podía aguantar más, Iván la levantó en sus brazos y la cargó por todo el pasillo hasta su habitación, dejándola suavemente a los pies de la cama.

Jade se puso de rodillas en silencio y le regaló una sonrisa traviesa cuando sus manos encontraron el botón de sus pantalones.

—Bueno, doc, ¿cuál es su diagnóstico hasta ahora? —susurró, bajando a la vez la cremallera y quitándole los pantalones. Sin esperar respuesta, tomó toda su longitud en sus manos y lentamente se lo llevó a la boca de nuevo. Ahora ya podía continuar lo que había empezado. Pero antes de que pudiera hacerlo, Iván la tomó de los brazos y la levantó. Ella pudo ver la necesidad primitiva en sus ojos, una necesidad que encendía algo dentro de ella, mojando la delgada tela de raso que tenía entre las piernas.

—Ya habrá tiempo para eso después —gruñó—. Justo ahora sólo te necesito —Iván la giró hacia la cama y con su voz ronca le dijo que se acostara. Obediente, Jade su colocó boca abajo, apoyando la barbilla sobre sus manos al tiempo que Iván se sentaba sobre la cama y se quitaba los pantalones. Con movimientos dolorosamente lentos le desabrochó una de las medias de la liga y pasó su mano sobre su trasero para desabrochar el otro. Trazó la línea del tanga negro y Jade levantó las caderas permitiendo que Iván le sacara las bragas. Él dejó las medias y el ligero en su lugar.

Temblando al sentir el roce de aquellos dedos sobre sus muslos, Jade lo miró por encima de su hombro, invitándolo con la mirada a hacer lo que quisiera. Se puso de rodillas en el centro de la cama y levantó sus caderas con impaciencia. Le costaba respirar y sentía el deseo difundiéndose por su cuerpo. Su necesidad era tan fuerte como la de él. Apretando el edredón con fuerza en sus manos, Jade se preparó para lo que estaba por llegar, escuchando a Iván maldecir en su apuración por colocarse el condón. La llenó con un embiste rápido. Estaba húmeda y lista para tomarlo, Jade se quedó sin aliento cuando Iván comenzó a moverse dentro de ella, su ritmo haciéndose más apresurado al encontrarse con los movimientos ansiosos de Jade. El sonido de carne contra carne llenando el aire con el ritmo de su amor.

—Iván… —Jade luchaba por hablar y por ese aliento que se le escapaba. Su cuerpo se estremecía mientras él la llevaba más y más cerca del éxtasis. Él la agarró fuertemente de los hombros mientras bombeaba dentro de ella, llenándola por completo. Jade echó la cabeza hacia atrás, rogando en silencio que la tomara sin restricciones, que tomara lo que él quisiera, que le diera lo que ella quería. Iván cumplió su deseo cuando agarró un mechón de su cabello, usándolo como palanca para impulsarse más dentro de ella. Su mano libre se movió hasta alcanzar el botón hinchado y húmedo entre las piernas de ella.

Un toque la puso al límite y Jade tuvo que agarrarse a él fuertemente, apretándolo mientras gritaba su climax, saboreando una ola tras otra de placer, dejándose llevar por su orgasmo, mojándose a ella misma y a Iván que seguía embistiéndola. Momentos más tarde, sus estocadas se acortaron y él se corrió también.

La respiración de Jade era irregular y sus pensamientos estaban desorganizados cuando se derrumbaron en un enredo de manos y piernas sobre la cama. Iván rodó de costado y la envolvió en sus brazos, dejando un rastro de besos sobre su mejilla y sus hombros. Se puso nuevamente duro casi de inmediato al sentir a Jade moviendo sus caderas contra él, rogándole por más. Sus labios encontraron su oreja y la mordisqueó suavemente.

—Quédate esta noche —imploró.

Jade podía sentir su dureza presionando contra su espalda y sonrió.

—Eres incorregible, doctor Rusilko.

Riéndose, Iván la abrazó más fuerte. Estaban sudorosos y resbaladizos pero a Jade no le importaba. En esa bruma de placer, se sentía completamente a gusto y en paz. Se acomodó mejor para poder trazar un patrón hacia arriba y debajo de su brazo con la punta de sus dedos.

Él suspiró en su cabello y unos minutos después preguntó: —Y entonces, ¿por qué chef?

Ella sonrió para sí misma, feliz de ver que Iván aún estaba interesado en conocerla mejor y no sólo en menear su cuerpo.

—Mi abuela y yo cocinábamos cuando era niña —empezó Jade—. Le encantaba compartir sus recetas secretas conmigo. Para mí, cocinar siempre fue más que simples experimentos, era una manera de expresar mi creatividad. Me encantaban las conexiones que se podían hacer con la comida. Es un modo maravilloso de pasar tiempo con familiares y amigos.

—Totalmente de acuerdo —murmuró Iván—. Y puedo ver la creatividad y la pasión con la que haces tu trabajo en Bianca. Eres una artista, nena.

—Bueno, no estoy segura de eso —dijo Jade riéndose—. Pero, gracias. —Sabía que estaba ruborizándose un poco y agradeció la oscuridad de la habitación—. Okey, mi turno —dijo—. ¿Por qué te interesó participar en Míster Estados Unidos, además, claro está, de todas las «*Misses*» que lograste conocer —preguntó, moviendo su trasero desnudo sobre el miembro semierecto que presionaba en su espalda.

Iván le dio un golpecito juguetón en la cadera.

—Pues, en realidad fue por casualidad. De alguna manera hice la transición del *hockey* al culturismo y de ahí, al modelaje. Créeme, no lo busqué. Siempre pensé que los modelos eran una raza con la que no tenía nada que ver. Quién iba a imaginar que años más tarde me convertiría en el representante de Estados Unidos para esa misma raza. Pero simplemente decidí seguir la corriente y disfrutar de las oportunidades que me llegaban. Después de eso, fue por diversión. Conseguí conocer lugares impresionantes, hacer cosas que de otro modo, nunca habría tenido la oportunidad de hacer, y conocer a todo tipo de gente. El modelaje me llevó, de ordeñar vacas en Pensilvania a correr un Mercedes en la pista de Fórmula Uno en Melbourne. ¿Nada mal para un granero, verdad?

—¿Y qué hay de Irena? —preguntó Jade con nerviosismo, recordando a la más famosa de sus ex novias. El silencio llenó la habitación y ella sintió cómo se aceleró la respiración de él. Jade se dio la vuelta para tenerlo de frente y entrelazó sus piernas con las suyas como si fueran las piezas de un rompecabezas que encajaban perfectamente bien.

—Irena fue… increíble. Compartimos risas y experiencias que nunca olvidaré y estoy agradecido por ello —dijo, con los ojos viendo hacia la nada—. Ella aún tiene un lugar en mi corazón pero también dejó una marca. La manera en que terminó no fue tan glamurosa como todo el mundo parece creer, pero de cualquier manera se ha terminado. Ese capítulo de mi vida está cerrado. No se puede seguir mirando hacia atrás porque tu futuro, siempre está frente a ti… como ahora.

Los ojos de Iván encontraron los suyos nuevamente y Jade sintió que sus almas se tocaban. De pronto todo tuvo sentido y sus temores y el pasado de Iván desaparecieron. Ella simplemente lo supo. Sonriendo, se dio la vuelta y presionó su cuerpo con el de Iván. Con los brazos de él, rodeándola amorosamente, se quedaron dormidos.

CAPÍTULO 16

"*Linger*"

Jade dio vueltas alrededor de la extraña cocina llevando nada más que el viejo jersey *Mario Lemieux* de Iván y sus enormes pantuflas, mientras buscaba los cubiertos en todos los cajones. Un desayuno en la cama era difícil de conseguir cuando ella no tenía ni idea de dónde estaba cada cosa. Después de todas las molestias que se había tomado Iván para preparar la cena, ella se sentía ansiosa por devolverle el favor. Al abrir la alacena encontró las botellas de especias, etiquetadas con una terrible caligrafía. Tomó lo que le pareció útil y regresó al refrigerador por el resto de los ingredientes. Después de rebuscar un poco encontró huevos, espárragos, queso suizo y jamón… ¡harían un perfecto omelet!

Un sabroso aroma llenó la cocina mientras se apresuraba a darle los toques finales al desayuno. Puso tostadas de centeno, zumo de naranja y un pomelo partido a la mitad en la bandeja; el omelet estaría listo en tres… dos… uno… Sacó la sartén de la estufa y echó la tortilla sobre el plato y lo puso también en la bandeja junto con dos tenedores. Jade caminó con cuidado por el pasillo para no tirar nada.

Entró en el dormitorio, colocó la bandeja sobre la mesilla de noche y se sentó en el borde de la cama. Tiró de la manta lo suficientemente como para exponer el pecho desnudo de Iván y apoyando la mano en su hombro, lo sacudió suavemente.

—Iván, despierta. El desayuno está listo —le dijo con voz suave y tranquila. No obtuvo respuesta. Lo intentó por segunda vez, sacudiéndolo con más fuerza—. Iván, vamos. Despierta. El desayuno se está enfriando.

Él murmuró algo y se dio la vuelta, la sábana se resbaló un poco más. Jade no podía dejar de admirar ese cuerpo desnudo: la curva de sus músculos, sus suaves labios carnosos que estaban parcialmente abiertos mientras dormía y el pelo castaño despeinado que parecía casi salvaje a la luz de la mañana. Jade se rio al ver que Iván dormía como un tronco.

Sintiéndose atrevida y apenas recuperándose de la noche anterior, decidió intentar algo que nunca había hecho. Quitándose las pantuflas, se metió en la cama y tomó especial cuidado de no despertarlo mientras se acomodaba en el lugar correcto. Montando sus piernas, bajó la boca hasta que estuvo a unos centímetros de distancia. Abrió sus labios para tomar cada glorioso centímetro de él, hasta tenerlo entero.

Iván se despertó en un segundo, por completo. Arqueó la espalda y sólo los rápidos reflejos de Jade la mantuvieron en su posición. Echando la cabeza hacia atrás contra las almohadas, dejó escapar un gemido gutural.

—¡Dios mío, Jade! —dijo con voz entrecortada, involuntariamente sumergiéndose más en la boca de ella.

La agarró de los hombros para intentar levantarla pero ella no lo dejó, estaba decidida a terminar lo que había empezado.

—Jade —rogó Iván, su voz áspera—. Ay, ay, ay…

Ella lo miró con complicidad. Iván estaba muy cerca. Podía sentir cómo se tensaba su cuerpo debajo de ella. Poniendo sus manos sobre las caderas de él, se lo metió más en la boca, lo acarició con la lengua lenta y constantemente. El cuerpo de Iván se sacudió una vez mientras empujaba con fuerza y se corría dentro de su boca.

—¡Ay! —gimió Jade mientras se acurrucaba sobre él momentos después. Los rayos brillantes del sol de media tarde entraban a raudales por las ventanas, calentando la piel que no estaba cubierta por Iván o la sábana.

—¿Estás bien? —preguntó Iván mientras se sacaba el pelo de la frente—. Eso fue increíble.

—Creo que he perdido la práctica, más de lo que pensaba. Hablando de la otra bebida, ya sabes —Jade apoyó la cabeza en su pecho con una sonrisa.

—Tengo aspirinas si quieres.

—Gracias, Doc pero estoy bien. Creo que sobreviviré. —Una sonrisa de satisfacción llenó el rostro de Jade cuando se acurrucó más en los brazos fuertes de Iván.

Se le puso la piel de gallina cuando sintió los dedos de Iván trazando sus curvas sobre la sábana de lino. Luego deslizó su mano por debajo de la sábana y repitió las caricias, llevando sus manos más abajo hasta colarse entre sus piernas. Con el más ligero de los toques, empezó a acariciar el delicado botoncito de nervios, Jade se sentía más sensible con cada toque de ese dedo. Trató de zafarse de sus brazos, deseando dejarle más espacio pero Iván la mantuvo firmemente en su lugar, burlando y atormentando su clítoris con movimientos circulares lentos. Jade se retorcía bajo sus caricias, su cuerpo pidiendo más. Sorprendida al ver que él podía sentir su necesidad, Jade se quedó sin aliento cuando Iván deslizó dos dedos en su coño mojado, hinchado. Cada empuje de su mano la acercaba al clímax y Jade se arqueó contra él, su cuerpo temblando mientras Iván colocaba la yema del pulgar sobre su clítoris y presionaba, enviando su cuerpo a la liberación.

—Era lo justo, nena —le dijo mientras las réplicas del orgasmo empezaban a menguar. Luego acomodó la colcha sobre ellos y le dio un tierno beso en la frente antes de dormirse otra vez.

Jade no podía asegurar si habían pasado tres horas o tres días, pero el brillante sol había sido reemplazado por el oscuro cielo de Miami. Se sentía un poco inestable mientras se levantaba, se agarró a la cabecera de la cama y se preguntó a dónde se había ido Iván. Cuando fue a buscarlo, se encontró con el delicioso aroma del pollo asado, seguido poco después por el sonido de ollas chocando e Iván maldiciendo cerca de la cocina.

Haciendo una parada rápida en el baño, Jade se lavó la cara. Rebuscó en su bolsa y sacó una liga para amarrarse el pelo en una coleta en la base de su cuello. Pero todavía se sentía sudorosa. Podía oír Iván ocupado en la cocina así que optó por darse una ducha rápida.

Jade sintió un alivio inmediato a medida que el vapor calmaba el dolor de su cuerpo. Nunca en su vida había experimentado un maratón de sexo como el que acababa de completar. Le dolía cada músculo del cuerpo pero era un buen tipo de dolor, del tipo que te hace sonrojar y presumir a tus amigas. Encontró un poco de champú entre las botellas de la ducha, olía más bien a hombre pero se lo echó en el pelo. Después de un enjuague final, se sintió reanimada y salió de la ducha. Secó su cabello con la toalla antes de acomodarlo en una cola de caballo. Después de hacerse presentable, se puso la bata que encontró colgando de la parte trasera de la puerta y se unió a Iván en la cocina.

Iván giró cuando ella se le acercó por detrás. La tomó en sus brazos y le acarició el cuello, inhalando profundamente.

—No es lavanda, pero puedo vivir con eso.

—¿Cómo sabías que utilizo champú de lavanda?

—Puedo olerlo en ti desde un kilómetro de distancia. —Se encogió de hombros—. Y combinado con tu aroma natural, se vuelve una fragancia maravillosa, una a la que podría acostumbrarme «mucho».

Levantando su barbilla con la punta de los dedos, Iván atrajo los labios de ella hasta unirse con los suyos y la besó con fuerza en la boca. Jade se estiro para desabrocharle el botón de los jeans, pero él rompió el beso.

—Ya habrá tiempo para eso más tarde. En este momento lo que necesitas es cargar baterías, los dos lo necesitamos.

—Bueno, yo hice el desayuno… en algún momento del día —dijo soltando una carcajada—. ¿Qué pasó con eso?

—¡Ah! Lo siento —dijo Iván—. Me temo que nos distrajimos y olvidamos comer. Ahora toca la siguiente comida.

Jade echó una mirada sobre el hombro de él y vio dos enormes cuencos en la mesa.

—¿Eso es ensalada César con pollo?

—Y no es sólo cualquier ensalada —dijo Iván con un movimiento de cabeza—. Ahí están también mi famoso aderezo y crutones multrigrano caseros.

—Bien, porque estoy famélica.

—Es una noche hermosa. Pensé que podríamos comer en el balcón.

Jade miró más allá de la sala de estar hacia las puertas abiertas que daban al balconcillo. Él ya había dispuesto la mesa donde colocó unas velas largas que iluminaban bellamente las puertas de cristal del patio.

—Me encantaría.

—Yo llevo el vino y tú, las ensaladas —dijo Iván soltándola.

Una brisa fresca rodeó la piel de Jade cuando salió al patio. Puso las ensaladas en la mesa y miró por encima de la barandilla. Una piscina de mármol brillaba doce pisos más abajo y la Bahía de Biscayne se extendía más allá de eso, salpicada de islas con casas de multimillonarios. El cielo nocturno de Miami completaba el paisaje. Podía oír a Iván ocupado con alguna cosa detrás de ella, pero estaba demasiado hipnotizada como para prestarle la mínima atención.

—Una vista espectacular, ¿no es así? Lástima que esté oculta por una bata —bromeó mientras le entregaba una copa de vino.

—Ja, ja. ¿A caso no estábamos reabasteciendo? —comentó Jade. Llevó la copa hasta sus labios y una explosión de sabor le llenó la lengua al probarlo, mandando sus pensamientos directamente de regreso a la Cena del Vino. Dándose la vuelta, Jade observó la botella que descansaba sobre la mesa. Sonrió.

—Hmm… todo esto me parece un poco familiar.

—Esa es mi intención.

—¿Quieres tener sexo otra vez en el balcón? —Jade miró todo el movimiento que había varios pisos abajo—. No sabía te gustara dar ese tipo de espectáculos.

Iván se echó a reír y la llevó a la mesa donde retiró la silla para ella.

—Yo estaba pensando más bien en empezar de nuevo.

—¿Empezar de nuevo?

Iván se sentó frente a ella y se tomó un momento para ordenar sus pensamientos.

—Esa noche en la Cena del Vino; la noche en el balcón… no es así como soy. No soy del tipo de tener rollos de una noche y espero que a estas alturas ya te hayas dado cuenta de eso.

Jade trató de hablar pero Iván le hizo un gesto para que le dejara continuar.

—No tengo el hábito de llevar a chicas al azar de vuelta a mi habitación de hotel. Nunca lo he hecho. Pero esa noche, había algo acerca de ti… La primera vez que te vi, fue como si ya te conociera. Tus gustos, tu olor, el sonido de tu risa, simplemente me hacía falta saber tu nombre. Tenía que llamar tu atención. De ninguna manera iba a dejar que te me fueras de las manos. Esas cosas que pasaron, cosas que normalmente no haría, pero estoy tan contento de haberlas hecho. Jade, la noche en que te conocí, empecé a sentir la vida de una manera completamente nueva. Me hiciste darme cuenta que había cosas que no sabía que me estaba perdiendo.

—Iván, yo…

—Por favor, déjame terminar antes de que pierda los nervios.

Él la miró con tanto cariño que ella no pudo evitar sonreír.

—Lo nuestro fue más que un rollo de una noche y fue algo más que sólo sexo, así que pensé que estaría bien que empezáramos de nuevo… quizás probar suerte en una relación real.

Jade estaba sorprendida por todo lo que había dicho Iván y un poco emocionada también. Sintió un instante de miedo pero sabía lo que quería. Y lo que ella quería era a Iván. Sonrió con picardía y se inclinó sobre la mesa para tomar su mano.

—¿Quieres decir que seamos novios? —preguntó Jade con un tono de niña antes de ponerse seria—. Sí, por supuesto. Me encantaría.

—Es oficial entonces —respondió Iván con su encanto juvenil en todo su esplendor.

—Ya es oficial.

La fresca brisa acariciaba la piel de Jade mientras ellos estaban sentados en silencio en el balcón, bebiendo vino, comiendo y disfrutando de su mutua compañía. No había necesidad de llenar el silencio. Era suficiente con estar juntos.

—Quédate otra vez esta noche, nenita. Te llevaré a casa en la mañana —dijo Iván, terminando un bocado de ensalada.

«¿Nenita?» —pensó para sí misma—. «Eso era nuevo. Podría acostumbrarme a ser la nenita de Iván…»

—Me encantaría —respondió Jade con una sonrisa—. Pero desde que cierta persona ha estado ocupando mi tiempo, he descuidado mis correos electrónicos. Tengo que ponerme al día antes de ir al trabajo mañana.

—¡Oh! Es cierto. No puedes olvidarte de tus fans ahora que eres una estrella —bromeó, tomando otro bocado de la ensalada.

—Ja, ja, ja… ¡Mi novio es cómico! —Las palabras escaparon de su boca antes de que pudiera detenerlas, pero sonaban bien.

Cuando terminó la cena, Jade se retiró al baño para cambiarse mientras Iván recogía la mesa y lavaba los platos. Ella empacó sus cosas de mala gana. Se hubiera quedado encantada a pasar la noche si no tuviera tantas cosas que hacer. Caramba, se quedaría ahí hasta el fin de los tiempos, pero había estado descuidando la ropa, hacer las compras y los correos electrónicos. No había necesidad de dejar que su vida se desmoronara.

Tomaron el ascensor hasta el vestíbulo en completo silencio, ninguno de los dos tenía ganas de que ese fin de semana tan increíble, terminara. La brisa fresca les dio la bienvenida de nuevo a medida que salían a la calle y se dirigían hacia el Jeep. Los sonidos de Dave Matthews llenaron el aire, rodeándolos, mientras Iván la agarraba de la mano y comenzaba a cantar.

Jade se dejó caer en el asiento, permitiendo que el sonido de la voz de Iván la arrullara a un estado de tranquilidad. Deseaba a desaparecer con él, tal y como decía la canción; lo siguiente que supo es que Iván le estaba sacudiendo el hombro.

—Oye, nenita, ya llegamos.

—¿Ya?—preguntó Jade mientras se frotaba los ojos soñolientos—. Eso estuvo rápido.

—No, en realidad no —respondió Iván—. Tomé el camino largo de regreso porque no tenía corazón para despertarte.

—¿Qué hora es? —miró el reloj en el tablero con los ojos aún borrosos—. ¿Ya son las diez?

—El tiempo vuela cuando uno se divierte. —Iván se inclinó por encima de ella para desabrocharle el cinturón de seguridad, robándole muy astutamente un beso.

—¿Por qué no subes un rato? —dijo Jade dándole un beso por su cuenta.

—Los dos sabemos que si subo contigo ninguno de los dos va a dormir mucho esta noche. O conseguir hacer alguna cosa de los pendientes.

—Eso es un poco de doble moral doctor Rusilko —dijo Jade—. ¿No eras tú el que me invitó a pasar la noche en tu casa?

— *Touché*—aceptó Iván—. Pero estás agotada y lo que necesitas es descansar.

De mala gana, Jade se acercó para darle un beso de despedida. La ternura con la que se encontraron sus labios, sin prisas y sensual, fue el final perfecto para un fin de semana perfecto. Iván saltó de inmediato para abrirle la puerta y ella salió del Jeep con indecisión, haciendo una pausa para ver si Iván cambiaba de opinión.

—Vamos —la animó y le guiñó un ojo a la vez—. Hay que recuperar fuerzas para el próximo fin de semana.

—¿Por qué? ¿Qué pasará el próximo fin de semana? —Jade le alzó una ceja. La respuesta de él fue sencilla y alegre.

—Ya lo verás.

—Espero que no hayas hecho planes para el domingo.

—¿Por qué? —preguntó Iván inquieto—. Nunca trabajas los domingos.

—Por lo general no, pero Geoff tiene una reserva para una fiesta privada y necesita todas las manos posibles. —Jade vio una expresión extraña en el rostro de Iván.

—¿No estás enojado, ¿verdad?

—Nunca podría estar enojado contigo, nenita —respondió Iván. Después de un momento se las arregló para sonreír—. Pero estoy decepcionado. Tenía grandes planes para el próximo domingo.

—Bueno, supongo que tendré que compensarte después.

Después de otro beso eterno, Jade se quedó de pie observando como Iván desaparecía de su vista, las luces traseras del Jeep desapareciendo en la distancia. El tramo de regreso hasta su apartamento parecía más largo de lo normal esa noche y Jade aprovechó ese momento para reordenar sus pensamientos, sabiendo que Tasha la bombardearía con preguntas en cuanto ella cruzara la puerta. Sacando las llaves de su bolso, abrió la puerta y entró en el apartamento, se sorprendió al encontrar todas las luces apagadas. Lanzando sus llaves sobre la mesa, entró a la sala y miró a su alrededor.

—Tasha, ¿estás aquí? —dijo. Al darse cuenta de que estaba sola, Jade se acercó al escritorio y encendió el ordenador. Con un poco de suerte sería capaz de leer rápidamente sus mensajes de correo electrónico y llegar a la cama antes de que regresara Tasha. La ronda de preguntas podría posponerse para la mañana siguiente.

Jade se sentó en la silla al tiempo que el monitor cobraba vida. Abrió su correo sólo para descubrir página tras página de mensajes no leídos. Se desplazó por la lista, eliminando todo el correo basura. Estaba a punto de seleccionar un mensaje cuando el nombre del remitente le llamó la atención: OD Magazine. «Eso suena familiar». Abriendo el mensaje comenzó a leer:

Estimada Chef Thorne,

Le escribo para informarle que usted ha sido seleccionada como Chef destacada para el próximo número de OD Magazine. Después de leer un post reciente en un blog, uno de nuestros columnistas cenó en su establecimiento y habló muy bien de su talento culinario. Nos encantaría hacer un reportaje sobre usted y el trabajo que está haciendo en Bianca.

Póngase en contacto conmigo lo antes posible, así podemos hacer los arreglos pertinentes para que enviemos un equipo al restaurante. Uno de nuestros escritores llevará a cabo una breve entrevista y un fotógrafo tomará algunas fotos. Cuanto antes puedan encontrarse con usted, mejor. Teniendo en cuenta los plazos de entrega, sería maravilloso si pudiéramos arreglar algo antes del próximo jueves.

Saludos cordiales, Jay Gallo

Editor en Jefe

Jade saltó de la silla, chillando mientras corría por el bolso. Agarrando su teléfono del bolsillo lateral, rápidamente escribió un mensaje para Iván:

Oh, dios mío, ni te imaginas lo que acaba de suceder!

Sin esperar a que respondiera, Jade volvió al ordenador y redactó su respuesta. Su dedo se demoró sobre el botón de enviar. Una parte de ella estaba decepcionada de que Iván no estuviera junto a ella para compartir ese momento. «De todas las noches para no estar juntos…» Tomando una respiración profunda para calmarse, sonrió de oreja a oreja mientras pulsaba enviar.

CAPÍTULO 17

"Life Is A Highway"

—¿Cómo se ve esto? ¿Es demasiado? —preguntó Geoff, sosteniendo un par de utensilios chapados en oro antes de pasarlos a Jade para que los inspeccionara.

—Geoff, estoy segura que ellos no van a prestar atención a las cucharas y los tenedores que usamos —Jade echó un vistazo a su jefe, alto y de pelo gris, era un hombre que se había convertido más en un amigo que en su superior, en pocas semanas. Tuvo que luchar con la ola de náuseas que la envolvió y se dispuso a darle los toques finales a los platos de aperitivos que se servirían durante la entrevista—. Por la forma en que estás parloteando, pareciera que es a ti a quien van a entrevistar hoy —dijo con una sonrisa—. Relájate, todo saldrá bien. Ya lo verás.

Ya más tranquila después del subidón emocional que tuvo al despertar y encontrarse una crítica brillante en el *Miami Herald*, Jade se sentía en la cima del mundo. «La Bella y el Festín» decoraba la primera página de la sección de «Estilo de vida» en el periódico de esa mañana. Stephen verdaderamente había mantenido su palabra. Su artículo hacía a Jade brillar como un diamante pulido.

—Lo sé, lo sé, pero estoy emocionado por ti… y por el restaurante —añadió en el último momento—. Nunca hemos sido destacados en OD, salvo por los anuncios que hemos colocado allí. Esto es genial.

Geoff sólo la puso más nerviosa con ese comentario. Jade no había pensado mucho acerca de cómo podría afectar su entrevista al restaurante.

—Es sólo una revista y estoy segura de que no me van a poner en la portada —dijo ella, tratando de convencerse de que era una posibilidad muy remota, pero en secreto esperando que sucediera precisamente eso—. ¿Me recuerdan otra vez de qué va todo eso de OD?

—OD es «la» revista para enterarse de lo más selecto y sobre la *crème de la crème* de Miami Beach. Son conocidos por hacer crecer o desaparecer negocios y gente —respondió Geoff.

Jade sintió sus náuseas dispararse a otro nivel y sólo empeoró cuando vio a un hombre pequeño enfundado en un gabán, cargando una cámara enorme por el restaurante seguido por un hombre más alto con pantalones grises y una camisa blanca de botones. Se acercaron a la *Hostess*, quien los dirigió a la parte posterior, donde esperaban Jade y Geoff. Secándose las manos sudorosas en el paño de cocina que llevaba metido en el bolsillo de sus pantalones, dijo: —Bueno, parece que es hora del espectáculo.

Geoff dejó de pasearse y pareció hacer un esfuerzo extra para recomponerse mientras observaba a los hombres que iban hacia ellos.

—Toma esto, ¿quieres? —dijo Jade a Susan mientras le pasaba el paño de cocina al verla pasar por ahí.

—Buena suerte, jefa. ¡Acábalos! —Susan le dedicó una cálida sonrisa antes de volver a la cocina.

Mientras los hombres se acercaban, Jade se dio cuenta de que en realidad ya había conocido al más alto de los dos. Había estado en la fiesta de cumpleaños a la que Iván la había llevado en su primera cita. «¡Mierda, no recuerdo su nombre! Bill, Bob, Ben… ¿Cómo demonios se llama?» Pero entonces recordó el truco que había aprendido de Iván así que Jade saltó a hablar primero para asegurarse de no tener que llamarlo por su nombre.

—¿Cómo estás? Hace tiempo desde la última vez que nos vimos —anunció alegremente cuando ellos se acercaron.

—Jade, ¡es genial verte! Te ves maravillosa. —Tomando su mano, el hombre alto le dio un beso antes de hacer un gesto hacia su colega—. Él es Aaron Resnick, el fantástico fotógrafo de nuestra revista.

—Encantada de conocerte. Él es mi jefe, Geoff Knight —dijo Jade—. Él es el dueño de Bianca.

Entonces, si el truco funcionaba, el desconocido tendría que decir su nombre. «Por favor, que funcione» —rezó desesperadamente.

—Hola, Geoff. Soy Rob Sena y tengo que decirte que he escuchado cosas maravillosas de este restaurante de infinidad de gente. Es un placer finalmente visitarte y tener la oportunidad de hablar con la única e inigualable Chef Jade Thorne.

Jade apenas y escuchó el cumplido mientras celebraba si éxito. «¡Se llama Rob!»

Mientras Geoff saludaba a los dos hombres, invitó a Rob y Jade a tomar asiento en la elegante mesa que ya había sido arreglada y tenía agua, una botella de vino tinto y una amplia variedad de aperitivos.

—Geoff, si pudieras por favor llevar a Aaron para que recorra el local, te lo agradecería mucho —dijo Rob educadamente—. Nos gustaría conseguir algunas fotos de su restaurante para la revista.

—Por supuesto —respondió Geoff asintiendo amablemente antes de desaparecer con el fotógrafo y dejar a Jade para que se las viera sola.

Devolviendo su atención a Jade, Rob no perdió tiempo en ponerse a trabajar. Con su grabadora lista, disparó la primer pregunta: —Entonces, Señorita Thorne, chef profesional y reina de belleza, ¿no?

Totalmente desconcertada, Jade no pudo más que tartamudear en respuesta.

—Ahh, bueno, no sé si me llamaría una reina de belleza —dijo—. Me encanta lo que hago y trato de mantener una apariencia profesional, tanto dentro como fuera de la cocina.

Rob sonrió.

—¿Cuál es tu parte favorita de Miami?

Dudando y forzándose a no decir la primera cosa que le llegara a la mente (que sin duda era Iván y su proeza sexual), Jade se concentró, pensando algo más adecuado para responder.

—Hay tanto que amar de una ciudad tan diversa como Miami: la gente, las actividades, las oportunidades. Es un lugar mágico. Estoy muy feliz de ser oficialmente una Miamense.

Rob siguió adelante. El resto de la entrevista consistió en preguntas que iban desde su formación culinaria (Instituto Culinaio de América en Nueva York), hasta su platillo favorito (pasta al horno con la receta de salsa de tomate de la abuela).

Mientras hablaban, Jade observó a Geoff y al fotógrafo paseando por el restaurante, tomando fotos de la cocina, el comedor, los camareros, los clientes y todo lo que se viera lindo y radiante en las lustrosas páginas de la revista.

Cuando la entrevista llegaba a su fin, Rob hizo la pregunta final:
—¿Por qué debe venir todo Miami a comer aquí, a Bianca?

Jade respondió sin vacilar.

—La vida es demasiado corta como para no vivir, reír y amar. Y en Bianca se puede hacer las tres cosas a la vez.

—Debo decir, señorita Thorne, que ha sido un auténtico placer conocerte —dijo Rob, estirándose para estrecharle la mano—. Puedo ver que vas camino a la grandeza. Ahora puedo presumir que te conocí desde antes… —terminó con una carcajada—. Tu personalidad confirma los rumores que corren por ahí, sobre lo fantástica que eres.

Jade abrió la boca para preguntar a qué se refería pero la cerró de inmediato cuando escuchó que llamaba al fotógrafo.

—Okey, póngale maquillaje y saquemos fotos geniales de esta hermosa damita —dijo.

«¿Qué? ¿Maquillaje? ¿Fotos? ¡Oh dios, mío! ¿Me veré bien? ¿Por qué nadie me dijo que lo que significaba realmente lo de "unas fotos"?» —Gritó Jade mentalmente.

Echando mano de todos sus recursos para conseguir el mismo aplomo que había conseguido en el cumpleaños del Doctor Shaunnessey, Jade sonrió y se unió al fotógrafo para ver su maquillaje. Mientras estaba sentada tranquilamente en la silla, una mujer que no había visto hasta ese momento le explicó que acababa de suavizar sus ojos y dar más volumen a sus labios (más de lo que ya estaban). Jade cerró los ojos y se relajó mientras la mujer empezaba a trabajar en su pelo. Sus fantasías pararon de pronto cuando oyó a Rob murmurarle a Aaron que se asegurara de conseguir fotos de calidad con ella, y con el más atractivo sexual.

«¿Atractivo sexual? ¿De qué demonios está hablando? ¡Soy chef!»

Pero Jade no iba a quejarse. Sentada en la silla, sentía que esos eran sus quince minutos de fama e iba a sacarles todo el jugo, hasta la última gota.

La estilista le entregó un espejo y el fotógrafo sonrió.

—Se ve impresionante, señorita Thorne.

—Por favor, llámame Jade —le corrigió ella con una sonrisa.

Cuando se miró en el espejo, Jade tuvo que echar un segundo vistazo para asegurarse que realmente ella. No era una chica la que le devolvía la mirada, era una mujer hermosa, y por un segundo, Jade no reconoció su rostro. La estilista había iluminado sus ojos color esmeralda y acentuó sus pómulos altos. Su cabello normalmente sin chiste, estaba recogido en un moño alto muy a la moda con un par de risos color obsidiana, sueltos y delineando las suaves curvas de su rostro.

Todavía desconcertada por lo que estaba sucediendo, Jade le preguntó: —¿Qué se supone que tengo que ponerme? Todo lo que tengo es mi traje de chef. ¿Se suponía que debía traer una muda de ropa?

Aaron y Rob se echaron a reír.

—¡Qué divertida! No es extraño que todo el mundo te adore —dijo Tim—. ¡El traje de chef es perfecto! ¡Eso es lo que te hace una taza de café en una mesa llena de té!

Jade forzó una carcajada sin entender realmente qué era tan gracioso.

«¿Por qué se estaba riendo todo el mundo de ella?»

—¿Está listo, señorita Thorne? Quiero decir, ¿Jade? —preguntó el fotógrafo.

—Hagámoslo —respondió ella con determinación y se dirigió a la cocina.

Estarían trabajando en su espacio, su casa, lo que no sólo la hacía sentir más cómoda, tendría también un impecable telón de fondo, cortesía de la diligente planificación y previsión de Geoff.

—¿Alguna vez te han fotografiado antes? —preguntó Rob.

—No, no profesionalmente. Esta es mi primera vez, así que por favor, se amable —añadió con una carcajada.

—Bueno, yo le digo a todos mis modelos que imaginen un reloj delante de ellos. Hacen una pose y luego miran un número del reloj y luego otro. Después cambian la pose y repiten. Tan simple como un pastel.

Jade comprendió el concepto de inmediato y sacó la sonrisa más grande y brillante que tenía.

—Hagámoslo —dijo de nuevo.

Jade se sintió a gusto desde el momento en que hizo la primera pose. ¡Era muy divertido! Usó la cocina de una manera que nunca pensó posible, vinculando los utensilios, las mesas y las sartenes con sensualidad.

—¿Cómo lo hice? —preguntó Jade en cuanto terminó.

—¡Increíble! —respondieron Aaron y Rob al unísono—. Creo que hemos terminado—. Muchas gracias, señorita Thorne por este espléndido día. Estaremos en contacto pronto. Mi jefe va a estar muy feliz.

Jade escoltó a los hombres a la salida del restaurante donde Geoff se paseaba nerviosamente delante de la ventana. Después de despedirse, Jade inmediatamente sacó su teléfono para mensajear a Iván:

Ahora ya hay dos modelos en esta relación!

Iván ya tenía competencia.

CAPÍTULO 18

Con la emoción aún a flor de piel por el día fantástico que había tenido como modelo, Jade regresó a la cocina ya sin los flashes de las cámaras y de vuelta a la realidad. Abriendo las puertas dobles de un manotazo, fue recibida con una ronda de aplausos y chiflidos.

—Chicos… —dijo Jade sonrojándose y evadiendo la mirada del ruidoso personal de cocina—. Gracias por toda la ayuda de hoy pero si no les importa, necesito unos minutos para mí misma. Aún me siento un poco abrumada.

Jade se retiró al pequeño cuarto para el personal en la parte trasera de la cocina y sacó de su bolsillo su teléfono que no dejaba de vibrar para ver la respuesta de Iván, pero para su sorpresa era Tasha la que le había escrito:

**¡Genial! Ahora tendré que lidiar con dos modelos.
Sal de ahí y no me hagas esperar.**

Confusa, Jade trató de comprender el texto. Comprobó rápidamente su historial y confirmó que no se estaba volviendo loca, el último mensaje de texto que había enviado estaba dirigido a Iván como pretendía. Eso debía significar… Sin ni siquiera terminar ese pensamiento, salió corriendo hacia el restaurante. Cuando los encontró, Jade no daba crédito a lo que veían sus ojos. Iván y Tasha estaban de pie en el pasillo de la entrada. Tasha en un minivestido amarillo pálido e Iván llevaba una camisa negra de botones y unos pantalones grises con un ramo de flores en la mano. Su cabello estaba atado en una pulcra cola de caballo y una barba ligera ensombreciendo su rostro.

Jade corrió hacia ellos.

—Muy bien, ¿qué está pasando? ¿Qué están haciendo aquí, juntos?

—Iván sugirió que saliéramos los tres a celebrar tu gran día esta noche. ¿Cómo no iba a estar de acuerdo con eso?

—Un día inolvidable requiere de una noche inolvidable, ¿cierto? —Iván se inclinó hacia ella para darle un beso y ponerle un exuberante ramo de orquídeas en la mano—. Felicidades, nenita. Escuché que estuviste increíble.

Su rostro resplandecía de orgullo haciendo que Jade se ruborizara aún más.

—Chicos… Me gustaría poder pero tengo que trabajar esta noche. No habrá paz para los malvados o algo como eso. ¿Y cómo te enteraste de…?

Justo entonces escuchó una voz detrás de ella.

—Jade, espero que no estés pensando en desaparecer sin despedirte de mí. Fue un día fantástico ¡y parece que estás invitada a una noche fantástica! Déjame invitarte a ti y a tus amigos una cena, si tienen tiempo. Hiciste un magnífico trabajo para nosotros. Te lo debo.

Asombrada por… bueno, en realidad por todo lo que le estaba sucediendo. El ofrecimiento de Geoff, la visita sorpresa de Iván y Tasha, el artículo en el periódico de esa mañana y el éxito aparente con OD. Jade aceptó gustosa.

—Gracias, Geoff. Eso sería genial.

—¡Fantástico! Te voy a dar la mesa del Chef. Adecuado, ¿no? —sonrió y le indicó a la camarera que les mostrara la mesa—. Que se diviertan y recuerda que corre a cuenta de la casa.

Todos le agradecieron antes de que Geoff se alejara.

Girándose hacia Tasha, Jade le susurró: —¿Por qué no, al menos, me diste una pista? No tengo nada que ponerme.

—¿No tienes mucha fe en mí, ¿verdad? —Tasha le lanzó una mirada presumida a tiempo que le hacía un gesto a Iván—. Doctor, si me hace favor.

De la nada, Iván sacó una caja de color crema atada con un moño azul. Él le dio un beso rápido antes entregársela.

—Esto es para ti, nenita.

Jade desató ansiosamente la cinta y retiró la tapa. Dentro había un vestido azul impresionante, perfecto para una noche fabulosa.

—Eres demasiado bueno para mí —exhaló y miró el colorido ramillete que tenía en la mano—. Y las flores, me encantan. Gracias.

Dándole otro beso suave, Iván le susurró: —Sólo lo mejor para ti.

—Por aquí, Chef Thorne —dijo la mesera, radiante de emoción. La joven los llevó a la mesa del chef y los acomodó dejando a Jade en la cabecera.

Jade se puso al mando (ya que conocía el menú al derecho y al revés) y ordenó la comida para todos, con una botella de shiraz, guiñándole un ojo a Iván. Terminada su tarea, Jade se excusó para enfundarse su nuevo vestido. Regresó quince minutos después, emocionada con la compra de Iván y se quedó sin habla cuando vio que él y Tasha estaban charlando. Había un cierto consuelo en saber que su novio y su mejor amiga se llevaban tan bien. Su último novio había sido distante y celoso de cualquiera que se llevara con ella.

—Entonces, ¿cómo se pusieron en contacto ustedes? —preguntó, dejándose caer de nuevo en su silla.

—El internet es una cosa divertida —dijo Tasha—. Puedes ponerte en contacto con cualquier persona y hasta con la hermana de esa persona si lo necesitas… pero todo fue cosa de Iván. Fue él quien lo planeó.

Tasha miró a Jade y la jaló para abrazarla.

—Estoy condenadamente orgullosa de ti, chica. ¿Podrías haber imaginado que algo de esto iba a suceder, cuando decidiste mudarte a Miami?

Jade miró del uno para el otro, feliz de que Iván hubiera incluido a Tasha en esa noche especial.

—No, pero parece que tengo un montón de cosas por las cuales estar agradecida.

Durante la hora siguiente cenaron y discutieron todo sobre sus vidas. Tasha parloteaba con Iván sobre Micky siendo el único y Jade se jactaba de ella y la relación que tenía con Iván, haciendo que las mejillas de éste enrojecieran en más de una ocasión.

—No tienes que intentar vendérmelo —bromeó Tasha—. Ya sé que éste es uno de esos que tienes que conservar.

Veintiún chistes, sesenta y tres risas y cuatro botellas de vino después, la cena llegó a su fin, pero Jade tenía la sensación de la noche apenas estaba comenzando.

Iván, que ya parecía un poco más achispado, se aclaró la garganta con seriedad.

—Bueno, damas, ahora que ya nos hemos llenado de comida y vino, es el momento para hacer la siguiente etapa de nuestra aventura.

—¿En serio? ¿Hay más? —preguntó Jade.

—¿Bromeas? Esta es la hora en que los clubes comienzan a ponerse buenos —exclamó Iván—. Estaba pensando que le cayéramos al LIVE por unas cuantas travesuras.

«LIVE». Jade había escuchado algunos rumores sobre ese lugar pero nunca había ido ahí. Estaba considerado como uno de los mejores clubes nocturnos del mundo y la fila constante para entrar lo hacía parecer imposible.

—¡Maravilloso! —vitoreó Tasha—. Vamos.

Jade miró a Iván como si dijera, ¡otra historia que contar! Sintiéndose lista para conquistar el mundo, aceptó.

—Cuenten conmigo, que siga la fiesta.

Iván dejó la propina en la mesa y se dispuso a llamar un taxi amarillo que andaban por Miami como hormigas en un hormiguero. En cuanto subieron a uno, Tasha gritó: —Al LIVE y dese prisa.

Mientras el taxi seguía su camino, Jade quería hacerle saber a Iván lo mucho que apreciaba todo lo que había hecho por ella esa noche. Mostrándose inesperadamente con Tasha, las flores, el vestido… esa se estaba convirtiendo en una de las noches más memorables de su vida. Discretamente, Jade soltó la mano de él y la deslizó luego por su entrepierna para acariciar suavemente el otro regalo que esperaba estar desenvolviendo más tarde esa misma noche.

Iván se inclinó para darle un beso, separando los labios de Jade con la lengua, pero se retiró cuando Tasha se aclaró la garganta.

—Estoy tan orgulloso de ti —dijo, apretándole la mano.

El taxi se detuvo junto a la acera y ya se podía ver la larguísima fila, como de costumbre, que daba la vuelta a la manzana, con un guardia gigante vigilando la entrada. Un latigazo de decepción la recorrió pero Iván no pareció inmutarse.

—No sé —dijo Jade—. Parece que vamos a tener que esperar toda la noche. ¿No deberíamos ir a otro lugar?

—Estoy seguro que llevando dos bellezas en el brazo, entrar será pan comido —les aseguró.

Se metieron a través de la multitud de turistas y lugareños vestidos con sus mejores galas con Iván a la delantera. No se detuvo hasta que llegó a la entrada. Allí se encontraron con un monstruo de más de cien kilos, vestido de negro de los pies a la cabeza. Llevaba un auricular y tenía una mirada fría mientras vigilaba la pequeña cuerda de terciopelo. Jade se encogió ante la idea de que los rechazaran. No era indiferente a las otras personas que estaban esperando.

Pero en cuanto el gigante vio a Iván, sonrió lentamente, bajando la guardia por una fracción de segundo y luego dejó caer la cuerda, reconociendo a Iván con un simple gesto de su enorme cabeza. Sintiendo como si estuviera haciendo algo ilegal, Jade echó un vistazo a Tasha y se pegó al costado de Iván. Mirando por encima del hombro, vio como el gigante volvía a su postura defensiva y se encaraba con la multitud tratando de meterse detrás de ellos.

—¿Qué fue eso? —dijo Tasha directamente sobre el oído de Iván. Él sonrió pero ignoró la pregunta mientras las llevaba al interior del club. Los ojos de Jade se abrieron como platos mientras se hacían camino por los alrededores de la abarrotada pista de baile. El club se parecía algo sacado de un libro de Dr. Seuss. Luces de neón, azules y rojas, brillaban contra las paredes negras. Ella corrió la palma de la mano por la superficie lisa de una enorme columna que salía desde el suelo. Mirando hacia arriba, vio que la parte superior de la columna estaba coronada con hermosas mujeres vistiendo trajes que harían sonrojar a Hugh Hefner. El aire embriagador que los rodeaba estaba lleno de humo que emana de una máquina y las bengalas en las botellas de champán que eran entregadas por camareras que portaban muy poca ropa.

La música hipnotizante resonaba en los altavoces, llenando sus oídos con un ritmo creado exclusivamente para las mujeres siguieran el ritmo. Las luces estroboscópicas bailaban a su alrededor, destacando a los bailarines y los DJs; la multitud en el centro de la habitación parecía un mar de gente, los mismo que parecían estar buscando un acostón rápido. Rodeando el raudal de lujuria y alcohol había mesas dispuestas con bebidas de colores brillantes y montones de *clubbers* de alto vuelo gastando su dinero contante y sonante.

Jade se aferró al brazo de Iván, ya impresionada por todo lo que veía. Siguiendo en línea recta hacia la escalera lateral, se encontraron con otro monstruoso guardia, pero después de otro saludo de reconocimiento, les dejaron pasar la segunda cuerda de terciopelo.

Mientras ella subía lentamente las escaleras delante de Iván, Jade sintió de pronto una mano serpenteando hasta la parte interior de su muslo. Los dedos de Iván se arrastraron hasta detenerse en el borde del tanga. Ella se giró hacia él y lo vio sonreír, sin duda le encantaba saber lo que había estado usando debajo de su uniforme blanco de cocina. Deslizando su dedo alrededor de la delgada franja de raso entre sus piernas, lo hizo a un lado y le acarició los pliegues suaves y aterciopelados.

—Maldita sea —susurró.

El aliento de Jade se le atascó en la garganta pero mantuvo su compostura. Miró a Tasha, que estaba ocupada en tratar de ver lo que les esperaba en la parte superior de las escaleras y luego miró a Iván otra vez por encima del hombro.

—¿Sabes que si sigues así me vas a volver loca, ¿verdad?

—Sólo tienes que decir una palabra y me detendré.

Jade se detuvo abruptamente en el escalón delante de él provocando que la mano de Iván se deslizara más entre sus piernas.

—No te atrevas —advirtió.

Iván la soltó en cuanto llegaron al final de las escaleras, le dio una palmadita y volvió su atención a la bienvenida que les daba la sección más relajada del club. Ya habían superado la mar de carne que había en el piso de abajo, admirándolo desde la distancia. En el bar había una linda morena, vestida con una minifalda que no dejaba nada a la imaginación, estaba de pie detrás del mostrador negro brillante en medio de una serie de botellas multicolores y copas. Iván ordenó una ronda de chupitos: *Lemon Drops* para las damas y un whisky para él.

Jade miró alrededor hacia las mujeres con más silicona que carne y los hombres cargados de suficiente oro para acabar con la pobreza, que descansaban en los sofás y sillones individuales de color rojo. En lugar de la iluminación extravagante y los efectos de humo de la planta baja, esa área contaba con iluminación que llegaba desde la pista y se extendía por la toda la habitación. Ese lugar no estaba dispuesto para bailar sino para relajarse y a Jade le gustó mucho. Eso era más de su estilo.

Los chupitos llegaron e Iván se los entregó, levantando el suyo para un brindis.

—Por los buenos momentos con muy buenos amigos. «Arriba, abajo, al centro, pa' dentro!» —dijo mientras movía el vasito en la dirección indicada.

Las chicas siguieron su ejemplo y se tomaron sus chupitos de un solo trago.

Después de beberse hasta la última gota de whisky, Iván pidió otra ronda de chupitos pero Jade protestó.

—Me toca esta ronda, doc.

Ordenar su bebida y la de Tasha fue fácil pero Iván era un hombre complejo con gustos aún más complejos y ese no era el tipo de lugar para un shiraz. Mirándolo de arriba abajo, sonrió.

—Deme un Dirty Martini, un Vodka Cranberry y un Whisky en las Rocas.

Jade recogió sus bebidas, le envió a Iván una sonrisa de complicidad sobre su hombro y maniobró a través de mesas, sillones y gente esparcida por el lugar hasta encontrar a Tasha en una esquina. Sonrió cuando se dio cuenta de las miradas que la seguían mientras pasaba.

Jade arregló las bebidas en su mesa y ellos se sentaron, disfrutando de observar a la gente y disfrutar de la música que los rodeaba. Jade se preguntaba lo que le había dicho a la *bartender* antes de que tomaran asiento y minutos después llegó una segunda ronda de bebidas, una tercera y luego una más.

—Abriste una cuenta, pillín —lo regañó. Jade ya estaba en el límite entre la borrachera y total embriaguez. Y sospechaba que sus compañeros no se quedaban atrás.

—Me encanta esta canción —anunció Tasha, lo suficientemente fuerte como para atraer la atención de todos los que estaban en el salón. Se puso en pie y se tambaleó hasta el centro de la habitación, haciendo a un lado las mesas vacías para hacer una pista de baile improvisada.

—¡Así se hace! —gritó uno de los *clubbers* y en unos segundos se había unido a Tasha.

—¿Tenías que traernos a este club? —reprochó Jade—. Obviamente no has visto a Tasha cuando estaba ebria.

—No pasa nada por divertirse un poco —empezó a decir Iván antes de detenerse abruptamente. Jade suprimió una risita mientras su pie subía por el interior de la pierna de él. Disfrutando el momento, él abrió más sus piernas y le dio acceso libre.

El pie de Jade se movía en sincronía con la música, dándole un caliente masaje con los dedos. Con todo el mundo en el lounge bailando, ella podría fácilmente meterse debajo de la mesa sin que la vieran. Y sin ninguna protesta por parte de Iván, pero disfrutaba viéndolo retorcerse bajo sus hábiles caricias. La mirada de puro placer que se vislumbraba en su rostro, sólo servía para acelerarla más.

Hundiéndose de nuevo en su asiento, Iván dejó caer su cabeza sobre el respaldo de la silla, cerrando sus ojos con fuerza por la satisfacción absoluta que sentía.

A medida que el DJ cambiaba el ritmo, el pie de Jade se retiró. Ella sólo tenía que bailar. Pero en lugar de eso, se removía en su asiento, no queriendo dejar a Iván completamente solo.

Él la miró mientras se ajustaba los pantalones y se enderezaba en la silla.

—Ve a bailar si quieres —le dijo.

—¿Qué? ¿Y dejarte sentado aquí solito? De ninguna manera. No a menos que vengas a bailar conmigo.

—Umm, chiquita eso no va a suceder por un tiempo, no después de ese pequeño truco que acabas de hacer —se acomodó de nuevo en su asiento—. ¿Por qué no vas a bailar? Me reuniré contigo en unos minutos.

—¿Seguro que no te importa? —preguntó Jade pero ya estaba fuera de su asiento antes de que Iván tuviera la oportunidad de responder.

El mesero apareció con su próxima ronda de bebidas e Iván con gusto agarró la suya. Se sentó de nuevo y lo saboreó mientras observaba a Jade caminando hasta el centro de la multitud. Aturdido al ver por primera vez a su chica bailar, no podía dejar de ver la manera en que ella y Tasha bailaban juntas, sus cuerpos presionados y siguiendo el ritmo de la melodía. Esto era suficiente para que un gay dejara de serlo y un hombre soltero quisiera casarse. Una capa de sudor cubría sus cuerpos y ellas brillaban a la luz del *lounge* como si fueran seres fantásticos. Pensamientos pecaminosos llenaron la mente de Iván mientras observaba el espectáculo que se desarrollaba delante de él y sólo conseguía que sus jeans le quedaran aún más ceñidos.

Tragando de golpe el último sorbo de su bebida, se unió a las festividades. Erección o no, de ninguna manera iba a dejar pasar la oportunidad de bailar con las dos chicas más bellas del club. Iván se abrió paso entre los bailarines que giraban en torno a Jade. No le importó que sus habilidades de baile estuvieran entorpecidas por el alcohol que había consumido, porque con Jade en frente de él y Tasha atrás, se veía como un profesional.

Un hombre tendría que haber perdido la cabeza a no querer que dos hermosas mujeres lo usaran como una barra de striptease, pero Iván sólo tenía ojos para una de ellas. Tan indómitas como eran sus fantasías, era a Jade a la única que quería.

Toda la gente que los rodeaba se había detenido a mirar a la sudorosa maraña de miembros que ellos habían creado. Jade echó su espalda contra el pecho de Iván, incitando su persistente erección con su trasero y Tasha hacía su propia magia a su espalda. Pero a medida que la música cambió a algo más lento, Iván notó la palidez en el rostro de Tasha.

Acercando más a Jade, levantó la voz para hacerse oír por encima de la música y señaló a Tasha, que ya estaba medio caminando, medio arrastrándose de vuelta a su mesa.

—Creo que será mejor que vayamos a casa.

—Creo que tienes razón.

—Espérame en la mesa —le dio Iván—. Vuelvo en un minuto.

Asintiendo con la cabeza, Jade atravesó rápidamente la pista de baile (un poco inestable también, según se percató Iván) hasta donde se encontraba Tasha, encorvada sobre una silla.

—Vaya espectáculo que diste ahí, cielo —dijo la *bartender* cuando vio que Iván se acercaba.

—Gracias —murmuró mientras recogía su tarjeta de crédito y firmaba el recibo.

Mirando hacia el pedazo de papel la chica frunció el ceño.

—¿Qué? ¿Y el número de teléfono?

—Quizá la próxima vez —dijo Iván lanzándole un guiño. Sabiendo bien que si se salía con la suya, su soltería sería cosa del pasado.

Mientras se movía por el club para reunirse con sus compañeras de parranda, la tez de Tasha se hizo más y más grisácea. Apuró el paso, casi corriendo a la mesa. Jade le ayudó a levantar a su amiga y atravesaron la pista donde la fiesta seguía en todo su apogeo, bajaron las escaleras, pasaron al gigante número uno, luego atravesaron la mar de gente, el gigante número dos y finalmente salieron a la acera.

—Tasha —dijo Jade mientras pasaban con trabajo la puerta y salían a la calle.

Tasha le hizo un gesto con la mano y se apoyó en la farola.

—Estaré bien. Sólo dame un minuto.

Iván vio como Jade levantó eficientemente el pelo de Tasha y lo echó a un lado. Efectivamente, una exclamación resonó en la bochornosa noche de Miami cuando Tasha se inclinó y empezó a decorar la acera.

—Voy a buscar un taxi —ofreció Iván, discretamente alejándose de ellas, para darles intimidad.

—¿Estás bien, cariño? —oyó a Jade preguntar—. ¿Quieres que te traiga un poco de agua o algo así?

—Estaré bien —murmuró Tasha haciendo otra arcada.

Justo en ese momento, un taxi amarillo se estacionaba en la acera frente a ellos. Iván se giró para echarle una mano a Tasha y ayudarla a subir al asiento trasero.

—Creo que será mejor que le dejemos la ventanilla —dijo Jade con una sonrisa.

—Creo que tienes razón —Jade se deslizó en el asiento de en medio, seguido de Iván. Ella le dio al conductor la dirección y le avisó que la velocidad era de suma importancia.

—Si vomita en mi coche, ustedes pagan el lavado —advirtió el conductor con un tono cortante.

—No te preocupes por eso —espetó Iván con un tono más fuerte de lo que pretendía.

De alguna manera consiguieron casi todos los semáforos en verde, menos uno y llegaron al condominio en un tiempo récord. Cuando el taxi se detuvo en la puerta principal, Iván saltó del carro y corrió hacia el otro lado para ayudar a Tasha a salir del auto. Con Jade por un lado y él por el otro, la sentaron en el banco que estaba a fuera del edificio.

Jade miró de Iván a Tasha y luego de vuelta a Iván.

—Gracias —dijo ella. Poniéndose de puntillas se inclinó para darle un beso, suave al principio, pero cada vez más agresivo hasta que ella estiró la mano hasta su entrepierna para ahuecarlo en la palma de su mano.

—Creo que será mejor que lleves a Tasha adentro —dijo Iván sin aliento mientras rompía el beso.

—Otra vez está en lo cierto, doc.

—¿Necesitas que te de una mano para llevarla a tu piso?

—¿No te vas a quedar? —Iván pudo escuchar la desilusión en la voz de ella.

—No esta noche, chiquita. Creo que ambos hemos bebido un poco más de la cuenta y Tasha te necesita más que yo en este momento.

—Eres increíble —susurró Jade depositando otro beso en sus labios—. ¿Cómo diablos hice para tener tanta suerte?

—Yo soy el afortunado. —Iván le dio un beso en la mejilla antes de soltarla—. ¿Estás segura que no necesitas ayuda para llevarla dentro?

—No, ella puede hacerlo sola.

—Bueno, supongo que será mejor que me vaya —dijo Iván a regañadientes mientras daba un paso hacia atrás. Cada parte de su cerebro le gritaba que siguiera a Jade al piso de arriba, pero su sentido común prevaleció y dio dos pasos más hacia atrás hasta el taxi que lo esperaba—. Mi carruaje aguarda.

—Llámame en la mañana —dijo Jade mientras ayudaba a Tasha a levantarse.

—Buenas noches, nenita.

—Buenas noches, doctor Iván —escuchó que le dijo cuando él se metía en el asiento trasero del taxi.

CAPÍTULO 19

La brillante y cegadora luz quemaba los ojos de Jade mientras caminaba el corto tramo desde su coche hasta la entrada del restaurante. La tenue luz del vestíbulo hizo poco para aliviar la terrible resaca con la que estaba lidiando, el dolor de cabeza palpitante que le martilleaba los oídos y la visión borrosa. Pasando las puertas dobles de la cocina, Jade se encontró con más luces cegadoras de los fluorescentes que se alineaban en el techo y se reflejan furiosamente en las paredes de azulejos blancos. Hizo caso omiso de las miradas y burlas por parte del personal de la cocina mientras caminaba hacia la parte posterior y se sentó en el banco frente a su casillero.

—Buen día, Jefa —dijo Susan sentada en el banco de enfrente.

—Buen día —gruñó Jade mientras se desplomaba en el asiento, colocando la cabeza sobre sus brazos.

—¿Ya lo viste? —preguntó Susan emocionada.

—Sus, no va a salir por lo menos en dos o tres semanas y eso si el artículo consigue estar en el próximo número —suspiró Jade y apretó sus ojos con más fuerza, tratando de bloquear un poco de luz. Ninguna cantidad de analgésicos o café iban a librarla de la resaca y se preguntó brevemente si debía usar uno de sus días de licencia médica.

—No estoy hablando del artículo. Estoy hablando del blog de Dirk D., tus fotos están en todo su sitio.

Jade levantó la cabeza de golpe y se arrepintió de inmediato por el dolor punzante que sintió.

—¿Qué fotos?

—Las imágenes de ti y de Iván en el club —respondió Susan.

—¿De qué estás hablando…? —la voz de Jade se desvaneció mientras vaciaba el contenido de su bolso en el piso frente a ella, buscando frenéticamente su teléfono celular. Rescatándolo de entre el montón de basura, tocó la pantalla y el celular se encendió. Después de que finalmente hubiera leído el primer post que Dirk D había escrito sobre ella, se había vuelto seguidora asidua de modo que no le costó nada navegar en el blog rápidamente. Cuando las imágenes empezaron a cargar, Jade no podía creer lo que estaba viendo. Fotos de ella, Iván y Tasha llenaban el sitio. De hecho, eran tantas fotos que habían hecho una foto galería para acceder a ellas fácilmente.

—¿Treinta y dos fotos? —tartamudeó Jade con incredulidad. Empezó a leer el último post—. ¿Y cómo diablos sabe ya del artículo en OD Magazine?

—Los chismes vuelan en Miami, jefa. Eso es lo que sucede cuando hay una pareja influyente.

«¿Pareja influyente?» una sonrisa iluminó el rostro de Jade. Ella era una pueblerina de Colorado, Iván era un granjero de Pensilvania. Juntos, eran una fuerza a tener en cuenta.

Durante las semanas siguientes, Iván y Jade se volvieron tan inseparables como sus horarios lo permitían. Asistiendo a cenas VIP, compartiendo momentos de intimidad y extendiendo sus influencias en eventos de alto nivel; pero también intercambiaban mensajes de texto y a menudo sustituían los texto por tiempo para estar juntos. Susan tenía razón. Miami les había marcado como la pareja más influyente de la ciudad, y ellos se sentían como si hubieran estado en esa relación unos diez años en lugar de sólo unas cuantas semanas.

Su conexión seguía creciendo, pero se hacía cada vez más evidente que los conflictos en los horarios podrían tener un impacto en la más sólida de las relaciones. Una vez hecho público, el plan de pérdida de peso de Iván lo mantenía más ocupado que de costumbre y la carrera de Jade había despegado en varias direcciones a la vez. Apareciendo en una variedad de medios de comunicación, se había convertido verdaderamente en la reina de la cocina de Miami y el restaurante demandaba cada vez más de su tiempo. Atrás se había quedado su tiempo libre, ya que casi todas las semanas parecía incluir algún evento especial en Bianca o alguna aparición en otro lugar. Sus carreras iban un paso al frente y exigían la atención de ambos, la que una vez habían reservado para ellos. A pesar de que hacían todo lo posible para hablar todos los días, a menudo los planes se quedaban en el camino o en ocasiones se olvidaban por completo en su búsqueda por alcanzar los medios de comunicación adecuados y conexiones de negocios necesarias. Siendo el centro de atención como pareja influyente y alimentada por la búsqueda de fama, Jade aprovechaba todo lo que podía al máximo, se condujo a sí misma sin descanso, temiendo que en cualquier momento pudiera desaparecer.

Podía ser la Reina de la Cocina de Miami pero en ese momento, Jade no se sentía particularmente regia en absoluto. La chillona alarma había sido apagada minutos antes y en ese momento sonaba el insistente sonido del teléfono en la mesita de noche. Arrancándolo de su posición, Jade vio que era de la recepción de su edificio.

—¿Hola? —murmuró a través de la bruma del sueño.

—Buen día, señorita Thorne. Hay alguien aquí que quiere verla. Dice que es conocido del Dr. Rusilko.

«¿Qué diablos?» Aún adormilada murmuró: —Okey, déjelo subir. Gracias.

Tratando de enfocarse, un millón de preguntas flotaban por la mente de Jade. Había soñado con su sesión de fotos con OD Magazine (un sueño que se había vuelto cada vez más frecuente en los días previos al lanzamiento de la nueva edición). ¿Podría ser el artículo destacado en la portada o en la parte posterior con todos los anuncios que nadie se molestaba en mirar? ¿Qué tan extenso sería? ¿Qué imagen usarían?

Jade fue arrancado de su autointerrogatorio por un golpe fuerte en la puerta. «¡Argh!» Ella había dicho que esa persona podía subir. Sacándose las mantas y sin molestarse siquiera en vestirse, trastabilló por el cuarto y sacó la bata de la parte posterior de la puerta del dormitorio mientras el golpeteo de la puerta se hacía constante.

—Por Dios, más vale que valga la pena —se quejó antes de gritar en dirección a la puerta principal—: ¡Muy bien! Ya voy.

Jade batalló con la cerradura y se esforzó por mirar por la mirilla para ver quién tenía el descaro de despertarla a una hora tan espantosa. Lo único que podía ver era algo negro. O bien la persona se encontraba demasiado cerca de la mirilla o estaba cubriéndola deliberadamente.

Jade logró abrir la puerta y se encontró con un espectáculo que nadie debería tener que soportar tan temprano. Ahí de pie en el pasillo, se encontraba una persona metida en un traje en forma de corazón, con las extremidades blancas y unos tenis enormes. «¿Qué diablos es esto?» se preguntó Jade cuando el corazón rojo gigante le entregó un paquete. Dando un paso atrás, el extraño se movió incómodamente en su disfraz y trató de hacer algún tipo de baile ridículo, concluyendo con una rápida reverencia.

Aún aturdida, Jade dejó escapar un agradecimiento. Sacando la tarjeta del regalo meticulosamente envuelto en rojo y blanco. Cuando lo abrió, reconoció de inmediato la terrible letra:

Jade:

Durante las últimas semanas te he visto transformarte de la misteriosa mujer en aquél vestido rojo que me dejó sin aliento y sin pronunciar palabra a una mujer hermosa, exitosa y segura de sí misma que me ha infundido nueva vida. Estoy muy feliz con lo lejos que hemos llegado. Los recuerdos que hemos compartido eclipsan todo lo que podría haber imaginado para nosotros.

Me paso todos los días esperando a ver a dónde iremos y recordando donde hemos estado y, presiento que compartiré muchos más años de felicidad contigo. Sé que ahora nuestros horarios hacen las cosas difíciles, pero no puedo soportar que eso te interponga entre nosotros o en lo que siento por ti

Estoy tan orgulloso de ti y de ser capaz de decir que te conocí antes de que fueras la Reina Culinaria de South Beach. Estoy encantado de que todos tus sueños se estén haciendo realidad, porque los mío, sí.

Iván

P.D. Busca la página 23 y deja que ese ridículo corazón sepa tu respuesta. Estoy seguro que a estas alturas ya se está impacientando.

Los ojos de Jade se llenaron de lágrimas al leer y releer la nota, casi olvidando que había un paquete sin desenvolver. Por último examinando el paquete, lo supo y gritó: —¡Oh, Dios mío! ¡La revista!

Rasgando ansiosamente el papel, se encontró una caja de cartón con las palabras: «no te lo iba a poner tan fácil» escritas en la parte superior con la misma letra familiar. Por supuesto que él había sellado el paquete con más intensidad que si fuera Fort Knox. Iván era un listillo, una de las cosas que había llegado a amar de él. Finalmente rasgando toda la cinta adhesiva, arrancó la tapa y miró dentro la caja.

Jade sostuvo la pesada y brillante revista en sus manos y la miró. Ella estaba en la portada. Era una de las primeras fotos que habían tomado. Estaba cortando un pedazo grande de carne que daba la casualidad que parecía ser otra cosa. Se estaba mordiendo el labio inferior y tenía una mirada de «ven y tómalo». Su chaqueta blanca brillaba, con la ayuda de Photoshop, por supuesto. Jade no podía creer lo increíble y sexy que la hacían parecer.

Aún en estado de shock, se sacudió mentalmente la incredulidad y consiguió distinguir las palabras impresas en la parte inferior de la cubierta. «"Chef Jade Thorne, Reina Culinaria de South Beach, toma su legítimo lugar en el trono". Consulte la página 23 para más detalles.» Se quedó ahí parada por lo que parecieron veinte minutos, manteniendo a raya su emoción y una nueva oleada de lágrimas. Pasando rápidamente toda la mierda que llenaba las primeras hojas de la revista, Jade se detuvo en la página veintitrés, ahí había otro sobre de color crema entre las páginas.

En la foto de esa página, ella estaba sentada en el mostrador con los pies en alto y la chaqueta de chef ligeramente torcida, revelando una porción de su pecho. Con la cabeza inclinada hacia atrás y los risos de pelo negro azabache acariciando su cuello, parecía como si sus ojos estuvieran teniendo sexo candente con la lente de la cámara. La imagen cubría ambas páginas y otro título aparecía en la parte de abajo: «Salir a cenar nunca había sido tan sexy».

Escaneando rápidamente el artículo, Jade se dio cuenta de que parecía hablar principalmente de ella y sólo mencionaba brevemente al restaurante. Había unas cuantas fotos del comedor y la cocina, pero la mayoría de las imágenes eran de ella viéndose sexy en sus ropas blancas de cocina.

El corazón gigante de pie frente a ella tosió y se aclaró la garganta, así que se metiéndose la revista bajo el brazo, Jade abrió el segundo sobre y comenzó a leer.

Sé que probablemente la última cosa que quieres hacer en este momento es leer otra tarjeta, pero estoy seguro de que el corazón ridículamente vestido, se está poniendo muy impaciente.

Sería un honor si me permites que te invite a una salida de celebración por tu increíble logro. Podríamos tomar un crucero por el Caribe, donde estoy seguro que encontraremos toneladas de tortugas marinas o podemos tener una Acción de Gracias campestre en el noroeste de Pensilvania con mi familia. Todo el mundo consigue celebrarlo, así que ¡sé que podemos programar esto! Por favor, dile al corazón cuál es tu respuesta.

Iván

Jade saltó de alegría y el corazón se hizo a un lado por su propia seguridad. Ella siempre había soñado con ir a un crucero por el Caribe pero no estaba dispuesta a dejar pasar la oportunidad de ver de dónde venía su nuevo amor y conocer a la increíble familia de la que había oído hablar tanto.

Mirando al corazón, le dio su respuesta: —Dígale al buen doctor que a pesar de lo mucho que me encanta observar a las tortugas, prefiero conocer a su familia.

El enorme corazón rojo le hizo el típico gesto de «me gusta», con los pulgares gigantes. Pensando que la conversación había terminado, Jade comenzó a cerrar la puerta, por lo que se sorprendió al ver a la persona disfrazada mover sus pies y comenzar otro torpe baile. Ya un poco molesta, le dio las gracias de nuevo pero antes de que pudiera escaparse, el corazón agarró la cremallera en la parte superior de su traje y comenzó a abrirla. Una cabeza llena de cabello largo y castaño apareció primero y después un Iván sonriendo encantado.

Jade se quedó sin habla y con la boca abierta.

—Yo habría escogido el crucero, chiquita —dijo Iván después de un momento.

Abrumada por la emoción, Jade corrió hacia el loco disfrazado y saltó a sus brazos. Iván perdió el equilibrio y los dos se derrumbaron en medio del pasillo.

Riendo febrilmente, Jade susurró: —Esto es mejor de lo que cualquier portada de revista jamás podría ser. ¿Crees que podrías salir de todo esto y quedarte un segundo? —ella arqueó las cejas de manera significativa.

Apurándose a salir del disfraz, Iván la siguió rápidamente al interior y cerró la puerta detrás de ellos.

CAPÍTULO 20

"Tempted"

Jade se había hecho un hueco oficialmente dentro de la fama local. Alguien tenía que reconocerla en cualquier parte que estuviera, las largas colas para entrar a los clubes ya eran cosa del pasado y las invitaciones para las fiestas más selectas de la ciudad, le llegaban como correo basura. Y justo a su lado estaba Iván. Basándose en su larga historia siendo el centro de atención le ofreció consejos sobre qué decir en las entrevistas y lo que podía esperar de los eventos. No sólo tenía la suerte de tenerlo como novio, él era su representante suplente también. Después de todo, ella no necesitaba un representante a tiempo completo. Ella no era tan importante… todavía.

Con Iván en su papel de médico en Chicago y promocionando su programa de pérdida de peso, Jade decidió hacer algo productivo para poner en marcha su día. Optó por hacer un trote por la playa. La temperatura era relajante en esa época del año aunque octubre estaba desapareciendo rápidamente. Mirando hacia arriba y abajo de la playa, pensó cómo de mágica sería Miami cuando empezara el invierno. Noviembre, le habían dicho, era cuando las lluvias comenzaban a disiparse y los turistas llegaban a la ciudad. Los eventos estaban en pleno apogeo y se mantendrían así hasta abril, cuando las cosas se calmaban hasta que llegara el verano.

Con el viaje a la casa de Iván en Meadville acercándose rápidamente, Jade quería dejar una muy buena impresión y había estado ejercitándose en secreto más de lo habitual. Su plan consistía en sorprender a Iván con sus nuevas y mejoradas curvas sensuales y hasta ese momento todo marchaba bien.

Antes de pisar la arena granulada, Jade sacó el teléfono de su bolsillo para comprobar sus mensajes una última vez antes de subir el volumen a las melodías y de prepararse para la larga carrera que tenía por delante. En cuestión de segundos su correo electrónico apareció en la pantalla. Un mensaje de R&H Casting marcado como «urgente» coronaba la lista de correos electrónicos sin leer. Perpleja, abrió el mensaje y leyó su contenido:

Hola, Chef Thorne.

Mi nombre es Jessie Alexandre y soy una agente de casting con sede en Miami. Represento a varios negocios en los Estados Unidos pero mis clientes son, principalmente, televisoras.

Actualmente estamos haciendo un casting para concursantes de un show culinario con Chefs célebres que está próximo a grabarse en Los Ángeles. Las audiciones locales se estarán llevando a cabo hoy a las 2:00 p.m. en Miami Beach. Sé que es de último minuto pero nos encantaría que viniera a la audición. Por favor, marque a mi cel y déjeme saber si será capaz de venir.

Jessie

814-555-8165

«Tiene que ser una broma». ¿Desde cuándo era una chef célebre? El simple pensamiento la hizo reír. ¿Quizá era una de las bromas de Iván? Pero, ¿si no lo era? Decidiendo no arriesgarse, Jade marcó el número y sostuvo la respiración mientras esperaba que contestaran.

—¿Hola? —una voz femenina le respondió al tercer timbrazo.

—Hola, soy Jade Thorne. Acabo de recibir un correo electrónico para un casting…

—¡Oh! Chef Thorne —intervino la mujer—: Muchas gracias por llamarme rápidamente. Tu nombre apareció en mi escritorio y quise ponerme en contacto contigo inmediatamente. Este es el último día del casting y nos encantaría si pudieras venir para una audición.

—Bueno, hoy debe ser mi día de suerte —contestó Jade—. Sucede que tengo el día libre, y me encantaría hacer una audición.

—¡Fabuloso! —exclamó la mujer—. Te mandaré un correo con la dirección y las instrucciones necesarias sobre qué debes traer. Oh, Jade, estoy ansiosa por conocerte en persona.

—Yo también tengo ganas de conocerte —Jade terminó la llamada y de repente se sintió un poco abrumada. Regresó a su apartamento y todos los pensamientos del ejercicio desaparecieron de su mente. Ya eran las doce con quince minutos y la audición estaba programada para las dos de la tarde.

Jade irrumpió en su apartamento, comprobando una vez más los nuevos mensajes de correo mientras se apresuraba para estar lista a tiempo. Según lo prometido, había un correo electrónico de Jessie que contenía las instrucciones y la dirección. Desplazándose hacia abajo, encontró la lista de artículos requeridos: licencia de conducir y ropa casual. Eso parecía bastante fácil. Y en cuanto a la dirección: 1111 Lincoln Road. ¡Perfecto! No le quedaba lejos.

Dado que Jade había comenzado a usar maquillaje y tenía que arreglarse el pelo de manera regular, prepararse para eventos se había convertido en una segunda naturaleza para ella. Incluso la idea de vestirse adecuadamente ya no la asustaba tanto. Poniéndose unos capris de color caqui, una camiseta verde musgo y un par de sandalias de cuero marrón, estuvo listo para irse. El estacionamiento a esa hora del día era una locura, por lo que tomar un taxi hasta el lugar parecía la mejor opción. Tomando el primer taxi que vio, Jade saltó y se embarcó rumbo a su primer casting.

Las mismas mariposas que la habían acompañado en la sesión de fotos con OD Magazine, revolotearon en su estómago cuando el taxi se detuvo frente al #1111 en Lincoln Road. Siguiendo los señalamientos que se habían colocado en el vestíbulo, Jade tomó el ascensor hasta el séptimo piso, al final del pasillo, y la puerta que decía: «Casting de Cocina». Cruzó la puerta y el tiempo pareció detenerse mientras todo el mundo se detenía a mirar. La sala estaba a rebosar con chefs de todas formas y tamaños, algunos de los cuales conocía como chefs locales de restaurantes rivales, y otros que eran celebridades de todo tipo, que ya habían aparecido en programas de televisión.

El hombre pequeño y afeminado que se encontraba en el mostrador a dirigió hacia la hoja de registro al otro lado de la habitación. Jade se sintió un poco incómoda, parecía que se había vestido demasiado casual, pero bueno, ya era muy tarde para cambiarse de ropa. Además, con el calibre de chefs que competían para ser concursantes, no tendría ni una mínima posibilidad. Ya habiéndose comprometido con la audición, marcharse simplemente no era una posibilidad, así que con gran esfuerzo, Jade tragó saliva y decidió hacerlo lo mejor posible. Escribió su nombre en la hoja.

Jade se sentó en la parte de atrás y no dijo ni una palabra mientras los otros eran llamados uno a uno. Cada uno de ellos desapareció dentro de una habitación. Ella podría haber cortado la tensión de la sala con uno de sus cuchillos. Mientras esperaba, se dio cuenta que no estaba realmente segura para qué estaba audicionando. La habían contactado en el último minuto, pero por lo visto, los otros chefs estaban preparados.

—Jade Thorne —dijo el mismo hombre afeminado que la había recibido.

Saltando de la silla, Jade cruzó la habitación y continuó a través del conjunto de enormes puertas de acero que estaban detrás de él. Entró en una habitación blanca demasiado brillante, y Jade se sintió como si hubiera entrado en un lienzo en blanco, sin una mota de color en algún lugar, sólo paredes blancas, techos blancos y suelo de baldosas blancas. Frente a ella estaban sentadas tres personas, dos hombres y una mujer que suponía era Jessie. Una cámara de grande estaba colocada en medio de la sala, frente a un taburete alto de color blanco. Una oleada de ansiedad la recorrió mientras se acercaba a la silla desde el costado. ¿Qué estaba haciendo ahí? Debería estar disfrutando de su día libre, no sudando delante de una cámara.

—Hola, Chef Thorne —dijo la mujer—. Soy Jessie y estoy encantada de que pudiera unirse a nosotros con tan poco tiempo de anticipación. Estos son mis colegas, Paul y Lawrence —su voz hizo eco en la habitación vacía.

Jade se acercó a la mesa y estrechó la mano de cada uno de ellos mientras se presentaba. Los hombres llevaban trajes de negocios muy tapados, por lo que era obvio que no eran de ahí. Jessie, sin embargo, tenía el estilo de Miami. Llevaba un vestido suelto y una enorme sonrisa a juego.

El primer hombre de traje habló: —Chef Thorne, esto es lo que va a suceder. Vamos a ponerla frente a la cámara, le haremos un par de preguntas y eso es todo. Sólo actúe natural y relájese. Dicen que la cámara añade cinco kilos, pero amplifica su actitud también.

«Parece bastante fácil», pensó Jade.

El segundo trajeado habló en cuanto el primero terminó su perorata.

—Esta prueba es para una network importante, un programa de televisión sindicado, lo que significa que será transmitido por varias televisoras además de la que lo estará grabando. En caso de ser seleccionado como concursante, la network requiere que usted viaje a Los Ángeles para la filmación. ¿Eso sería un problema?

Show importante, televisión sindicada, Los Ángeles… era una locura. La boca de Jade se abrió antes de que su cerebro tuviera la oportunidad de formular una respuesta adecuada.

—No, señor. Eso no será problema.

—¡Fantástico! —intervino el primer trajeado—. Nos dijeron que le prestáramos especial atención, así que buena suerte, Chef Thorne.

«¿Qué?» Jade no tuvo tiempo de considerar ese comentario porque estaba por comenzar la inquisición de los trajeados. Sintió palmas empezar a sudar. Con una voz tan agradable y tranquila como le fue posible, respondió: —Voy a intentar no defraudarlos.

—Adelante, toma asiento —dijo Jessie, señalando el taburete incómodo—. Empezamos cuando estés lista.

Sentándose en el banquillo, Jade miró directamente a la lente y se lanzó de cabeza.

CAPÍTULO 21

"Closer"

Las charlas sobre pavo y rellenos y los constantes anuncios de la radio sobre los aeropuertos atestados de gente, alertaron a Jade y todos los habitantes de Miami Beach que la celebración de Acción de Gracias estaba a la vuelta de la esquina (igual que su viaje a Meadville). No podía imaginar lo que sería tanto para ella como para Iván pasar tres días completos, juntos, sin interrupción. Sin ollas ni sartenes y sin miradas lascivas. Jade había resuelto sacar todo pensamiento sobre trabajo, fuera de su cabeza y había decidido no decirle a Iván acerca de la audición. No es que tuviera una jodida oportunidad de conseguir el papel y le hablarle sobre ello no sería más que una distracción. Ese fin de semana era para ellos. Sólo ellos. Además, así no se vería como una tonta cuando llegara el inevitable correo electrónico diciéndole que habían seleccionado a otra persona.

Sus planes consistían en tomar un vuelo de dos horas y media a bordo de la única línea aérea que los llevaría directamente a Pittsburgh, donde se reunirían con la madre de Iván para un viaje adicional de noventa minutos a una zona apartada en el noroeste de Pensilvania. Sería un viaje rápido, aunque Geoff le había suplicado que no estuviera lejos todo el fin de semana, pero esas eran sus vacaciones e Iván llegaría en cualquier momento para llevársela lejos y celebrar la tradicional acción de gracias de su familia. Era un gran paso para su relación en ciernes, pero Jade estaba emocionada por lo que vendría. En los últimos meses, había escuchado tanto sobre la familia de

Iván, gracias a las historias que él contaba, que ella sentía cariño por ellos y aunque ni siquiera los había visto en persona, sentía que los conocía de toda la vida.

Mientras Jade se preparaba para el viaje, se acordó de la advertencia de Iván de no llevar nada formal o caro. Los puntos de la lista del viaje eran cosas como fogatas, canoas, vino de la casa y armas de fuego; así que era seguro dejar sus zapatillas. Estaba preparada para el frío con una colección de jeans, suéteres y chaquetas de lana que había llevado consigo desde su hogar. Crecer en Colorado la había preparado para cualquier cosa que la madre naturaleza pudiera lanzarle.

Para lo que no estaba preparada, era para la que serían las disposiciones para dormir cuando llegaran allí. La madre de Iván era devota, ¿significaría eso que tendrían que dormir en camas separadas? Suspirando, Jade se aseguró de meter un sexy conjunto de lencería para condimentar las cosas si es que llegaran a tener la oportunidad.

Minutos después de recibir la llamada de la planta baja, Jade oyó un suave golpe en la puerta y la abrió para encontrarse a Iván en la puerta, vestido con su sonrisa del millón de dólares.

—¿Estás lista, nenita?

—Creo que la pregunta más apropiada es, ¿si «tú» estás listo para que tu familia me conozca? —respondió Jade. Poniéndose de puntillas, le dio un beso suave en los labios—. ¿Te acordaste de pasar por las cosas que te pedí que consiguieras? —ella empezó a caminar hacia su dormitorio. Como había esperado, Iván comenzó a seguirla.

—Lo hice, pero todavía no veo por qué tienes que armar tanto alboroto. Sólo estaremos fuera tres días, y estoy bastante seguro de que Tasha es capaz de comprar un bote de leche y una pieza de pan. Además, ¿creo que ella dijo algo sobre ir a Fort Lauderdale con Michael para Acción de Gracias?

—Lo sé, pero todavía me siento mal dejándola.

—Tasha no va a estar sola —le recordó de nuevo Iván—. Va a estar con su novio y la familia de él. La última cosa en la que ella estará pensando es si hay leche suficiente en el refrigerador que dure hasta que regreses a casa.

Jade golpeó a Iván juguetonamente en el hombro antes de inclinarse para otro beso. Sus manos vagaron por las crestas duras de ese pecho, se metieron debajo de la camisa, sintiendo el calor de esa piel y respirando ese olor que tanto necesitaba.

—Jade —gimió él, sin retirar los labios de la boca de ella—. No tenemos tiempo para esto, chiquita.

—¿Ni siquiera para un rapidín? —Jade casi suplicó—. Soy fácil de complacer.

Iván echó su cabeza hacia atrás y soltó una carcajada.

—Alguien se está sintiendo un poco lasciva el día de hoy.

—¿Qué tiene de lascivo echar un polvo rápido antes de irnos? —contraatacó, sorprendiéndose a sí misma y al parecer a Iván también.

—Bien, bien —dijo con una sonrisa, sus ojos brillando.

Ella trató de robarle otro beso, pero Iván la agarró por los hombros, sujetándola firmemente en su lugar. Pensando que su interludio había llegado a su fin, Jade se sorprendió cuando él la giró rápidamente y la inmovilizó contra la pared del dormitorio, plantando firmemente sus manos a cada lado de la cabeza y enjaulándola como si fuera un animal. Un deseo salvaje la invadió cuando ambos bajaron sus manos y pelearon con los cierres de los pantalones, los de Iván cayeron alrededor de sus tobillos mientras sacaba el condón y Jade luchaba para conseguir sacarse los pantalones en tiempo récord.

Sin esperar a que terminara, Iván agarró sus muslos, la levantó y presionó su espalda firmemente contra la pared, dejando sus jeans colgaran de un pie. Sus dedos se clavaron en sus piernas mientras la levantaba más alto. Con un movimiento apresurado entró en ella y procedió a embestirla sin piedad.

Jade gritaba y se retorcía, saltando salvajemente mientras él la llevaba al éxtasis con una ferocidad que no había experimentado antes. Trató de cambiar de posición pero estaba atrapada por el cuerpo firme de él mientras se sacudían con fuerza contra la pared. Si pudiera mover sus caderas otro centímetro, si pudiera…

—¡Oh, joder! —Jade gritó cuando lo sintió hundirse más profundo dentro de ella. Iván había despertado su sexualidad, liberado a la chica pecaminosa que había dentro de ella y eso le encantaba. Evidentemente a él también.

Iván la lanzó sobre la cama, aún cubierta con la ropa que ella había decidido no llevar. Rodeando su cintura, la giró como si no pesara nada. Después siguió bombeando y embistiendo dentro de ella, todo mientras la penetraba por atrás. Jade no podía decir si sentía dolor o si estaba en el nirvana sexual, pero mientras gemía el nombre de él, estaba segura que no quería que ese momento terminara. Embestida tras embestida, ella lo aceptó dentro de su cuerpo, moviéndose para encontrarse con cada penetración de su polla, igualando su ritmo y pasión. Sus caderas rebotaban, una contra la otra y los sonidos de piel sudorosa pegándose llenaban la habitación, deshaciéndose de todas las semanas que habían estado separados, alejando así su frustración.

Jade sintió la mano de Iván en su pelo y sintió que le jalaba la cabeza hacia atrás. Sus engranajes sexuales corrían a toda marcha y ella empezó a decirle lo que quería que le hiciera.

—¡Oh, joder! Dios, Iván, fóllame, fóllame, fóllame. ¡Sí, sí, síííí! Vamos, vamos. ¡Más duro! Ooooh, joder, ¡sí! ¡Sí! ¡Sí!

Cuando Iván soltó su cabello para agarrar sus caderas, ella se giró a admirar al hombre que la estaba follando hasta reventar. En el momento en que sus ojos chocaron, ella lo vio dejarse ir. Saliendo de su cuerpo, la miró mientras se corría en la parte baja de su espalda. Jade se dio cuenta de que ella y el buen doctor tenían algo más en común. Esa no sería la última vez que le rogaría que la montara con fuerza.

—¡Mierda! —gritó Iván, rompiendo el encanto—. ¡Nos tenemos que ir! —dijo y se subió los pantalones.

—Umm… un poco de ayuda, ¿doctor? —pidió Jade desde su posición a cuatro patas, con la espalda cubierta por el producto de su pasión—. Después de todo, tú hiciste ese desastre.

—¡Oh! Lo siento —respondió Iván. Encontró una toalla y la limpió. Luego la ayudó a ponerse en pie.

Vistiéndose mientras corrían por el apartamento, mochilas a cuestas, corrieron por el pasillo, el ascensor, el edificio y directamente al taxi que los esperaba.

—Esperé veinte y cinco minutos —dijo el taxista mientras se deslizaban en el asiento trasero. Sin tiempo para echar su equipaje en el maletero, Iván las tiró a su lado.

—No, te estaré pagando por un extra de veinte y cinco minutos —le respondió Iván.

El vuelo salía a las cuatro y cuarto y ya eran las tres de la tarde. Con el aeropuerto a veinte minutos de distancia, Jade rezó silenciosamente por que no hubiera tráfico, ni ningún otro obstáculo que retrasara su llegada.

—Si nos llevas al aeropuerto en tiempo récord, haré que valga el tiempo que esperaste —añadió Iván.

Sus palabras debieron de surtir efecto porque el taxista se acomodó en su asiento y aceleró.

Haciendo el viaje hacia el aeropuerto, Jade se deslizó cerca de Iván y con una sonrisa sensual le susurró al oído: —Creo que ya te he descubierto.

—Y yo a ti —respondió él, jalándole en broma el cabello.

«Aguafiestas» —pensó, acurrucándose contra él. Iván sonrió y por un momento, Jade se olvidó de lo peligrosamente atrasados que les había hecho su festival sexual.

Cuando el taxi paró, todo regresó de golpe. Saltaron del carro e Iván le arrojó al conductor un billete de cien dólares, tomaron sus pertenencias y se dirigieron al puesto de seguridad. Jade se aferró con fuerza a la mano de él mientras la guiaba por el aeropuerto.

—Sígueme y no me sueltes —le instruyó.

—¿Y si perdemos el avión?

—No lo haremos —le aseguró y le guiñó un ojo antes de volver su atención a la multitud de viajeros que tenían que evadir.

Por suerte, Jade había seguido su consejo acerca de no registrar equipaje, llevaban sólo equipaje de mano y algunos objetos personales. Él le había asegurado que habría ropa más que suficiente en su casa si era necesario, ya que su hermana era más o menos de su talla.

Jade se sintió mal cuando vio la cola de gente esperando para quitarse los zapatos y entregar sus ordenadores para la inspección, pero Iván no parecía preocupado. Él los condujo, con la mano entrelazada con la suya, a la línea de la clase de negocios. Pasaron por los detectores de metales así de fácil. Iván se dirigió entonces al monitor de salidas.

—¡Demonios! —maldijo después de verlo durante un momento—. ¡Odio la D60! Tenía que ser esa maldita puerta, por supuesto—. Girándose hacia Jade le preguntó en un tono apresurado: —¿Lista, chiquita? Tenemos trabajo que hacer.

Jade miró el reloj: 03:50 «Ya han comenzado el embarque. ¡Mierda!»

Trotando enérgicamente, encontraron el camioncito que transportaba pasajeros a lo largo de la terminal. Y desde luego, su avión era el último. Subieron a bordo, el tiempo corriendo mientras el automóvil avanzaba por el camino, finalmente, llegó hasta su parada. Salieron del coche y corrieron por las escaleras hasta su puerta.

Cuando doblaron la esquina, Jade pudo ver que aún habían pasajeros esperando para abordar. Ella e Iván se miraron y aminoraron el paso, caminando con tanta indiferencia como si hubieran hecho todo adrede para llegar elegantemente tarde. Sintiéndose acalorada y sudorosa, tanto por la descarga de adrenalina y el sexo caliente que lo precedió, Jade se limpió una fina capa de sudor de la frente.

Cuando caminaban por el pasillo a la puerta del avión, Iván la miró y se echó a reír. La besó con dulzura.

—Bueno, eso fue intenso —comentó Jade al pasar por la puerta de metal y meterse en el avión.

—Ni por un segundo dudé que lo lograríamos —replicó Iván con una mirada que decía a leguas que estaba mintiendo.

Encontrando sus enormes asientos, Iván y Jade se prepararon para el vuelo, asegurándose de ordenar su primera ronda de bebidas.

—El mío doble, por favor —dijo Jade sintiendo un poco de nervios por lo que le deparaba el destino.

Reclinándose en el asiento, se acurrucó en los brazos de Iván y se puso cómoda mientras él acariciaba suavemente su cabello.

—Entonces, hazme un resumen de lo que debo saber sobre tu familia —sugirió después de la llegada de sus bebidas.

—Hmm… Papá es un poco juerguista y gurú de las zonas inhóspitas. Si te gusta el vino, te ríes de sus chistes y puedes disparar un arma, ya está todo listo. Y me disculpo desde ahora por los chistes terribles que sin duda te dirá.

—Nunca he disparado un arma en mi vida —dijo Jade en estado de pánico.

—*Relax*, chica —respondió Iván, sin dejar de acariciarle el pelo—. Yo te enseñaré.

—¿Eso será antes o después de pegarme un tiro en el pie? —Jade tomó un trago largo y calmante de su bebida—. ¿Y qué hay del resto de tu familia?

—A Mamá le encanta hacer joyas. Ella es la cosa más dulce que hay en la tierra y es mi mejor amiga —respondió Iván con tono sincero—. No tendrás problemas ahí. Mi hermano, PJ, ama todas las cosas finas y es más de la alta sociedad de lo que soy yo. Háblale de relojes caros o de esquí y serán mejores amigos.

Jade no podía ver la cara de Iván, así como estaba con la cabeza contra su pecho, pero apostaría un millón de dólares a que hablar de su familia le sacaba una sonrisa de oreja a oreja. Su amor por ellos era una de las cosas que adoraba de él.

—¿Y qué hay de tu hermana?, ¿cómo es ella? —preguntó Jade, casi como una idea de último momento, mientras sus ojos se ponían pesados por el sueño y empezaron a cerrarse contra su voluntad.

—Ah. Elise. Mi hermanita… ella es como mi papá. Tengo la sensación de que ustedes dos se llevarán muy bien… Sólo relájate y prepárate para pasar un buen rato.

Al parecer, más cansada de lo que había pensado, por el sexo o la carrera que habían hecho, Jade quedó dormida bajo las suaves caricias de Iván.

CAPÍTULO 22

"I Feel Home"

Jade abrió lentamente los ojos, despertándose con la voz del capitán anunciando su descenso en el aeropuerto de Pittsburgh. Estaba sorprendida de encontrar a Iván todavía acariciándole el cabello.

«¡Qué dulce» —pensó ella, enderezando la espalda. Miró por la venta y descubrió que todo se veía blanco en el suelo. Le recordaba su hogar.

—¿Dormiste bien, nenita? —preguntó Iván mientras retiraba el brazo que tenía alrededor del hombro de ella.

—Como un tronco —respondió Jade, frotándose los ojos.

Cuando el avión aterrizó y rodó hasta la puerta asignada, Jade se sorprendió al descubrir que sus habituales mariposas en el estómago no habían hecho el viaje con ella. Tal vez se estaba acostumbrando a las situaciones de estrés o quizá sólo se sentía cómoda de conocer a la familia Rusilko. De cualquier manera, un estómago tranquilo era agradable.

Iván agarró sus maletas y rápidamente salió del avión. Viajaron por la terminal en el transporte de transferencia que los llevaría a encontrar a la mamá de él. Ya de camino, Iván envió un mensaje a su madre avisándole por dónde iban y se echó a reír cuando miró su teléfono.

—Mandó siete mensajes mientras estábamos en el aire —dijo, sacudiendo la cabeza—. Evidentemente, ¡ella también está emocionada de vernos!

Iván le lanzó una mirada cuando el transporte se detuvo en una de las paradas.

—Gracias por hacer esto. No tienes idea de lo mucho que significa para mí —dijo dándole un beso en la mejilla.

—No, gracias a ti. Has hecho que estos meses a tu lado hayan sido mágicos y, eso no es fácil dado todo lo que ha estado sucediendo. A demás, ¿Acción de gracias y sin familia con la cual compartirlo? —terminó con una sonrisa pero sus pensamientos la llevaron de pronto a pensar en su propia familia, probablemente reunidos alrededor de la mesa en su natal Colorado, ella los extrañaba muchísimo. Tendría que hacerse un tiempo para ellos, muy pronto. Habían sido tan pacientes esperándola desde que se había mudado.

Iván sonrió de nuevo y la abrazó pero en ese momento el transporte se detuvo en la parada de ellos y él casi salió corriendo con Jade a cuestas. Cuando rodearon la esquina, Iván apretó el paso para alcanzar a una señora pequeña que estaba a lado del letrero de información del aeropuerto. Le dio un abrazo de oso.

—¡Hola, chica! —gritó levantándola del piso y haciéndola girar en círculos.

Riendo, ella le dio un golpecito en el brazo.

—Oh, para.

Sin perder un segundo, Iván hizo las presentaciones.

—Mamá, ella es Jade.

La mamá de Iván le dio un abrazo en lugar del saludo habitual.

—Entonces —dijo— esta es la chica que podría ser mi futura nuera.

Iván y Jade se miraron en silencio sorprendidos.

—Tenía que desquitarme por avergonzarme de esa forma —añadió la Señora Rusilko. Tomó la mano de Jade—. ¿Cómo estás, querida? Soy Marie y es un placer conocerte finalmente. Eres más hermosa en persona. Esa revista no te hace justicia.

—¿Ha visto la revista? —preguntó Jade, lanzando una mirada a Iván, quien sonrió tímidamente.

—¿Qué? —se encogió de hombros—. Había un interesante artículo que hablaba sobre la vida marina de South Beach. La migración de las tortugas, ya sabes.

Jade ahogó una carcajada y volvió su atención a la señora.

—El placer es todo mío y gracias por invitarme. No podía dejar pasar la oportunidad de ver de dónde salió este chico —dijo señalándolo con la cabeza.

—¿Están listos?

Iván se colgó las bolsas al hombro y tomó de la mano a cada una de las mujeres, las llevó a través de la terminal del atestado aeropuerto y hacia el estacionamiento. Jade se dio cuenta que él prácticamente saltaba de emoción. Estaba verdaderamente contento de estar en casa.

—Espero que tengas hambre —dijo su mamá—. Empaqué algo de comida para el viaje a casa.

—Podría aceptar algo de comer —dijo Iván con una sonrisa.

Jade decidió que debería ponerse las pilas de inmediato y conocer mejor a la madre de Iván, ya que parecía que la familia de él ya sabía un par de cosas sobre ella.

—Iván me ha dicho es usted buena jugando Scrabble, señora Rusilko —comentó.

Iván se echó a reír.

—Él me gana la mayor parte del tiempo, pero consigo ganar de vez en cuando. ¿Tú juegas?

—Él aún no me ha desafiado —miró a Iván soltando una risita—. Creo que tiene miedo de que le gane.

Llegando al Jeep, la señora le dio las llaves a su hijo.

—Y por favor, querida, llámame Marie. No hay necesidad de ser tan formales.

Jade e Iván, mal vestidos para las temperaturas que había en Pensilvania, se estremecían mientras esperaban que se desbloquearan las puertas del jeep. Iván les abrió las puertas a cada una hasta después de haber metido las bolsas en el maletero.

Insistiendo en que Jade tomara el asiento delantero, Marie se subió a la parte de atrás y continuaron con la conversación. Vagaron de un tema a otro y Marie compartió algunas historias de la infancia de Iván. Jade sintió que estaban haciendo buenas migas.

Ya de camino a casa, la conversación pasó a la infancia de Jade y sus experiencias en la escuela de gastronomía y Marie habló de su pasión por la fabricación de joyas y por los viajes.

Estaban a mitad de camino a su destino, cuando Marie finalmente preguntó: —¿Cómo fue que se conocieron?

Jade e Iván se miraron sorprendidos, y por un momento ella se congeló, no del todo segura cómo explicar ese encuentro. Entonces Iván se apuró a responder.

—¿Recuerdas la *Mollydooker*, esa bodega de vinos que tienen unos amigos míos? —preguntó Iván.

—Sí, tú te has apropiado de mi sótano como escondite de sus botellas.

—Jajaja… sí, de esos hablo. Bueno, ellos patrocinaron la Cena del Vino que hubo este año en Sarasota.

—Recuerdo que mencionaste algo acerca de eso.

—Ahí es donde tuve la fortuna de ver pasar a la chica más hermosa del mundo y supe que tenía que conseguir su nombre. Después de un poco de trabajo, finalmente accedió a salir conmigo. En realidad, «mucho trabajo», ahora que pienso en ello —añadió, dándole un codazo juguetón a Jade.

Jade sonrió en silencio agradecida por su versión editada de los acontecimientos.

—Tengo que darte crédito, Marie. Criaste un hijo muy romántico.

—Eso fue cosa de mi padre —agregó Iván rápidamente, provocando una risa y golpe en la espalda por parte de su mamá.

—Sí, claro —añadió Jade.

El tiempo pasó volando junto con los campos helados que se lograban ver en las ventanillas empañadas. El cielo sombrío amenazaba con nevar, pero seguía sin hacerlo mientras el Jeep seguía comiéndose la carretera, acercando a Iván más y más a su lugar favorito en todo el planeta. Granjas y vacas, estaban esparcidas por el paisaje y le recordaban a Jade sus inviernos en Colorado.

—Tengo que advertirte, Jade, —señaló Marie— que esto no es Miami Beach. Es muy simple en comparación.

—Confía en mí, esto es mejor que Miami —la tranquilizó Jade en tanto que Iván viró a la derecha tomando el desvío a Meadville.

Mientras pasaban por el pueblo, Jade se sentía incluso más como en casa. Meadville era tan similar a su pueblo natal. Además, la falta de tráfico, el calor bochornoso y los automovilistas imprudentes, era un cambio agradable y más que bienvenido.

Jade también notó el cambio en Iván. En Miami, era como un pez en el agua en la escena social, pero en su hogar, era un hombre diferente. Despojado de su estilo de vida acelerado, había una transformación casi instantánea del médico de traje a un guapo amante de la naturaleza salvaje. El hecho de que amara a su familia más que a nada en el mundo sólo hacía que ella se enamorara más de él. Tal vez un día, cuando ambos se jubilaran, podrían trasladarse a «un lugar como ese». Ella sonrió, sabiendo que estaba adelantándose más de la cuenta.

Al doblar la esquina se metieron por un camino que llevaba a una casa de ladrillo, rodeada de un grupo de exuberantes árboles de hoja perenne y árboles de arce, todo cubierto con casi medio metro de nieve fresca. Cuidando la casa (como si fueran la guardia suiza a las puertas de la Ciudad del Vaticano), estaban tres perros: dos labradores de color chocolate y un *golden retriever*; los tres salieron corriendo a recibirlos en cuanto se detuvo el jeep. Iván abrió la puerta y trató de contener a la multitud de pieles y patas, pero antes de que pudiera decir algo, Jade saltó del todoterreno y corrió a su lado. Verlo abrazar a los tres perritos derritió su corazón y le recordó lo mucho que echaba de menos a su pequeña bola de pelos que la esperaba en casa.

—Abajo —dijo Marie a los perros cuando dio la vuelta al carro.

—Bueno, estas son mis tres novias de Pensilvania —dijo Iván acariciándoles la piel—. La cachorrita es Gia, la golden es Taylor, y la mediana es Sasha.

Él acarició cada una en la cabeza con cariño mientras decía el nombre.

—¡Me encantan! —exclamó Jade y les ofreció la mejilla para recibir húmedos besos de cachorro.

—Mamá, ¿por qué no llevas a Jade a la casa para que se caliente? Voy a sacar el equipaje.

—Estoy bien —respondió Jade, tratando de ocultar su temblor.

—Nenita, tus labios se están poniendo morados. Ve adentro con mamá, no me tardo.

—Gracias, estoy tan contenta de que hayas traído aquí —susurró Jade y besó a Iván en la mejilla. Se puso de pie y tomó la mano extendida de Marie.

—Vamos, niñas —gritó Jade, haciendo señas a los perros para que la siguieran.

—¡Traidoras! Todas y cada una de ustedes, pero sobre todo tú, Gia. Pensé que eras mi chica —bromeó Iván mientras los perros corrían hacia Jade.

Una ráfaga de aire caliente, perfumado con el olor de hogar le dio la bienvenida a Jade cuando entró a la cocina de los Rusilko. El aroma de una chimenea bien utilizada, comida casera y aire fresco del campo la envolvieron. Jade admiró la cocina simple, acogedora, llena de fotos de la familia y la evidencia de las golosinas de perro que cubrían el suelo. Sí, iba a encajar a la perfección.

A los pocos minutos de su llegada una hermosa rubia apareció en la cocina. Jade la reconoció en la foto familiar en el apartamento de Iván; ella también tenía una sonrisa idéntica a la de su hermano.

—¿Qué tal, chica? —gritó la rubia, dando un abrazo fuerte a Jade—. Es genial conocerte al fin.

—¡También para mí es genial conocerte, Elise! —dijo Jade, devolviéndole el abrazo. Tal parecía que la palabra «chica» era un elemento básico en esa casa.

—Debes tener sed. ¿Qué quieres tomar? —preguntó Elise.

—Un vaso con agua estará bien —dijo Jade cortésmente.

—Umm, ¿agua? —Elise se paró en seco—. No hiciste el viaje hasta acá para beber agua, especialmente en esta casa. Necesitarás una bebida fuerte. ¡Confía en mí!

—Okey —dijo Jade con una risita—, sorpréndeme.

—Chica valiente —se carcajeó Elise mientras sacaba tres vasos—. Mamá, ¿quieres el típico Siete y Siete?

—Seguro, ¿por qué no? —Marie sacó una silla y se sentó a la mesa.

Elise preparó los tres cócteles, los repartió y levantó su vaso en un brindis: —¡Por un Acción de Gracias estupendo!

—¡Que sea estupendo! —respondió Jade. Iván estaba en lo correcto, su hermana era una estrella. Justo entonces, el susodicho entró por la puerta con el equipaje y Elise se acercó a él en seguida.

—¿Tanto tiempo sin verme y no me preparaste un trago? ¡Caramba! —exclamó soltando las maletas para abrazarla.

—¡Hermanote! —chilló Elise—. ¡Ha pasado tanto tiempo!

Bajando a Elise, Iván sacó una silla para Jade en la mesa.

—Toma asiento. Estás en tu casa.

Jade se lo agradeció y siguió con la charla, sonriendo a Iván cada vez que lo sentía observándola. Hablaron del estilo de vida de Miami Beach, el trabajo de Elise en Pittsburgh y los principales chismorreos de Meadville, que incluía el nuevo menú en Perkins. Un poco más tarde otro vehículo retumbó en la calzada. Iván tomó la mano de Jade y la apretó.

—Prepárate —le dijo—. Papá Oso está en casa.

Luego, con un bigote de Fu Man Chu y una sonrisa tontorrona en el rostro, el padre de Iván abrió la puerta e hizo su gran entrada.

—¿Dónde está la chef?

Jade comenzó a sonreír, pero dejó de hacerlo cuando lo vio parado a sólo unos centímetros delante de ella.

—Jade, ¿verdad?

Asintiendo con la cabeza, dijo: —Hola, Dr… —él la interrumpió antes de que pudiera terminar.

—Tengo un chiste para ti.

—¡Oh, dios! Ahí vamos —murmuró Iván y Jade le lanzó una mirada preocupada.

—¿Cómo se le dice a dos tortugas teniendo sexo?

Jade podía sentir el rubor cubriendo sus mejillas. No había ninguna forma en que el padre de Iván supiera acerca de sus aventuras tortuguescas, ¿cierto? ¿Sólo era una coincidencia?

—¡John! —lo regañó Marie.

Confundida, asombrada y un poco divertida al mismo tiempo, Jade tragó saliva y lo miró a los ojos.

—Ammm… diría que un ¿golpe bajo?

—¿Qué? —el señor Rusilko abrazó a Jade por el hombro—. ¿Le contaste mi broma —preguntó molesto a Iván.

—Bueno, tienes como cincuenta diferentes y todos son terribles, así que, no —respondió Iván con una sonrisa.

John le lanzó una mirada suspicaz y devolvió su atención a Jade.

—Estás en lo cierto. No me importa lo que diga mi mujer, tú eres del tipo con la que uno se casa.

—¡John! —regañó Marie de nuevo.

Volviendo de nuevo a la mesa, con una sonrisa ahora estampada en su propia cara, Jade se acercó y tomó la mano de Iván.

El padre de él desapareció momentáneamente, para volver a aparecer con una botella de su mejor vino casero del año. La abrió para que todos la disfrutaran y en medio de la alegría y de la conversación, Marie les sirvió una pasta maravillosa. La noche siguió avanzando y varias botellas de vino despés, el grupo seguía riendo y contando historias. Finalmente la madre de Iván se excusó de la mesa, lo que prácticamente desconectó a todos. Se fueron despidiendo uno por uno antes de retirarse a las habitaciones. Jade, ya se sentía como una más de la familia y les dio un a todos un abrazo de buenas noches.

—¿Está lista para que le enseñe su habitación, *madam*? —preguntó Iván con un bostezo.

—Sí, señor —respondió Jade y lo siguió junto con su equipaje a lo largo del pasillo hasta el cuarto de invitados. Se aventaron a la cama y entonces Jade pregunto: —¿Cómo estuve?

—¿Aparte de esa cosa que traes colgada de la nariz? Diría que estuviste fenomenal.

Una oleada de temor la sacudió.

—¿Qué?

Iván la jaló antes de que saltara de la cama.

—Estoy bromeando. ¿No me conoces aún?

—¡Cabrón! —respondió Jade, acomodándose en las curvas del pecho de Iván—. Tu hermana me cayó muy bien, es divertida. Tu mamá es «tan» dulce y tu papá… oh, dios, ya puedo ver de dónde saliste así.

—Me hiciste el día, chiquita. Verte junto a ellos fue maravilloso.

Jade sonrió.

—¿Dónde está tu hermano?

—Está trabajando esta noche pero está aquí en la mañana para la celebración.

Sintiéndose juguetona, Jade no pudo evitar hacer lo que hizo después.

—Así que, esta es mi habitación ¿no?

—Sí, por esta noche, de todos modos.

Jade se estiró y le agarró la entrepierna, sacando su mano con la misma rapidez.

—Es una lástima —dijo con nostalgia—. Tenía planes para nosotros esta noche.

—Dios, eres una provocadora —gruñó Iván y se colocó la mano de Jade de nuevo en el creciente bulto en sus pantalones—. Mañana vamos a tener nuestro propio espacio y ten por seguro vas a rogar por esto.

Iván se estiró y le pasó los dedos por el interior de la pierna. Con la yema de su dedo pulgar, acarició la tela que ocultaba su delicioso punto. Echando la cabeza hacia atrás contra las almohadas, Jade gimió cuando los dedos de Iván hicieron su magia. Pero así tan abruptamente como había comenzado, terminó con su dulce tormento, deslizándose por un lado de la cama.

—Está bien, nena, muero de sueño. Los dos necesitamos dormir un poco. Mañana será un día movido.

—Es una broma, ¿verdad? ¡No vas a dejarme así colgada!

—Bueno, si no quieres despertar a toda la casa, no hay otra opción.

—Bien —suspiró ella—. Pero estamos a mano.

—Estamos muy lejos del empate. Espera hasta mañana, cuando te ponga las manos encima —Iván le sonrió con malicia—. La venganza es un plato que se sirve frío.

—Buenas noches, Iván —gimió Jade enterrando la cabeza bajo la almohada.

—Buenas noches —respondió él antes de apagar las luces y salir de la habitación.

CAPÍTULO 23

"Ain't Nothing Like The Real Thing"

Jade despertó con el aroma del tocino flotando en el dormitorio. Sin duda alguna Marie ya estaba preparando algo de comida casera. Echando hacia atrás la pesada colcha verde y dándole la bienvenida al aire fresco que bailó sobre su piel, Jade salió de debajo de las mantas y abrió la cremallera de su bolsa, hurgando entre la ropa. Después de hacer un lío con su maleta, se decidió por un cómodo par de jeans y suéter tejido a mano que le había regalado su abuela. Jade se deslizó por el pasillo hasta el cuarto de baño y aspiró la segunda encantadora fragancia de la mañana: lavanda. No era de extrañar que fuera una de las favoritas de Iván, debía recordarle su hogar. Dejó la bolsa de artículos de higiene personal en el mostrador y después de cepillarse los dientes y acomodarse el pelo en una coleta, se aplicó un poco de maquillaje rápidamente, preparándose para la segunda ronda con la familia.

Siguiendo el olor del tocino, Jade recorrió el pasillo y se sorprendió de encontrar al padre de Iván preparando el desayuno. Sintiéndose un poco más valiente después de una buena noche de sueño, Jade entró en la cocina y empezó la conversación.

—Entonces, ¿es tan bueno cocinando como lo es preparando el vino que probamos anoche? —preguntó Jade, obviamente, sobresaltando al pobre hombre que casi a tira la sartén con aceite hirviendo.

—Buenos días, Jade. ¿Has dormido bien? —su voz llenó la cocina y con manos expertas controló la sartén y continuó como si nada hubiera pasado.

—Sí, lo hice. Gracias. —Ella se sentó en la mesa de la cocina—. Me encanta esa cama. Voy a tener que conseguirme uno de esos colchones ortopédicos.

—Tu amorcito está afuera, si lo estás buscando. —John hizo señas a dos formas claramente masculinas que se veían por la ventana y que parecían estar desafiando el frío para instalar una freidora.

Iván se había recogido el pelo en una coleta que salía de la parte trasera de una gorra de béisbol bastante raída y una barba de dos días. Parecía diferente vestido con botas y guantes, unos jeans viejos y una chaqueta con capucha de color rojo a cuadros, se veía muy sexy en su faceta de chico rudo. Estaba segura que el otro hombre era el hermano de Iván que debía haber llegado de madrugada. Jade observó con satisfacción a través de la ventana mientras los veía bromear entre ellos.

—Puedo ir a buscarlo —ofreció John.

—Gracias, pero así está bien —dijo Jade devolviendo su atención hacia el interior—. Parecen ocupados. Además, estoy más interesada en lo que estás haciendo.

—Bueno, no es un omelet francés sino un sándwich BLT hecho en casa —John se rio y dio un paso a un lado, mostrando de su tocino frito y el pan ya tostado, con lechuga, mayonesa y tomate—. ¿Quieres uno?

—Me encantaría —dijo Jade—. Creí que nunca lo ibas a preguntar.

Echando tres tiras de tocino en el sándwish, John cortó el pan por la mitad y se lo colocó en el plato frente a ella.

—*Bon appetit!*

Jade le entró de lleno a la comida.

—Oh, Dios mío, esto es increíble —dijo ella, tomando otro gran bocado—. Hacía meses, si no es que más, desde que probé el tocino y esto es un pedacito de cielo.

—No hay manera de echar a perder un BLT —dijo con una sonrisa y se unió a Jade en la mesa. No tardó en empezar a devorar su propio sándwich.

Atravesando la puerta con una ola de frío, Iván y su hermano hicieron su entrada, gruñendo y gimiendo mientras se sacudían la nieve de sus botas. Con tantas capas de ropa pesada de invierno parecían como si acabara de llegar a casa después de un día de trabajo duro.

—Nenita, estás despierta —sonrió Iván y le dio un beso de buenos días.

—Ejem —dijo una voz detrás de él—. ¿No estás olvidando algo?

—Oh, cierto. Lo siento. PJ, ella es Jade. Jade, éste es mi hermano: PJ. —detrás de Iván estaba una versión más pequeña y más italiana, de él. PJ también estaba vestido al estilo leñador, aunque era un leñador de clase alta, comparado con los jeans rasgados y la chaqueta a cuadros que llevaba Iván.

—Así que tú eres la infame Jade. He oído hablar mucho de ti. —PJ se quitó la enorme chaqueta.

Jade se levantó para saludar correctamente el hermano mayor de Iván. Ya preparada para lo que iba a pasar, ella abrió los brazos y PJ la envolvió en lo que había empezado a llamar cariñosamente el «Abrazo de Oso Marca Rusilko».

—Es un placer conocerte por fin —respondió ella, temblando al sentir las manos de él en su espalda. Incluso a través de su suéter podían sentir que estaban heladas.

—Espero que estés listo para algo de pajarraco —PJ hizo un gesto a la freidora que se encontraba fuera—. Has elegido un buen momento para venir. Las festividades en esta casa son fantásticas.

Jade no pudo evitar sonreír.

—Sí, ¡estoy ansiosa por verlo!

—Bien, porque…

—Primero tiene que pasar la prueba —interrumpió Iván.

—¿Qué prueba? —preguntó Jade nerviosamente. Conociendo a Iván, sin duda alguna se trataba de algo demente.

Miró a su alrededor, confundida. Los tres hombres Rusilko se miraron y se echaron a reír.

—Oh sí, la prueba. ¿Tienes «muni» abajo? —preguntó John.

—Suficiente, espero. Es una novata —Iván la miró y le guiñó un ojo—. Pero estoy seguro de que lo hará muy bien.

Finalmente entendiendo el plan, el corazón de Jade empezó a latir de prisa. Ella nunca había disparado un arma, ni siquiera había agarrado una en su vida. Secándose las manos sudorosas en los jeans, Jade se tragó su miedo y con su recién encontrada confianza, respondió: —Novata, ¿eh? Ya te demostraré quién es el novato.

—Eso es chica —alabó John y envolvió su brazo alrededor del hombro de Jade. Mirando a su hijo, volvió a decir: —Ella es del tipo con la que te casas.

—¿Es un desafío, señorita Thorne? —preguntó Iván con una sonrisa.

—Desde luego que es un desafío. No creas que dejaré que me intimides frente a tu familia, ¿verdad?

—Acepto —una sonrisa socarrona apareció en su rostro—. Pero vas a tener que abrigarte más. Sígueme. Tengo algo de ropa que debe quedarte.

Jade lo siguió por toda la casa, pasando frente a su habitación y tomando una serie de escaleras hasta el sótano. Se detuvo al llegar a la parte inferior. Volviendo a mirar por encima del hombro, una mirada de preocupación cruzó su cara.

—Debí preguntártelo antes, pero ¿de casualidad estás en contra de la caza?

—Realmente no estoy en contra de ella —dijo Jade—. Nunca he considerado intentarlo. Pero como me has enseñado, siempre hay una primera vez para todo.

Pareciendo satisfecho, Iván asintió y la llevó hacia el sótano. Al doblar la esquina, pudo ver por qué la había mirado tan preocupado sólo unos segundos antes. La habitación en la que estaban en ese momento parecía un museo de historia natural. Animales y peces de diferentes formas, tamaños y especies decoraban cada centímetro de las paredes que los rodeaban. Los ojos vidriosos de jabalíes, osos y búfalos le devolvieron la mirada. Completando el conjunto de animales estaba un tiburón martillo que se extendía por toda la longitud de una de las paredes.

Nervioso, Iván comenzó a explicar.

—Hay algunas personas a las que no les gusta la pesca y la caza, pero no entienden que los cazadores y pescadores son grandes partidarios de la conservación.

—Nene, no tienes que explicarme nada. La caza no es algo malo si se hace correctamente y de manera responsable. Mi padre me ha contado historias de horror acerca de los cazadores furtivos que ha atrapado en el parque y es ese tipo de gente que han dado mala fama a los verdaderos cazadores.

Iván sonrió, con los ojos llenos de alivio.

—Está bien, entonces. Seleccionemos el vestuario.

Iván abrió un enorme armario y Jade pudo ver que estaba lleno de ropa gruesa de camuflaje.

—Hmm, es sexy.

—Chiquita, tú podrías hacer que un cinturón de castidad se vea sexy —bromeó Iván mientras buscaba en el armario y sacaba una chaqueta y unos pantalones para ella.

Tomando las ropas, empezó a ponérselas.

—¿Qué pasa con las armas?

—Tú preocúpate por mantener caliente tu sexy trasero y deja que yo me encargue de lo demás. Te convertiré de una novata a Pro en menos de lo que canta un gallo.

Iván agarró otro equipo camuflaje del armario y se lo puso.

Jade se dio cuenta de que Iván la estaba mirando con un brillo sensual y pícaro en los ojos mientras ella terminaba de vestirse.

—¿Esto le enciende, Dr. Iván? —preguntó ella, meneando las caderas—. ¿Te pone duro ver a una chica con ropa de camuflaje?

Jade sonrió mientras veía una serie de emociones parpadear en su rostro: lujuria, frustración, decepción y finalmente resignación. Con su familia en el piso de arriba, él no tenía ninguna oportunidad de arrancarle la ropa y tomarla fuerte y rápido como había hecho el día anterior. Se estremeció sólo de pensarlo.

—Ahora vas a conseguir lo que andas buscando —dijo Iván, agarrando el trasero de Jade y llevándola hacia él antes de pegar sus labios a los de ella y mordiéndolos un poco.

—Eso espero —dijo sin aliento echándose hacia atrás y se dirigió hacia las gradas, meneando las caderas, una vez más.

Volvieron a la cocina, donde toda la familia la recibió con un fuerte aplauso. Disfrutando el momento, Jade hizo se dio una vuelta, modelando el traje marrón y verde de gran tamaño y terminó con una reverencia.

Al darse cuenta de que sólo Iván, John y Elise se había puesto su camuflaje, Jade preguntó: —¿Ustedes dos no vienes con nosotros?

Inclinándose perezosamente contra el mostrador, PJ parecía capaz de quedarse dormido en cualquier momento.

—Todavía me estoy recuperando de la guardia de anoche. Creo que mejor me quedo.

—Yo no nací con el gen de la caza como John —agregó Marie—. Me quedaré a empezar los preparativos de la cena.

—Entonces, ¿estamos listos? —preguntó John tomando una postura boba y apretando el hombro de Jade.

—Sólo si tú lo estás —respondió Jade con tanta confianza como fue capaz.

Los cuatro guerreros en camuflaje atravesaron la puerta principal hacia el frío matutino de noviembre. Nubes de vapor se alzaban en el aire cada vez que Jade exhalaba, pero el frío contra su piel expuesta era un respiro a todo el calor que le daba el traje.

—¡Uf! —soltó Jade mirando a Iván.

—Me lo agradecerás más tarde —prometió mientras pasaba junto a ella con un montón de armamento. Detrás de él iba Gia, corriendo feliz alrededor de ellos mientras los hombres cargaban todo en otro jeep.

Agarrando a Jade de la mano, Elise la arrastró hacia el Jeep.

—Ven conmigo. Tú y yo podemos sentarnos en la parte delantera y platicar. Los hombres pueden sentarse en la parte de atrás con ese perro idiota que tienen.

Reprimiendo una sonrisa, siguió a Elise al todoterreno. Efectivamente, después de cargar el resto del engranaje, Iván y John junto con Gia, se amontonaron en la parte trasera. Con un giro de la llave, Elise arrancó el Jeep y salió por la calzada. Casa tras casa pasaban en un borrón, hasta que finalmente llegaron a las afueras de la ciudad y kilómetros de bosques densos. Vestida con camuflaje y llevando un pequeño arsenal en la parte trasera del Jeep, Jade no pudo evitar preguntarse si había visto eso en alguna película.

—Entonces Jade —dijo Elise, rompiendo el silencio que se había apoderado de ellos—. ¿Por qué mi hermano? Quiero decir, míralo bien. ¿A quién le gustaría un oso desaliñado como eso?

—Elise… —gruñó Iván desde el fondo.

Elise le dirigió una sonrisa en el espejo retrovisor y Jade se volvió para darle una de las suyas. La hermana de Iván debió de hacer una lista mental de preguntas por adelantado, porque ni bien había terminado Jade de contestar una cuando ya le había lanzado otra. Hizo todo lo posible por responder con humor e ingenio y fue recompensada con una amplia sonrisa y un gesto de aprobación de Iván, que ya estaba inclinado hacia delante, escuchando atentamente lo que tenía que decir.

Cuando la inquisición finalmente llegó a su fin, Elise puso un disco en el reproductor de CD. Neil Young explotó a través de los altavoces, acompañándolo a lo largo de la última etapa de su viaje. Jade podía decir por la forma en que los hombres lo seguían, que John al igual que Iván, compartían la pasión por la música. Acomodándose en su asiento, Jade escuchó a Iván, John (y Neil) soltar a grito pelado las letras de *Heart of Gold*.

CAPÍTULO 24

"Country Roads"

Cuando entraron a la reserva forestal y se acercaban a su destino, Jade miró a su alrededor con nerviosismo, luchando contra las mariposas que habían regresado a revolotear en su estómago con venganza. Ya estaba ahí, debía dejarse de tonterías. Recordando las palabras que le dijo Iván en el avión, sobre ser una buena tiradora para impresionar al padre de éste, supo que esa sería su única oportunidad para conseguirlo.

Elise estacionó el Jeep frente a una pequeña cabaña y dos labradores también de color chocolate, salieron del bosque a recibirlos con entusiasmo en cuanto bajaron del todoterreno.

—Muy bien, Jade, aquí es donde haremos algunos disparos —dijo John con tono serio—. Esta es la casa de un amigo, pero es un verdadero tipo de campo, así que no te ofendas por nada de lo que te diga.

Después de haber conocido unos matones cuando vivía en Colorado, Jade le dio un apretón en el hombro para tranquilizarlo.

—No hay problema, John. No me ofendo «tan» fácilmente.

Iván se unió a las mujeres y las escoltó hasta la puerta mientras Gia y los otros labradores se dirigieron hacia el bosque para un poco de ejercicio.

—Voy por las cosas a la camioneta —dijo—. Ve dentro a calentarte y, Elise, mantenla a salvo.

Corrió de regreso al Jeep para ayudar a su padre, mientras que la curiosidad de Jade pudo consigo.

—¿Qué quiere decir con eso de que me mantengas a salvo? —preguntó—. ¿A qué se refería?

—No le hagas caso a mi hermano —dijo Elise, llevando a Jade a la puerta principal—. Van es decente.

—¿Quién es Van?

—El amigo de mi padre. Él es el verdadero McCoy, ya sabes, defendiendo el honor familiar y eso.

Al entrar a la cabaña, Jade descubrió incluso más animales montados en la pared, pero también notó muebles de madera bellamente artesanales. Al parecer, Van era carpintero. Un ruido detrás de ella la alertó de la presencia de otra persona, y al volverse se encontró con un hombre con una enorme barba y el pelo grisáceo casi tan largo como el de Iván. Lucía una camisa de los *Pittsburgh Steelers* y jeans desgastados.

—Eres un hijo de puta, «venís» aquí y acosas a mis perros —gritó cuando el padre de Iván entró por la puerta principal cargado de armamento.

—Compórtate, gnomo —advirtió John—. Tenemos compañía.

Van se volvió para mirar a Jade y dio un respingo.

—Pensé que eras Iván con el pelo largo. Se ha convertido en un citadino desde que se mudó a Miami. —Él extendió la mano—. Me llamo Van. Es un placer conocerte.

—El placer es todo mío —dijo Jade, estrechándole la mano—. Me encanta su casa y los muebles de madera son hermosos.

—Ah, es un pasatiempo —Van le restó importancia al cumplido—. ¿Eres una citadina también?

—Oh, diablos, no —aclaró ella rápidamente—. Yo soy de Colorado, así que he pasado más del tiempo necesario en el bosque. Hace poco que me mudé a Miami.

—Así que eres toda una vaquera, ¿eh? Pero la gran pregunta es: ¿Puedes disparar? —Sin saber qué decir a continuación, Jade volvió a encoger de hombros.

—Supongo que lo averiguaremos muy pronto.

—Ya hice una fogata en la parte trasera y todo está preparado. Dios no quiera que el urbanita tenga que montar todo. Hablando de eso, ¿dónde está Iván?

—Está sacando el resto de las cosas del todoterreno —respondió Elise. Van les hizo señas para que lo siguieran. Pasaron por una sala llena de máquinas y carburos a rebosar de cerveza y vino fermentándose. Reconociendo las botellas de la casa de los Rusilkos, Jade se dio cuenta que ahí debía ser donde ocurría la magia de la elaboración del vino. Salieron por puertas dobles hacia el frío del patio trasero de Van, que estaba cubierto de nieve. La hoguera chasqueaba y su izquierda se había colocado un viejo refrigerador y un banco de madera. A la derecha estaba Iván, manoseando un artilugio que parecía una catapulta y maldiciendo en voz baja para sí mismo.

—¿Estás bien ahí, citadino? —Van llama.

—Mejor que tú, viejo. —Iván terminó lo que estaba haciendo y corrió hacia el fuego para estrechar la mano de Van y agradecerle que les permitiera estar allí.

—¿Quién estará disparando? —preguntó Iván—. Además de Jade, por supuesto —con un brazo alrededor de su cintura, la llevó a la catapulta.

—El día de hoy es para los chiquitines —anunció Van—. Nosotros nos sentaremos a ver, ¿verdad, John?

Iván y Elise se dirigieron una mirada de complicidad mientras Van y el padre de ambos, tomaban asiento en el banco junto al fuego.

—Nos sentaremos a ver es la palabra en código para «abre la nevera y pásame un trago» —susurró Elise al pasar.

Iván le dio a Jade una escopeta y procedió a darle un curso acelerado en tiroteo, mientras Elise preparaba las brillantes palomas de arcilla naranja.

—Está bien, nena, esto es lo que vas a hacer. Yo la cargaré y tú la echarás sobre tu hombro de esta forma —de pie detrás de ella, Iván le enseñó cómo sostener el arma entre sus manos.

Con su cuerpo pegado al de ella, Jade dejó que su mente vagara con imágenes de Iván y lo que ella deseaba que él estuviera haciéndole por detrás, pero cuando dijo algo sobre «lanzamiento de seguridad» o algo por el estilo, se enfocó en la explicación.

—Cuando estés lista, echa esta palanca hacia adelante y grita «Tiren», así Elise jalará de la cuerda, y el disco naranja pasará volando. Apúntale y dispara. El disco va pasar volando en la trayectoria de los perdigones. Recuerda, las escopetas disparan en spray, así que mientras estés cerca, darás en el clavo.

Sintiendo la presión, Jade frunció el ceño y le susurró: —Reza por mí.

—No importa cómo dispares, nenita, te ves fantástica en ese horrible traje —dijo Iván con una sonrisa seductora.

—Aquí vamos —dijo John sentándose en el banco y alzó una copa de vino para un brindis—. ¡Por Jade!

—Por Jade —repitieron Van y los otros.

Trató de prepararse mentalmente. Agarró la pistola y se la puso en el hombro derecho, cerrando el ojo izquierdo gritó: «¡Tiren!». Elise tiró de la cadena, enviando el disco naranja surcando el cielo y sobre el patio trasero. El corazón de Jade latía como loco, el tiempo se detuvo, y ella apretó el gatillo, creando una explosión de ruido, fuego y olor a quemado mientras el arma le golpeaba sin piedad en el hombro.

Todo el mundo vio como el vuelo del disco se veía interrumpido por la lluvia de perdigones y explotaba en el aire. «¡En la madre!» —Medio pensó y medio susurró Jade, sorprendida por la nube de disparos del arma—. «¡Mierda, no puedo creer que lo haya hecho!» Volviendo hacia el grupo vio que todos tenían iguales expresiones de asombro en sus rostros, dejó caer el arma a su lado y desempeñó el papel de «Harry el Sucio» a la perfección. —¿Eso es todo lo que tienen?

Ninguno de ellos le contestó rápido, por lo que Jade chilló: —¡Oh, Dios mío!

Iván corrió a su lado para lo que ella creía que sería un abrazo de felicitaciones, pero en cambio, agarró el arma y le puso el seguro.

—No quiero que te vaya a dar por matar más cosas por el momento —dijo. Dejó la pistola en el suelo y la tomó en sus brazos.

—Ha sido increíble, chiquita. No podías conseguir nada más perfecto.

—No está mal para una citadina ¿eh? —preguntó Jade, haciendo una pausa para admirar su gorro naranja tejido.

—¿Citadina? Pensé que eras de Colorado —bromeó Iván. Se dio la vuelta para hacer frente al malhumorado que estaba sentado en el banquillo—. Es tu turno para disparar, Míster Montañés Salvaje.

—No puedo, ya me tomé una cerveza —Van levantó la botella para que Iván la viera, parecía más que un poco achispado.

—¿Y usted, doctor? —se burló Jade—. Eres pura boca pero no veo que empieces a disparar una vez, mucho menos dos.

—O dos, ¿eh? Te voy a mostrar cómo se hace. Cárgame dos —dijo, dirigiéndose a Elise.

—Machote, pavoneándose frente a las damas —se burló su padre—. Cincuenta dólares a que el disparo de tu noviecita es mejor que el tuyo.

—Sí, sí —dijo Iván, sonriendo a su padre con un brillo en sus ojos.

Jade miró a Iván después a los hombres sentados en el banco y les dio una sonrisa temblorosa. Escuchar que John mencionaran la palabra «novia» la conmovió, viendo cómo todos le estaban dando la bienvenida en su vida, era suficiente para hacerla llorar. Luchó por contener las lágrimas y volvió su mirada a Iván, que ya estaba con los pies plantados en la nieve y se acomodaba. Poniendo la escopeta en el hombro, apuntó y gritó la palabra mágica.

—¡Tiren!

Dos grandes crujidos resonaron el aire e Iván hizo dos tiros. Los discos de color naranja brillante continuaron volando por el aire, aterrizando en una sola pieza a unos cincuenta metros de distancia, en la nieve. Iván se quedó inmóvil, probablemente sabiendo que eso era algo de lo que «nunca» se iba a olvidar. No sólo lo atormentaría lo que restaba del fin de semana, sino que la historia de ese desastre muy posiblemente le seguiría de regreso a Miami. Jade negó con la cabeza, casi sintiendo pena por el chico mientras se daba la vuelta lentamente. Se enfrentó a la multitud en silencio y ahí empezó todo.

—Deberías estar avergonzado, citadino. ¡Buuu! Incluso Gia puede disparar mejor —dijo Van.

Iván mantuvo la cabeza gacha y fue directo a Jade. Ella abrió sus brazos para consolarlo.

—Está bien, bebé. Aún pienso que eres sexy. Afeminado, pero sexy —siendo incapaz de aguantarse por más tiempo, se echó a reír.

Inclinando su cabeza derrotado, Iván tomó la broma con filosofía, como de costumbre.

—Está bien. Elise, tráeme el *Midnight Rider*.

Elise corrió al todoterreno y regresó con lo que parecía ser un arma de guerra. Iván tomó el arma de sus manos y lo cargó.

—Está bien, chiquita, ya que pasaste la primera ronda, esta es la gran final —Iván entregó a Jade el rifle de asalto y le dio otra lección rápida. Se refirió a un blanco de color naranja y negro que colgaba de un árbol—. Son las mismas reglas que la última vez, sólo vamos a tener como meta ese objetivo en lugar de los discos. Sólo apuntar y dispara, pero no dejes de apretar el gatillo hasta que se acabe la munición. Tienes veinte tiros.

—¿En serio? —preguntó Jade mientras se colocaba las orejeras que le ofreció Iván para los oídos, bloqueando los sonidos burlones de los hombres y amortiguando su voz.

—Sí —le aseguró—. Esa es la parte divertida.

Sintiendo que todos los ojos estaban sobre ella, Jade levantó el arma sobre su hombro y respiró profundo.

—Aquí vamos.

Apuntó igual que la última vez, mirando por el cañón de la pistola hacia el blanco que se movía con el viento. Esperando la misma reacción, se tensó y apretó el gatillo. Sin el golpe de retroceso pero con un chillido punzante, salió el primer proyectil, asustándola incluso aunque llevaba la protección para los oídos. Podía ver Iván haciéndole señas para que siguiera disparando. Haciendo a un lado sus inhibiciones, se concentró en la sensación de disparar la semiautomática. La emoción la recorrió mientras bala tras bala volaban por el aire.

Jade continuó disparando, sin ni siquiera darse cuenta de que se habían acabado las balas. Recuperándose del subidón de diez segundos, gritó: —¡Eso fue jodidamente increíble!

Sintiéndose inmediatamente mortificada por haber soltado una grosería frente a la familia de Iván, Jade se volvió hacia él con una expresión de horror en sus ojos. Pero entonces oyó a John y Van animándola.

—Eso es a lo que llamo una chica salvaje —anunció el padre de Iván.

—Primero veamos cómo le fue —bromeó Iván. La agarró la mano y tiró de ella a través de la tundra hasta llegar al árbol.

—¿Ninguno dio en el blanco? No puede ser cierto —dijo Jade mientras se acercaban lo suficiente para ver el objetivo. Bajó los hombros derrotada.

—Confía en mí, nadie lo consigue la primera vez —le aseguró él. Luego sonrió—. ¡Diez dieron en el blanco! —anunció a la multitud lejana.

Todavía temblando de la emoción, Jade se rio mientras Iván bajaba el blanco y lo arrugaba, destruyendo la evidencia.

—¡Creo que es momento de un trago! —le echó el brazo sobre los hombros.

—Estoy de acuerdo. Necesito uno después de todo esto.

Iván buscó las bebidas en el refrigerador una vez que se reunieron con el grupo, pero Elise dijo: —¡Tengo frío! Voy a tomar mi bebida en el interior.

—¿No vas a disparar? —preguntó Jade—. Estoy segura de que Iván puede conseguir tirar de la cuerda para ti.

—No, es mejor dejar que su vergonzosa actuación con las armas, perdure —dijo Elise con una carcajada. Salió fuera del camino de

Iván cuando él trató darle un manotazo y todo el mundo volvió a la bodega improvisada. Las copas de vino casero fluyeron libremente, al igual que las historias y bromas de mal gusto, la mayoría de las cuales provenían de John y Van (muchas de las cuales los habría metido en problemas de estar en público). Pero ahí, en medio del bosque, no había tabúes. Después de unas cuantas copas de vino, Jade se encontró compartiendo una o dos bromas picantes. ¿Por qué no? Estaba en presencia de familiares y amigos y se estaba divirtiendo.

Al darse cuenta de que se acercaba rápidamente la hora de la cena y que Iván todavía tenía que freír el pavo, se despidieron y Van los abasteció con la mezcla favorita de Jade para que degustaran esa noche: vino de ruibarbo con fresa. Agarrando a Gia y su equipo, se amontonaron en el Jeep y se dirigieron a casa, donde Jade sabía que habría más comida, vino y diversión en abundancia.

CAPÍTULO 25

"Drift Away"

Elise estacionó el todoterreno frente a la casa y todos salieron rápidamente.

—¡Oh, sí! —gritó Iván.

—¿En serio? —preguntó Jade, un poco escéptica cuando miró hacia donde PJ había comenzado a calentar el aceite en la freidora.

—Hecho en cuarenta y cinco minutos y estará delicioso —le aseguró Iván. Pero no te preocupes, mi madre tiene uno en el horno también.

Iván y su padre se hicieron cargo de guardar las armas y desempacar el equipo, mientras que las mujeres se adelantaron a la casa. En el interior, Jade se vio envuelta por el olor de las papas dulces, el pastel de calabaza y el *Pièce de résistance* ya por salir del horno. Sintió la inquietante sensación de nostalgia envolviéndola. Era tradición de su familia preparar el mismo tipo de banquete para Acción de Gracias.

—Me alegro que hayan vuelto, chicas —exclamó Marie—. Dense prisa y cámbiense para la cena, y Jade ¿puedes buscarme en la sala de estar cuando hayas terminado, por favor?

—Por supuesto —respondió Jade, preguntándose por qué Marie tenía la sonrisa traviesa, que ya conocía a la perfección, porque la había visto en el rostro de Iván tantas veces.

Jade sacudió la nieve de sus botas, se las quitó y fue hasta su habitación para quitarse el traje para la nieve que pesaba fácilmente veinte kilos, y le estaba haciendo sudar a chorros. Seleccionando un cómodo par de jeans de color caqui y un jersey blanco, se vistió rápidamente y se arregló el pelo, dejándolo al estilo que sabía que le encantaba a Iván. Salió de su habitación y se unió a Marie en la sala de estar, donde ya había una mesa llena de pendientes hechos a mano, pulseras, anillos y rosarios.

—Ohhh —suspiró mientras se sentaba junto a Marie.

Marie le dio una pulsera.

—Me gustaría a escogieras algunas piezas —dijo ella.

—Marie, no puedo hacer eso. —Jade giró el brazalete en su mano, admirando los detalles.

—Cariño, por favor —insistió Marie—. Es lo menos que puedo hacer por la chica que ha hecho de mi hijo un hombre nuevo. Nunca lo había visto tan feliz antes, ni siquiera cuando estaba viajando por el mundo para eso del modelaje. Su sonrisa ahora es, por mucho, la más brillante que he visto en mi vida y tengo que darte las gracias por ello.

Superada por la emoción y completamente sin palabras, Jade se enjugó una lágrima.

—Por lo menos deja que te pague por ellas.

Marie puso una mano sobre el hombro de Jade.

—Nunca aceptaría tu dinero. Lo que le has dado a mi hijo vale más que cualquier joya.

—Todos ustedes son maravillosos. Ni siquiera sé cómo empezar a agradecerles. —Jade se inclinó para envolver a la pequeña mujer en su propia versión de abrazo de oso—. Muchas gracias por todo.

—Entonces, por favor querida, escoge algo —sonrió Marie.

Viendo las joyas desplegadas en la mesa frente a ella, Jade estaba perdida. No quería escoger algo muy caro… tocó un par de piezas hasta que finalmente se decidió por unos aretes de piedras negras engastadas en oro con forma de lágrima, un brazalete de turquesas y la pieza que le había llamado primero la atención cuando se sentó: un rosario con cuentas de ojo de tigre.

Marie se echó a reír.

—Cuando Iván estaba en la preparatoria se enfermó de mononucleosis durante el verano antes de empezar su último año y no pudo salir ni hacer nada durante dos semanas, así que le enseñé a hacer joyas. Al igual que la mayoría de sus otras aficiones, se me fue por la borda y terminó haciendo más piezas de las que necesitaba, ni sabía qué hacer con ellas, pero al final vendí todas, a excepción de una. Era su favorita y me dijo que lo vendiera por cien dólares o que mejor no lo vendiera. Los materiales eran sólo de ocho dólares, así que por supuesto nadie lo compraría. Muchas personas lo miraron, pero nadie iba a aceptar un precio tan alto. Tú acabas de escoger esa pieza.

—De ninguna manera —Jade se quedó sin aliento—. ¿Cuál es?

—Voy a dejar que él te lo diga. —Marie sonrió y comenzó a empacar las joyas que quedaban en la mesa.

—Muchas gracias, seño…, quiero decir, Marie. Estas piezas son hermosas y voy a atesorarlas.

—No hay de qué. Bueno, ¿disparaste bien? ¿Pasaste la prueba? —preguntó Marie, empaquetando la última pieza con un brillo en sus ojos—. Debes estar muriendo de hambre después de estar en el frío todo el día.

—Umm, estoy bastante segura de haber superado la prueba, pero voy a dejar que Iván le cuenta esa historia, y sí, me muero de hambre.

—Vamos a eso entonces. Iván debería estar casi listo para empezar a cocinar su pavo.

Jade apoyó su mano cariñosamente en el brazo de Marie.

—Gracias de nuevo por todo.

—Cuando gustes…Sólo prométeme que volverás pronto a visitarnos.

—Me encantará hacerlo —Jade se puso de pie y siguió a Marie de regreso a la cocina.

Se quitó los pequeños pendientes de diamantes que llevaba puesto y se los guardó en la seguridad del bolsillo de sus jeans, sustituyéndolos por los nuevos pendientes que Marie le había dado. Con el brazalete y el rosario pesando en su otro bolsillo, no podía dejar de preguntarse cuál de todos habría hecho Iván. Ella sabía que él amaba la turquesa, por los anillos que llevaba. Sacando el brazalete de su bolsillo se lo colocó encima de la muñeca, preguntándose cuánto tiempo le tomaría darse cuenta de lo que llevaba puesto.

Jade miró por la ventana de la cocina y vio a los hombres Rusilko de pie alrededor de un caldero con aceite burbujeante. Un gigantesco pavo crudo descansando en la mesa, delante de ellos y junto a eso, estaban seis copas de vino, pidiendo ser consumidos. PJ se acercó a la fogata de aspecto extraño que ocupaba una esquina del patio y comenzó a avivar el fuego. Cuando Iván la atrapó mirándolo por la ventana, le hizo una seña para que se reuniera con ellos.

Jade se colocó una chaqueta y salió con Marie y Elise pisándole los talones.

—¿Estamos listos para dar comienzo al Día del Pavo? —preguntó Iván mientras se ponía un par de guantes de trabajo pesado.

Colgando el pavo de un gancho lo bajó lentamente en la olla de aceite hirviendo. Un sonido chisporroteante llenó el aire mientras el agua todavía quedaba en la piel del ave, se topaba con el aceite. Con una mirada de profunda concentración, Iván terminó metiendo el animal completo en la freidora. Pequeñas burbujas como de champán, flotaban a la superficie, junto con un aroma verdaderamente digno de hacer agua la boca.

Repartiendo las copas de vino, John dijo: —Dejemos que la chica que nos impresionó hoy con su excelente tiro y sus chistes colorados haga el brindis.

«¡Maldita sea!» —pensó Jade. Aclarándose la garganta, levantó su copa.

—Por ésta, la única familia, además de la mía, que podía hacerme sentir como en casa para celebrar Acción de Gracias. Les agradezco por darme la bienvenida. ¡Ah! Y no molestemos demasiado a Iván por su patética exhibición de puntería el día hoy. Debe ser duro que una chica le patee el trasero.

—*Cheers!* ¡Salud! *¡Nostrovia!* —todos levantaron su copa al unísono pero cada uno, a su propia manera, excepto Iván. Sus ojos la miraron en una forma que a Jade le parecía muy amorosa. Simplemente levantó su copa hacia ella y sonrió.

Después de beber hasta la última gota de su vino, las mujeres desaparecieron de nuevo en la cocina, dejando a los hombres y a los perros montando guardia sobre la freidora. Una vez que la puerta se cerró detrás de ellas, PJ y John saltaron sobre Iván.

—Está bien, ¿de dónde diablos has sacado tanta suerte? —exigió saber PJ—. Primero Irena, después las australianas, luego la sarta de modelos y ahora Jade, una chica guapa con una personalidad igual de hermosa.

Iván se encogió de hombros.

—Tomé el riesgo y funcionó.

—¿Tomaste el riesgo y funcionó? Eso es una mierda. Será mejor que me des las gracias por esos genes Rusilko —John sacó pecho y les recordó que una vez había sido un culturista por derecho propio.

—Mira, no sé cómo le hiciste para conseguir a una chica como Jade, pero ella es genial y tú pareces verdaderamente feliz. Tengo que admitir, que después de la última, estaba un poco preocupado.

—No tienes idea de cuán feliz soy —Iván sonrió y levantó su copa para otro brindis—. Por la familia, un puñado de gente que no podría haber conocido de otra forma pero somos condenadamente afortunados por encontrarnos. Los amo, chicos.

—Por la familia —repitieron los otros.

Dentro, las mujeres estaban charlando como adolescentes en una fiesta de pijamas. Jade mostró a Marie algunos trucos de chefs mientras Elise hojeaba las páginas de OD y hacía más preguntas al azar a Jade sobre su pasado y su familia.

Una serie de sonidos molestos les avisaron que ambos pavos estaban listos y que pronto sería la hora de comer.

—Me alegro de que Iván te trajera a casa —dijo Elise, lanzando la revista sobre el mostrador.

—Oh, ¿y eso por qué? —preguntó Jade, acomodando la charola con el pavo sobre la estufa mientras cerraba la puerta del horno.

—Porque siempre quise tener una hermana —dijo Elise sonriendo mientras se levantaba para llamar a los hombres.

Conteniendo las lágrimas, Jade sostuvo la charola para hornear y se tomó un momento para recobrar la compostura. Una corriente de aire frío le llegó por detrás, cuando se abrió la puerta y los hombres entraron a la cocina. Iván llevaba su pavo y lo colocó sobre el mostrador al lado de la estufa.

Se volvió hacia ella con una mirada de orgullo en su rostro, que de inmediato se derrumbó por la preocupación. Mientras la llevaba hacia la sala de estar, Jade se dio cuenta de que había confundido la alegría de su rostro con angustia.

—Chiquita, ¿qué te pasa? —preguntó. Levantó la mano para acariciarle la mejilla.

—No pasa nada malo, es sólo que… —Jade se sorbió la nariz —. Elise me llamó «hermana».

—¿Y eso te pone triste?

—No, por supuesto que no.

—Entonces, ¿por qué lloras? —preguntó Iván, abrazándola.

—No lo sé —admitió Jade y enterró la cabeza en su pecho—. Tu familia es increíble y me jode que tengamos que irnos tan pronto.

Colocándole un dedo debajo de la barbilla, Iván le levantó la cabeza.

—Escucha, tienes todo el tiempo del mundo para conocerlos mejor. Podemos volver tantas veces como quieras. ¡Diablos! Si falta sólo un mes para navidad. Ese es el mejor momento para estar aquí.

Usando la manga de su suéter, Jade se secó los ojos.

—Debes pensar que soy estúpida.

—No eres estúpida… —comenzó a decir Iván pero fue interrumpido por la voz de su madre.

—La cena está lista —los llamó Marie.

Iván sacudió la cabeza.

—¿Lo partes conmigo, chiquita? —preguntó, llevando a Jade de vuelta a la mesa de la cocina.

—¿Delante de todos, bebé? ¡Qué descarado! —Ella tomó un cuchillo y comenzaron a cortar trozos de carne suculenta de los huesos, organizándolo cuidadosamente en dos bandejas.

Con los pavos cortados y la mesa rebosante de comida, la cena estaba lista. John y Marie se sentaron en sus lugares respectivos en los extremos de la mesa. Elise y PJ se sentaron a la izquierda de su padre e Iván y Jade a la derecha de él.

—Igual que siempre —dijo Iván—. Nos hemos sentado así desde que era un niño.

Marie sirvió a cada uno su respectiva copa de vino y miró alrededor de la mesa, hasta que sus ojos se detuvieron sobre Jade.

—Parece que este año tenemos más por lo cual agradecer. ¿A quién le gustaría dar las gracias?

—A mí —respondió Jade con la voz quebrada. La mano de Iván le apretó la pierna debajo de la mesa y, aunque estaba demasiado nerviosa para voltear a verlo, estaba segura de que estaba sonriendo de oreja a oreja.

—Eso sería maravilloso, querida.

Cerrando los ojos, Jade se santiguó desde la frente hasta el pecho y de hombro a hombro.

—En el nombre del Padre, y del Hijo, y del Espíritu Santo. Bendícenos, oh Padre, por estos alimentos que vamos a recibir de tu generosidad, por medio de Cristo, nuestro Señor. Amén.

—Amén —respondieron rodos, sus copas tintineando alegremente cuando comenzó el banquete.

Jade miró el gran plato de puré de papas que Marie le entregó, tratando de calcular la cantidad de kilómetros que tendría que correr para quemar esa cantidad de carbohidratos. Se había pasado las últimas tres semanas haciendo ejercicio como loca y no quería tirar todo ese esfuerzo a la basura por una sola comida, pero se veía «¡tan sabrosa!». Tras un momento de vacilación, decidió tirar la precaución al viento. Era acción de gracias, después de todo, un tiempo para la gratificación.

Todos tomaron turnos pasando platos alrededor de la mesa, Elise ocasionalmente iba a la derecha en lugar de a la izquierda, lo que resultaba en exclamaciones de enojo por parte de los demás que morían de hambre. Pero, finalmente, cada plato se desbordaba con pavo, salsa de arándanos, los rellenos, elotes… todo mezclado y nadando en la tradicional salsa casera. Las risas llenaban el aire, junto con chistes, las historias y los deliciosos olores de una tradicional comida de Acción de Gracias.

Eventualmente los platos comenzaron a vaciarse y las copas se quedaron secas. Un gemido colectivo zumbó alegremente cuando Marie les recordó que debían hacer un espacio para el postre.

Elise y PJ comenzaron a limpiar los platos y Marie reapareció con un pay de manzana recién enfriado en una mano y un pay de calabaza en la otra. Revolviendo el refrigerador, Elise consiguió helado de vainilla y una lata de crema batida y los llevó a la mesa. Todo esto fue rematado con café, mezclado con licores dulces y crema. Jade ni siquiera podía comenzar a contar las calorías, pero ese día no había dieta. Se sentía un poco mareada (por el pay, por Dios santo), pero Iván y ella casi nunca comían el postre en Miami. Al final se entregaron a la extravagancia que había ante ellos. Jade comió lo suficiente para satisfacer su gusto por las cosas dulces para todo el año.

—¿Ya le mostraste a Jade la sala de trofeos? —preguntó Marie, rompiendo la concentración que Jade tenía sobre la última parte de la delicada corteza de pay que quedaba en su plato.

—No —respondió Iván rápidamente, pareciendo avergonzado —. No sé por qué ustedes se aferran a todo eso.

—No seas modesto, hijo —agregó John —. Estoy seguro de que a Jade le encantaría verlo.

—Sí, estoy segura de que a ella le encantaría verlo —respondió Jade dirigiéndole a Iván una sonrisa torcida.

—Bueno, tomen sus cafés y vayan. Nosotros vamos a encargarnos de ordenar esto —dijo Marie, entregándoles dos tazas más a cambio de sus ya vacíos platos de postre.

—Gracias, mamá —dijo Iván mientras se ponía de pie y le indicaba a Jade a que se fuera con él.

Elise y PJ les chiflaron a todo pulmón mientras Iván la sacaba de la cocina. Ella alcanzó a verlo levantarles el dedo medio cuando doblaron la esquina y quedaron fuera de su vista.

CAPÍTULO 26

"Midnight Rider"

—¿**E**s realmente necesario? —preguntó Iván mientras bajaban las escaleras hasta donde Jade sabía que estaba el museo animal.

—Oh, vamos, no seas aguafiestas. ¿Estás avergonzado? —Le dio un golpecito en el hombro cuando estaban descendiendo los últimos escalones—. Bueno, ¿quién podría imaginarlo? El gran doctor Iván, es humilde.

—Muy bien, tu ganas —replicó alzando los brazos en señal de derrota—. Bueno, aquí estamos.

Abrió la puerta y Jade inmediatamente comenzó a dar vueltas por la habitación. En lugar de los trofeos de caza montados, los trofeos y certificados de esa habitación eran lo de los logros que habían conseguido con el paso de los años, los hijos de John y Marie. Se veían varias placas grabadas con la frase «Jugador de Hockey del Mes», algunas con el nombre de Iván y los demás con el de PJ. Un trofeo de tres pies rematado con un hombre musculoso en miniatura y las palabras «Campeonato de Culturismo Iron City» escritas a un lado. Numerosos trofeos de hockey acomodados en los estantes y medallas de campeonatos estatales colgaban de clavos en la pared. Todo era muy impresionante, pero lo que más le llamó la atención fue un álbum marcado con Mr. EE.UU. 2008/2010.

Cogió el álbum de la estantería. Iván trató de arrebatárselo pero ella lo dejó fuera de su alcance. En el interior se encontró con artículos y entrevistas de periódicos y revistas internacionales. Otras páginas mostraban imágenes de Iván posando con mujeres hermosas, haciendo paracaidismo, volando aviones, corriendo coches de carreras y alimentando canguros. Suspirando ansioso, trató de agarrar el libro de nuevo, pero una vez más, Jade lo alejó de sus manos antes de que pudiera quitárselo. Al llegar a la parte final, descubrió por qué estaba tan preocupado. Las últimas páginas estaban cubiertas de fotografías de Iván e Irena, así como algunos artículos que se habían escrito sobre ellos.

Jade se dio cuenta de que si hubiera encontrado este libro unos meses antes, cuando empezaron a salir, se habría sentido celosa e intimidada por lo que veía. Pero en ese momento, estando en la casa de Iván y con su familia, se sentía segura. Independientemente de lo que había sucedido en su pasado, ella era su futuro. Devolviendo el libro a su lugar en la estantería, Jade se sentó en un sofá y le indicó a Iván que se sentara también.

El sofá se hundió bajo su peso cuando se sentó al lado de ella.

—Así que, ¿qué te parece? —preguntó, mirando sus manos.

Jade tomó un largo sorbo de su café.

—¿Por qué terminó tu relación con Irena? Ella es hermosa, parece culta y debe haber sido una buena persona, porque nunca te he oído decir nada malo sobre ella—. ¿Qué pasó?

—¿Quieres la versión larga o la versión resumida? —Iván se rio y puso su café sobre la mesa—. Siendo sinceros, el tiempo y la distancia son dos factores que pueden hacer o romper una relación. Demasiado o muy poco de cualquiera, puede ser un completo desastre. Ella era una chica fantástica, hicimos todo lo que pudimos para mantener una relación a larga distancia. Lo hicimos por un tiempo —añadió, con la mirada perdida—. Hice todo lo imaginable para que las cosas funcionaran, pero al final, los dos nos dimos cuenta de que estábamos cortándonos las alas el uno al otro. No podría vivir conmigo mismo sabiendo que ella había dejado de lado sus sueños y ella se sentía de la misma manera. —Iván suspiró—. Lo triste es que, cuanto más tratamos, más nos alejaba y, finalmente terminamos con una separación menos que amigable.

—¿Cómo? —preguntó Jade.

—Bueno, digamos que la encontré con las manos en la masa —dijo con una sonrisa irónica—. Me rompió el corazón, no porque hubiera perdido una amante, sino porque perdí una amiga. Fue entonces cuando me juré que nunca volvería a intentar una relación a larga distancia. Están condenadas desde el principio. Me prometí que nunca iba a perder una amiga de esa manera, otra vez. Prefiero sacrificar una relación si sé que puedo mantener una amistad.

Jade levantó el brazo de él y se lo puso alrededor de su hombro. Apoyó la cabeza contra su pecho, dejó que el sonido de los latidos de su corazón, la calmaran. Se sintió en paz con su respuesta, pero no estaba segura de que él sintiera lo mismo. Tomando su mano en la de ella, se la apretó tranquilizadoramente.

—Iván, ambos hemos tenido nuestra cuota de éxitos y fracasos. Algunos son peores que otros. Me he dado cuenta de que no importa cómo hayan terminado las relaciones en el pasado, siempre dejan una huella en tu corazón. Siempre vamos a llevar un pedazo de esa persona con nosotros, porque parte de ellos es lo que nos ayudó a moldear a las personas que somos ahora. Si fue una lección aprendida o una lección enseñada, hay una razón para que estuvieran en nuestras vidas y, debemos estar agradecidos por lo que nos dieron. —Jade sonrió mientras ella inclinaba su cabeza y acercaba sus labios para satisfacer los suyos. En su corazón, ella lo besó no como su novio, sino como su amante, su pareja y su alma gemela—. Gracias por decírmelo. Significa mucho para mí.

—¿Cómo conseguí tanta suerte? —preguntó y la hizo callar con otro beso, uno más acalorado y lleno de necesidad.

Jade rompió el beso y se echó hacia atrás en el sofá. Todavía recuperándose de la pasión compartida, miró a los animales montados que colgaban de las paredes con todos los demás trofeos. Se sentía un poco descolocada con docenas de ojos vidriosos observándola.

—No puedo evitar la sensación de que estamos siendo vigilados —dijo ella con una sonrisa.

—¿Tú también? —preguntó Iván—. De todos modos nos tenemos que ir. Tengo una sorpresa para ti esta noche, así que sube las escaleras y haz las maletas.

—Sí, doctor —a Jade le gustaba la respuesta que suscitaba ese apodo. Tan pronto como se puso de pie, sintió el placer y el dolor punzante de la mano de Iván dándole una palmada en el trasero.

—Te lo has ganado, Míster —le gritó por encima del hombro mientras tomaba las escaleras de dos en dos.

—¿Me lo prometes? —Iván la alcanzó, ahuecando su trasero e instándola a ir más rápido.

Aventando sus cosas en el bolso, Jade checó tres veces para comprobar que no olvidaba nada. Con su bolso colgado del hombro, apagó la luz y cerró la puerta de la habitación de invitados, esperando que no tardaran tanto en volver. Cuando dobló la esquina, Iván estaba de pie en la entrada de la cocina con su familia cerca, esperando para despedirse.

—Será mejor que se vayan de una vez si quieren llegar antes de que oscurezca —dijo Marie.

Jade siguió su mirada por la ventana de la cocina hacia el cielo oscuro y la nieve brillante opalescente.

—Ven aquí, cariño —Marie dio Jade un último abrazo y un *adieu*.

Cada miembro de la familia de Iván le deseó lo mejor, la abrazaron, le dieron besos y le recordaron que ella siempre sería bienvenida. Al final de la línea se quedó Elise, con los brazos bien abiertos.

—Te voy a extrañar, chica. Me hubiera gustado tener más tiempo.

—Yo también te echaré de menos —dijo Jade y abrazó a Elise—. Sin embargo, estaré de vuelta pronto.

—¿Lo prometes? —preguntó Elise.

—Lo prometo —sonrió Jade temiendo llorar sin decía otra cosa. Se dio la vuelta y encontró a Iván cerca de ella, despidiéndose. Parecía que le costaba despedirse también.

—Asegúrate de volver —gritó John mientras caminaban por la puerta principal—. Y le hablo a Jade, por supuesto.

—Ja, ja… Muy gracioso, viejo —respondió Iván mientras cerraba la puerta detrás de ellos y llevaba a Jade al todoterreno que los esperaba. Le abrió la puerta y la ayudó a subir al coche antes de cargar su equipaje en la parte trasera.

Mientras el Jeep rugió a la vida, la puerta principal de la casa se abrió y Marie asomó la cabeza.

—Deje el coche en el aeropuerto —gritó ella—. Lo recogeré mañana que lleve a tu hermana.

Haciéndole a su madre un gesto con los pulgares arriba, le aventó un beso y aceleró el motor y puso el jeep en reversa.

—Lo pasamos de maravilla —dijo Jade, echando una última mirada a la familia mientras los saludaban desde la ventana.

—La noche aún es joven, chiquita.

Jade no tenía ni idea de a dónde iban, pero estaba feliz de estar rematando un fin de semana perfecto con lo que estaba segura, sería una noche inolvidable. Sentado en el asiento de piel, escuchó a los *Counting Crows* cantar sobre ostras sin perlas y diciembres largos.

Pero Jade había encontrado una perla y diciembre se perfilaba para ser uno de los mejores meses de todos los tiempos.

Iván le acarició el dorso de la mano, diciendo mucho sin soltar una sola palabra. No habían recorrido mucho camino cuando tomó un pequeño carretera de tierra. Exuberantes coníferas y arces desnudos se alineaban a los lados del camino cubierto de nieve y agua. A medida que avanzaban por el bosque, los árboles se hacían más densos y la terracería parecía empeorar.

Jade se acomodó en el asiento, prestando más atención a lo que la rodeaba. Se detuvieron frente a un portón que bloqueaba el paso a un caminillo lleno de árboles nevados. Iván saltó del todoterreno para abrir la entrada.

—Ni siquiera voy a preguntar —dijo ella cuando lo vio regresar al coche, temblando de frío.

Siguiendo por el camino lleno de nieve, Jade se despidió de la civilización y dio la bienvenida al paisaje silvestre del noroeste de Pensilvania. A lo lejos podía ver una pequeña cabaña de madera situada entre un grupo de árboles secos y con una pila de leña recién cortada bien ordenada en el porche. Se dio cuenta de que eso era de lo que hablaba Iván cuando mencionó que tendrían su propio espacio.

—Oh, Dios mío, esto es hermoso.

—No es el Ritz, pero será nuestro hogar por esta noche —Iván apagó el motor y abrió la puerta para recibir una ráfaga de aire helado.

—Me encanta —pregonó mientras se deslizaba fuera del coche.

—No hables antes de tiempo —advirtió él—. No hay electricidad ni agua corriente. Espero que no te importe pasar apuros por esta noche.

—Mucho mejor —le aseguró, volviéndose hacia él en la luz mortecina. Estaba segura de que él la mantendría caliente.

—Nunca dejas de sorprenderme, nenita —Iván se dirigió a la parte trasera del jeep y sacó su equipaje junto con otros artículos que alguien había colocado allí antes de su partida.

Con el equipaje en una mano y una linterna en la otra, Iván la ayudó a encontrar el camino por el sendero helado que llevaba hasta la cabaña. Dejando las bolsas en el suelo, abrió la puerta principal y antes de que ella pudiera protestar la tomó en sus brazos. Ella se sonrojó y hundió la cara en su pecho.

—Un palacio para mi princesa —susurró Iván mientras abría de una patada la puerta y llevaba a Jade por el umbral.

CAPÍTULO 27

"Love Of My Life"

La cabaña era un hoyo negro, carente por completo de luz. Dejando a Jade sobre sus pies, Iván fue tienta en busca del quinqué. Sabía que solían dejarla sobre la cómoda, así que caminó a través de la habitación hasta que sus manos encontraron la carcasa de metal frío. Sacó un pequeño encendedor de plástico del bolsillo, usándolo primero para ver la lámpara y luego, lo usó para encender la mecha e iluminar la cabaña donde había pasado tantos veranos con su tía.

Sin saber por qué razón, Iván se sentía nervioso, como un adolescente a punto de besar a su novia por primera vez. Había algo diferente en esa noche, algo que no podía definir. Cuando habló, sus palabras salieron desordenadas: —¿Quieres que encienda una fogata?

—Me prometieron una, así que ahora será mejor que me cumplas, doc —demandó Jade, su voz segura mientras se sentaba en la cama, dejando que sus piernas se abrieran de tal forma haciendo que él se pusiera duro al instante.

Se fue derecho a trabajar en la fogata, tanto para impresionar a su chica como para desterrar la sensación de adormecimiento que se había apoderado de sus extremidades, bueno, a excepción de una. Pero Iván tenía la sensación de que él y Jade estarían generando calor suficiente muy pronto. Abriendo la puerta de la estufa de leña, hizo un trabajo rápido organizando los leños secos que su padre ya había apilado de cualquier forma. Una pequeña llama era todo lo que necesitaba y en pocos minutos el fuego cobró vida, trayendo luz y calor a la cabaña y sus ocupantes.

Desafiando el frío una vez más, Iván volvió a salir y regresó un minuto después con sus maletas. Las puso en el suelo junto a la cama, atraído por la sonrisa caprichosa de Jade, que hacía que su polla intentara acaparar más la atención.

Jade se movió, echándose hacia atrás y poniendo su peso sobre los hombros, causando que la cama crujiera. Iván vio cómo sus ojos vagaron por la cabaña.

—Así que andamos de ladronzuelos —preguntó ella con una mirada traviesa.

Riendo, Iván le contó: —Este lugar pertenece a mi tía. Se mudó a la ciudad cuando los inviernos se hicieron demasiados fríos para que los soportara pero yo pasaba mucho tiempo con ella aquí cuando era niño; persiguiendo luciérnagas, cazando insectos y aprendiendo a dibujar. —Iván señaló una de los dibujos en la pared: un hombre sosteniendo un paraguas que se lo llevaba el viento, hecho en blanco y negro—. Estábamos acostumbrados a escoger una canción y hacer dibujos que la representaran. Este de aquí es *Dust in the Wind*, imaginado por un niño de ocho años.

Jade sonrió y negó con la cabeza.

—¡Eres un estuche de monerías! Y, creo que estoy empezando a sentir calor por aquí.

Mientras ella se despojaba de sus ropas Iván comenzó a quitarse algunas prendas también.

—Me encanta. Es tan agradable —dijo—. ¿Pero no hay agua corriente, ninguna tubería por aquí?

—No te preocupes por eso. Los inodoros funcionan. Sólo tenemos que usar agua embotellada. —Echando a un lado un paño sobre el mostrador, Iván dejó a la vista galones de agua congelada que su mamá había dejado ahí en la mañana. Movió los contenedores cerca del fuego para descongelarlos—. Mamá es un amor.

—Me siento como si estuviera en una novela romántica o algo así, bebé —dijo Jade—. Ahora todo lo que necesitamos es que luches con una manada de lobos y me hagas el amor toda la noche. —Ella empezó a quitarse las prendas que aún llevaba encima.

—Bueno, no puedo prometer lo de los lobos… —dijo Iván seductoramente. Un instante después se abalanzó sobre ella. Presionándola sobre la cama, frotó su dureza a lo largo del muslo desnudo de ella—. Pero tal vez podemos hacer que la novela sea de romance erótico ¿no?

Cuando Jade comenzó a responder, Iván salió de la cama y recogió una gran caja que estaba sobre el mostrador. Sacó un recipiente de plástico, dos copas de vino y dos botellas de ruibarbo con fresa, la mezcla especial de la casa de Van.

—No sería una novela romántica y yo no sería un caballero, sin darte antes un poco de vino y una cena. —Iván descorchó una de las botellas y sirvió dos copas.

—¿Qué más hay en la caja? —preguntó Jade, sentándose en la cama y cubriéndose con la colcha.

—Paciencia, chiquita. Primero tienes que cerrar los ojos y abrir la boca. —Iván no pudo evitar reírse cuando la mirada de Jade bajó a su entrepierna—. No dejes que tu mente divague «allí», al menos de momento. Tengo algo más para ti.

Obediente y aparentemente sin ninguna duda, Jade cerró los ojos y abrió la boca. Iván colocó cuidadosamente una delicia en su lengua. Con los ojos todavía cerrados, las cejas fruncidas por un instante, mientras intentaba resolver el misterio. Luego sonrió y mordió.

—Mmm… fresas cubiertas con chocolate. ¡Al diablo con los lobos, esto es mucho mejor!

Iván se sentó metiéndose una fresa en la boca y Jade se arrastró hasta ponerse a horcajadas sobre sus piernas, se miraron a los ojos de forma sensual. Ella agarró el botón de sus pantalones, pero él la detuvo.

Agarrándola de los hombros, la acostó sobre la espalda y con el peso de su cuerpo, la inmovilizó contra el colchón. Se sintió maravillado con el resplandor del fuego bailando sobre su pecho, sus pezones duros y erectos.

—Eso no es justo —bromeó Jade, tirando de la cintura de sus jeans—. Tú sigues vestido y yo estoy casi desnuda.

—Casi, pero no del todo —dijo Iván con voz ronca. Enganchó un dedo por el borde de las bragas y se las quitó, echándolas sobre la pila de ropa en el suelo—. Ahora ya estás desnuda.

Jade apoyó la cabeza en las almohadas y cerró los ojos. Los dedos de Iván envolvieron los suaves contornos de su cuerpo a medida que exploraban ávidamente cada centímetro. Él ya conocía cada peca, cada lunar y cada cicatriz que marcaba su piel de porcelana pero nunca se cansaría de sentirla bajo sus manos. Acostándose junto a ella en la cama, su sonrisa se ensanchó cuando Jade suspiró con aprobación. Con movimientos pausados, siguió deslizando los dedos a través de su piel y por el interior de la pierna, deteniéndose al llegar a su coño liso. Su seno se sentía caliente contra sus labios cuando los puso sobre su piel y le susurró en voz baja, antes de chuparlos: —Déjame entrar.

Jade lanzó un gemido y le susurró: —¿Cuál es la palabra mágica?

La mente de ella tomó la decisión, él lo supo en cuanto sus piernas se abrieron sin esperar su respuesta. Sus suaves pliegues se sentían como satén al tacto; cálidos, resbaladizos y suaves. Sus dedos vagaron sobre ella, provocándola, hasta que encontró lo que estaba buscando y deslizó un dedo hasta lo más profundo. Jade gimió y se arqueó hacia él. Iván se puso todavía más duro. Deslizando otro dedo, Iván la acarició como si estuviera tocando una guitarra, pero la música que sacaba era mucho más dulce.

—¿Tienes idea de lo hermosa que eres? —Iván murmuró mientras sus dedos seguían acariciándola, preparando su cuerpo para recibirlo. A unos metros de distancia el fuego crepitó, echando una luz parpadeante sobre la piel y pintando reflejos de oro sobre su cabello de obsidiana. Iván, nunca en su vida, había sido testigo de un espectáculo tan impresionante. El cuerpo de Jade se estremeció cuando sus dedos encontraron aquél delicioso punto, en lo más profundo de ella, con cada uno de sus movimientos, llevándola más cerca del orgasmo.

—Oh, Dios —exclamó Jade, su cuerpo moviéndose en sincronía con las caricias de esas manos. Él pasó su pulgar ligeramente contra el clítoris con cada embestida.

—Iván, por favor… —suplicó—. Necesito correrme.

—¿Es esto lo que quieres, chiquita? —preguntó. Haciendo círculos con su pulgar sobre el hinchado botón; Iván la folló más profundo con sus dedos, podía sentir como los músculos de su interior apretaban sus dedos cuando se acercaba a su liberación.

—Sí —exhaló ella mientras Iván tomaba uno de sus pechos en su boca, haciendo rodar el pezón rígido entre los dientes.

Y entonces sintió su liberación. Jade gritó y se convulsionó mientras su cuerpo empapaba la mano de Iván.

Él ralentizó sus movimientos para calmarla. Cuando el temblor se sosegó y su respiración volvió a la normalidad, por fin abrió los ojos. Sus ojos del color de las esmeraldas, brillaban bajo el resplandor de la chimenea encendida y él sintió que su corazón se detenía por un momento. Esa diosa que le había robado el corazón era toda una belleza y él podría mirarla por el resto de su vida.

Iván rozó su mejilla mientras besaba su boca. Jade abrió los labios, dándole la bienvenida. Su lengua se sentía caliente contra la suya, ella sabía a fresas y vino.

No había nada apresurado o rudo en ese beso; era tierno y suave. Fue un beso tierno entre dos almas.

Pero el momento de ternura pasó rápidamente cuando Jade entró en acción y luchó para librarlo de sus pantalones. Le bajó la cremallera e Iván se sacó los pantalones antes de arrancarse la camisa, dejándolo tan desnudo como el día en que vino al mundo.

Jade se subió encima de él, se acomodó a unos centímetros por encima de su polla mientras le colocaba un condón. Luego, con una sonrisa traviesa, lo montó. La sensación de su suavidad aterciopelada envolviéndolo mandó a volar todo pensamiento racional fuera de su cabeza.

Con embistes lentos y deliberados, la penetró una y otra vez mientras ella montaba su polla con fuerza y por un buen rato. Jade lo usó como si fuera un juguete sexual. Cambiando sus movimientos entre golpes apasionados y rutinas duras, ella se entregó a él, con su cabello moviéndose hacia atrás y hacia adelante.

Iván la hizo rodar sobre su espalda, agarrando sus piernas hasta colocársela sobre sus hombros, permitiéndole una penetración más profunda. Los ojos de jade se abrieron por la sorpresa, sin dejar de mirarlo, mientras sus cuerpos trabajaban al unísono. Ella arqueó sus caderas, instándolo a ir más rápido, pero en lugar de hacerlo, Iván aminoró el paso. Una vez más ella intentó apurarlo y de nuevo, él se negó.

Sonriéndole, Iván susurró entre jadeos: —Confía en mí, valdrá la pena la espera.

La tensión comenzó a remontar, sus cuerpos luchaban por la liberación a través de una bruma de placer. Finalmente, él aceleró el ritmo y la penetró más profundo y más duro, hasta el mismo centro de su ser, cada embestida acercándolos a un clímax monumental.

Jade lo agarró de las muñecas. Él podía sentir las uñas de ella clavándose en su piel mientras luchaba por sostenerse. Estaba seguro de que vería las marcas de sus esfuerzos después. Una brisa fría pasó a través de su piel desnuda, un agudo contraste con el calor del fuego y él se estremeció. Sus cuerpos se movían en sincronía mientras él, implacablemente se impulsaba hacia ella. El tiempo se detuvo un momento y entonces, al unísono, gimieron su éxtasis; gritando mientras sus cuerpos explotaban con la más pura felicidad.

Lo que pareció una eternidad después, Iván rodó a su lado y encaró a Jade. Las emociones que se habían ido acumulando en su interior durante los últimos meses finalmente habían alcanzado su punto álgido y ya era hora de desnudar su alma a la mujer que había reivindicado no sólo su corazón, sino todo su ser. Incapaz de contener la sensación de que había sido plantado en el momento en que ella entró a su vida, alimentado a través de cada segundo que habían pasado juntos, fortalecido mediante los desafíos y florecido en presencia de su familia, Iván lo soltó.

—Jade —susurró, arrastrando un dedo a través de la piel reluciente de su estómago y parándose en el ápice de su pezón. Continuó trazando un patrón circular alrededor de su pecho, pero su mente estaba en otra parte. La mirada de pura satisfacción en el rostro de Jade fue suficiente para darle la fuerza para continuar—. El amor es una palabra que se usa demasiado.

Jade inmediatamente se apoyó en un codo y comenzó a hablar.

—Iván, yo…

—Espera, déjame terminar —la interrumpió él, silenciándola con la suave presión de la punta de su dedo en los labios—. Creo que «amor» es una palabra de mierda. ¿Cómo pueden cinco letras, representar lo que sucede cuando dos seres que estaban destinados a estar juntos se encuentran y toman el lugar que les corresponde, uno a lado del otro? Eso, en mi opinión, no es amor. Es un milagro.

Iván la miró a los ojos y ella le devolvió la mirada con tanto amor y adoración que él apenas pudo continuar.

—Jade, contigo, creo que por fin he encontrado mi milagro, la única para toda la vida. Te amo más cada vez que respiras y con cada sonrisa que adorna tu cara. Sé que estoy enamorado de ti porque haces que cada día que estoy contigo, sea el mejor día de mi vida.

—Iván… —comenzó de nuevo. Se interrumpió, pareciendo buscar palabras—. He perdido tantos años, me han roto el corazón y he soltado lágrimas por lo que creía que era el verdadero amor —dijo finalmente—. Desde que te conocí, mi vida ha ido de lo común a lo extraordinario, pero…

Ella se quedó en silencio de nuevo e Iván podía sentir su corazón latiendo a millones de kilómetros por hora. Después de todo lo que había pasado entre ellos, ¿realmente iba a rechazarlo?

—Jade, nunca quise decir…

—Shh… —susurró ella. Pegó sus labios con los suyos y le hizo callar con un beso—. Déjame hablar ahora, bebé.

Una mezcla de emociones le envolvió por completo: miedo, pánico, afecto y adoración… todo mezclado para formar el mayor de los sentimientos, el amor.

—Nunca en mi vida he conocido a nadie como tú —dijo—. Me has dado más alegría en los últimos meses de lo que la mayoría de la gente disfruta en la vida. No sé lo que hice para merecerte, pero aquí estás, ofreciéndome lo que he estado buscando toda mi vida. Las palabras «te amo» ni siquiera se acercan a lo que siento por ti, Iván. Podría decir que te amo un millón de veces más y aun así, no sería suficiente. Te amo, Iván. Te amo más que la vida misma. Siempre te amaré y yo «nunca, nunca» te dejaré ir. Eso te lo prometo.

Acomodados juntos en la cama, escucharon la sinfonía que se desarrollaba a fuera de la cabaña. El crujido de los árboles por el frío, proveía un sonido natural mientras el viento tocaba las ramas. Un pájaro solitario cantaba en algún lugar en la distancia. En ese preciso momento, en torno a una pequeña cabaña en el bosque en el oeste de Pensilvania, una obra maestra estaba siendo creada sólo para ellos, una obra maestra que sólo podía ser elaborada por las manos de un ser divino, capaz de tan increíble perfección.

Besando a Jade como si fuera la primera vez, Iván se unió a ella para celebrar su amor una y otra vez hasta que el fuego disminuyó. Entonces y sólo entonces, cerraron los ojos y se dejaron ir a un sueño pacífico.

CAPÍTULO 28

"Change The World"

Sólo parcialmente cubierta por la manta, Jade se despertó con una brisa enfriando su piel expuesta. No quedaba mucho del fuego pero cuando se estiró a la luz de la mañana, pudo sentir el calor que irradiaba él, que aún dormía a su lado. Retiró las mantas y trató de levantarse pero el brazo de Iván le rodeó la cintura y la acercó a su cuerpo.

—Buenos días, nenita —gimió, todavía aturdido por el sueño. Jade suspiró satisfecha y relajada contra él.

—Buenos días, cariño.

Esa mañana se sentía diferente de las otras veces que había despertado en brazos de Iván. El día anterior había sido su novia, pero ese día, en la comodidad de su cálido abrazo, ella era su amante, su alma gemela. Se estremeció y se cubrió con las mantas hasta el cuello.

Iván al abrazó con más fuerza y se incorporó para colocarle un suave beso en los labios.

—¿Tienes frío?

—Un poco —admitió Jade, devolviéndole el beso con el doble de pasión.

Sin decir palabra, Iván se levantó, pescó la manta extra que estaba al pie de la cama y lo envolvió con seguridad alrededor de su cuerpo. Colocó dos troncos más en la parrilla en los rescoldos aún humeantes. En cuestión de segundos la yesca prendió fuego y el calor comenzó a llenar la cabaña. En dos zancadas, regresó a la cama.

Jade admiró su cuerpo desnudo cuando dejó caer la manta al suelo. Se había acostumbrado a verlo completamente excitado a primera hora de la mañana, sin embargo, aún la hacía sonreír. Su mente se llenó de recuerdos de la noche anterior, el amor que habían compartido hasta que ambos estaban demasiado cansados para moverse. Cuando Iván subió de nuevo a la cama, Jade le agarró la polla y comenzó a acariciarla con movimientos largos y lentos, provocando un gemido gutural que provenía de algún lugar profundo dentro de su cuerpo.

—Chiquita, tenemos que irnos pronto —protestó pero sus acciones hablaban más que las palabras. Con cada caricia de su mano, sus caderas se levantaban para dar la bienvenida a la calidez y el placer que le generaban sus mimos. Hundiéndose debajo de las sábanas, se amaron una vez más.

Mientras yacían desnudos y satisfechos en los brazos del otro, Iván miró hacia el otro lado de la cama y le preguntó: —¿Por qué siempre duermes con los pies fuera de las sábanas?

—No sé —respondió Jade, moviendo los dedos de sus pies—. ¿Por qué siempre cruzas la pierna derecha sobre la izquierda, pero nunca al revés?

Iván se echó a reír.

—No puedo.

—¿Qué quieres decir con que no puedes?

—Es una extraña peculiaridad mía. Simplemente se siente mal hacerlo al contrario.

Iván retiró las mantas y se sentó en el borde de la cama pero la mano de Jade le impidió ir más lejos.

—¿A dónde vas? —preguntó ella, tratando de ocultar su creciente tristeza. Ese mágico viaje se estaba acabando demasiado pronto.

—Tenemos que prepararnos para el viaje. La diversión y el sol esperan nuestro regreso —dijo, sonriendo a medias.

Jade jaló a Iván de nuevo a la cama y a sus brazos.

—Tengo una idea mejor. ¿Por qué no nos quedamos aquí? Podemos vivir en la cabaña. Tú cazas y yo cocino.

—No estaría mal —respondió Iván—. Pero, por desgracia, la vida real nos espera. ¿Qué hará Bianca sin ti?

Jade podía cómo se le ponía la piel chinita en la espalda a Iván cuando comenzó a recoger su ropa del montón en el suelo.

—¿No tienes frío?

—Me estoy congelando —Iván se enfundó sus jeans y se metió la camisa por la cabeza antes de llevarle su ropa—. Jade, quiero que sepas que cada palabra que dije ayer, iba en serio. Te amo más que a nada en el mundo.

—Yo también te amo —susurró ella suavemente—. Te amaré hasta el fin de los tiempos. —Ella sonrió, de repente llenándose de calidez. Se amaban y eso era sólo el comienzo de un futuro que estaban destinados a compartir juntos.

—Será mejor que nos vayamos —dijo Iván, siempre práctico y probablemente determinado a no correr a través del aeropuerto otra vez—. Dormimos más de la cuenta.

—Umm … Yo no llamaría a eso dormir. —Poniéndose la ropa arrugada, se unió a él mientras se lavaba los dientes con agua embotellada en el fregadero—. Esto es como en un camping —se rio—. Voy a extrañar este lugar.

—¿En serio? ¿Sin agua de la llave ni electricidad? —Iván le pasó el brazo por encima del hombro y la atrajo a su lado.

—Voy a extrañar todo —levantó los brazos e hizo un gesto a todo lo que la rodeaba—. La cabaña, tu familia, ¡diablos! Incluso voy a extrañar disparar un arma.

—Ya te lo dije, chiquita, podemos volver cuando quieras —le aseguró Iván. Recogiendo sus maletas, se dirigió hacia el Jeep.

Jade a travesó la puerta y salió al aire frío de media mañana. Llegó al coche, se deslizó en el asiento delantero y observó mientras él cerraba la cabaña. Esta pequeña choza en medio de la nada siempre sería parte de ella desde ese momento. Sonriendo, Jade se secó una lágrima que caía por su mejilla.

El Jeep cobró vida y ellos comenzaron su viaje de regreso por el largo camino de terracería y de vuelta a la civilización, pero Jade mantuvo los ojos fijos en la cabaña (el lugar donde habían comprometido sus corazones el uno al otro), hasta que desapareció de la vista en el árboles.

A medida que el paisaje cambiaba de rural a urbano, de camino al aeropuerto, Jade le echó miradas a Iván y más de una vez lo atrapó mirándola de vuelta. Había algo diferente en la forma en que la miraba ahora, la forma en que le tomaba la mano y la forma en que su sonrisa iluminaba su rostro, pero era una diferencia agradable. De vez en cuando hablaban de sus planes para el mes o algo divertido que había pasado con su familia, pero todo parecía trivial. Estaban enamorados. Podían no decir nada y decirse todo a la vez.

El aeropuerto estaba llenó de viajeros por la celebración, por lo que era casi imposible navegar por el estacionamiento atestado. Finalmente, después de asegurarse un espacio, descargaron el Jeep y se dirigieron hacia el mostrador para hacer el *check-in,* tomados de la mano. Después de la larga fila a través de seguridad, encontraron dos asientos juntos en su puerta y se tomaron un momento para sentarse y relajarse mientras esperaban la llamada de embarque.

—En general, fue un muy buen viaje, ¿no? —preguntó Iván.

Bajando la revista, Jade lo miró y sonrió.

—Los tres mejores días de mi vida.

—Le hiciste el día a mi mamá cuando aceptaste estas —le dijo.

Él le hizo a un lado el cabello y Jade sintió que tocaba el pendiente negro que colgaba de su oreja. Jade se acomodó el brazalete en su muñeca, recordando lo que Marie había dicho acerca de los días de Iván como joyero.

—¿Tú los hiciste?

Él negó con la cabeza.

—No he hecho ninguna joya en años. Me especialicé en los favoritos de mi madre, los rosarios, pero hace mucho tiempo desde la última vez que hice uno. —Él capturó la muñeca de Jade con su mano, notando la otra pieza que había recibido—. Todo se ve hermoso en ti.

Jade sonrió. ¡Había hecho el rosario! El mismo que estaba a buen recaudo en su equipaje. Tal vez le revelaría ese detalle más adelante, pero por ahora era su pequeño secreto. Agarrando su brazo, se acurrucó en su hombro, agotado por el viaje relámpago pero perfectamente contenta con la vida y locamente enamorada del hombre de sus sueños.

—Ahora pueden abordar los pasajeros de primera clase —chilló el guardia.

Iván se puso de pie y tomó la mano de Jade, conduciéndola hacia la pasarela de acceso al avión.

—Ni siquiera he checado mi correo electrónico —anunció con orgullo—. Mi bandeja de entrada está probablemente llenísima.

—La mía también —Jade se rio, dándose cuenta de que sus mensajes habían sido descuidados también. Después de tres días fuera de la red, quién sabía lo que se había perdido.

CAPÍTULO 29

"9 Crimes"

Jade ahogó un bostezo mientras se estiraba, despertando descansada y revitalizada en la comodidad de su propia cama, pero le hacía falta sentir a Iván a su lado. Deslizándose fuera del edredón, fue a la cocina en busca de algo para comer, no del todo segura de lo que iba a encontrar. Abrió el refrigerador y se sorprendió gratamente al descubrir los restos traídos por Tasha, de la cena de Acción de Gracias con Michael y su familia.

Se apresuró a preparar un sándwich de pavo y luego buscó un lugar donde comerlo. Entró a la sala y sus ojos se posaron en la computadora. «¡Oh, Dios, mi email!» —pensó con pavor—. Pero no había mejor momento que ese mismo, estaría trabajando esa noche. Jade se sentó, le dio un mordisco grande a su sándwich y esperó a que el ordenador se encendiera. Unos pocos clics más tarde, estaba dentro de su cuenta de correo.

—Treinta y ocho mensajes nuevos —murmuró sobre el pavo—. No está mal.

Revisándolos rápidamente, eliminó la mitad como spam, pero un mensaje le llamó la atención. Era de Jessie (la Jessie de la audición) y en la línea de asunto decía: Reunión ¿TPCSP?

«¿Tan pronto como sea posible?» —pensó.

La cabeza de Jade comenzó a girar mientras abría el mensaje:

**Jade, por favor, llámame tan pronto como sea posible.
Tenemos que hablar de inmediato. Iré a encontrarte a
donde quieras y cuando quieras.**

¿Qué diablos era todo eso? «¿Irá a encontrarme?» En lugar de analizarlo de más, Jade tomó el teléfono. Trató de marcar el número que Jessie le había dado, pero sus dedos no estaba cooperando y se negaban a dejar de temblar. Jade respiró hondo y trató de ordenar sus pensamientos. Mirando hacia el teclado numérico del teléfono, marcó lentamente y llevó el auricular a la oreja.

—Jade —una voz familiar y estridente sonó a través del teléfono—. ¿Cómo estás?

—Estoy bien, ¿y tú? —respondió Jade con incertidumbre.

—¡Estoy fantástica! —Saltándose las cortesías adicionales, Jessie fue directo al grano— ¿Estás libre para el almuerzo?

—Sí, lo estoy, pero… —Jade tartamudeó.

—Genial, nos vemos en *Segafredo* en una hora. Te pondré al día en todos los detalles.

—Está bien, pero ¿hay algo que deba saber? —Jade necesitaba más información. «Ya».

—Tengo prisa, pero lo explicaré todo cuando nos encontramos.

—Está bien… —empezó Jade, pero sus palabras fueron abruptamente interrumpidas cuando Jessie colgó el teléfono. Su mente daba vueltas por la emoción y la incertidumbre. «Es sólo un papel pequeño» —se recordó a sí misma. Pero también podría ser el descanso que necesitaba, la parte que impulsaría su carrera más allá de Miami.

Su mente saltó inmediatamente a Iván. Ella comenzó a marcarle pero entonces recordó que no le había dicho acerca de la audición. Sería un poco difícil sacar el tema en ese momento, así que Jade decidió que hablaría con Jessie primero. Después de todo, ella «era» la Reina de las Expectativas poco Realistas y esa reunión de almuerzo podría fácilmente ser nada.

Jade fue de prisa a su habitación y se vistió. ¿Quién podía imaginar que una falda negra funcionaría tan bien con una camiseta sin mangas de color rojo? Bueno, pues funcionaba. Agarrando su teléfono y las llaves, se puso en camino a *Segafredo* y a lo que fuera que le esperara más adelante.

Cuando llegó al restaurante, Jade se sorprendió al encontrar a Jessie ya sentada en una mesa al aire libre, mirándose tan ansioso como se sentía Jade.

—Hola, Jessie —dijo ella amablemente.

La mujer saltó de su asiento y le devolvió el saludo, como si fueran amigas de toda la vida.

—Jade, te ves impresionante, como siempre. Toma asiento. ¿Tienes hambre?

—Estoy bien, gracias. —No importaba que hubiera dejado la mayor parte de su sándwich de pavo todavía frente a la computadora. Se sentó y la camarera les entregó el menú a cada una, pero Jade hizo el suyo a un lado. Pedir comida sólo prolongaría lo que Jessie tenía que decirle. En cambio, se armó de valor y le preguntó: —Entonces, ¿qué pasa?

—Felicitaciones, conseguiste el papel —dijo Jessie con una amplia sonrisa—. Tú eres la nueva Reina Culinaria de Bravo. —Terminó su anuncio con un chirrido, como si acabaran de ofrecerle a «ella» el papel.

—Espera… ¿qué? —preguntó Jade, aún no del todo segura de lo que estaba pasando.

—Tienes el papel. Te estarán dando tu propio programa y te quieren Los Ángeles en dos semanas, para empezar el rodaje. Están planeando aprovechar tu apariencia, personalidad «y» habilidades culinarias. Ellos quieren promover ¡el paquete completo! ¿No es asombroso? De cero a cien en un segundo. Los Ángeles y estrellato como chef ¡aquí vienen!

—No estoy segura de entender —dijo Jade, sin dejarse embargar por la emoción—. ¿Qué quieres decir que me están dando mi propio programa? Pensé que esto era un asunto de una aparición en TV únicamente, que iba a ser una competidora.

—Sí, esa es la parte para la cual audicionaste, pero los ejecutivos de la red también estaban buscando a alguien para un nuevo espectáculo que empezará a transmitirse en otoño. Tan pronto como vi tu perfil, supe que serías perfecta.

Sin saber si debía llorar, gritar o desmayarse, Jade se conformó con soltar una sonora carcajada.

—¡Oh, Dios mío! ¿Voy a Hollywood?

—Sí —Jessie gritó, atrayendo la atención de más de un par de comensales alrededor de ellas—. Aquí está toda la información que necesitas y los contratos. —Jessie pasó a Jade un gran sobre de papel manila—. Te sugiero que algún abogado los revise antes de que firmes, pero creo que encontrarás que todo está en orden. Todo lo que puedo decir es que debes haber hecho una gran impresión. Nunca había tenido a un director contactándome y solicitando a una persona en particular para un casting.

El sobre de manila se sentía pesado en las manos de Jade. Dejándolo sobre la mesa, volvió su atención a Jessie.

—No lo entiendo.

—Hay que firmar los papeles para que pueda enviarlos por paquetería de vuelta a Los Ángeles. Tenemos poco… —Jade la interrumpió a media frase.

—No, ya entiendo esa parte. ¿Qué quieres decir que te contactaron directamente? ¿Quién lo hizo?

—El director de la red lo hizo y pidió que me comunicara con usted acerca del casting. Eres una chica con suerte de tener amigos en las altas esferas.

Jade se quebró la cabeza pensando. ¿Quién diablos la conocía que pudiera haber facilitado un casting con Bravo? ¿Tal vez fue el crítico gastronómico? ¿O quizá alguien se había tropezado con el blog de Dirk D? Quienquiera que fuese, le estaba tremendamente agradecida. Pero la felicidad de Jade fue de corta duración cuando comenzó a asimilar la realidad de la situación.

—¿Así que tengo que ir a Los Ángeles?

—Sí, te van a ayudar a encontrar un lugar y cubrirán los gastos que te cause la mudanza.

—Dios mío, esto demasiado y tan rápido…

Jessie se inclinó sobre la mesa y le dio un apretón.

—Jade, espero que te das cuenta de lo grande que es esto. La gente espera la mitad de su vida por una oportunidad como esta y la mayoría nunca lo consigue. Tú debes tener un ángel de la guardia cuidándote porque esta es la oportunidad de tu vida.

—Lo sé. Estoy un poco aturdida pero muy emocionada —le aseguró.

—Bueno. Me alegro. Y me alegra poder darte la noticia en persona.

«¿Y qué hay de Bianca? ¿Y con Tasha? —pensó—. «Y ¿qué pasará con… Iván?»

Una nube negra se cernió sobre ella, amenazando azotarla.

Dejar Miami significaría dejar a Iván. Él lo había dicho perfectamente claro. Y ella no sabía si eso era algo que estaba dispuesta a hacer.

¿Cómo iba a darle la noticia a su mejor amiga y al hombre que amaba, cuando ni siquiera les dijo que había hecho una audición para el papel? Ellos eran los pilares de su vida. Y estaban a punto de desmoronarse.

Sería fácil decírselo a Geoff. Su jefe sería feliz por ella y estaría agradecido por su tiempo en el restaurante. Él podría jactarse de que una famosa chef había hecho su debut en Bianca. Sin duda, su negocio «aumentaría» después de que ella se fuera. Y después de la sorpresa inicial, Tasha estaría feliz también. Ella sabía de los sueños de fama de Jade. Además, tendría un lugar donde alojarse en Los Ángeles. El pensamiento casi la hizo reír a carcajadas.

¿Y qué acerca de Iván, el hombre que no hace dos días había profesado su amor por ella, y ella por él? ¿Aceptaría su decisión? ¿La temería? ¿Podría ser ese el final de todo lo que habían construido juntos? Un millar de escenarios se agolpaban en su mente, pero cada uno la llevaba de vuelta a su conversación en la sala de trofeos en casa de sus padres. Le había dicho que nunca más volvería a arriesgar una amistad por una relación a larga distancia. Una sensación nauseabunda se acomodó en la boca del estómago. ¿Por qué el día en que un sueño se hacía realidad, el otro le era arrebatado?

Jade agradeció a Jessie una vez más, agarró el sobre grande, lo acomodó bajo su brazo para mayor seguridad mientras se estrechaban las manos y se despidieron. Al llegar a casa, pagó la tarifa del taxi y arrastró los pies hasta su piso, sintiendo con cada paso que daba, que había caminado unos cien kilómetros. Al abrir la puerta, encontró a Tasha sentada frente a la computadora.

—Ey, chica —la feliz voz de Tasha resonó en el condominio—. ¿Cómo estuvo Pensilvania? Quiero saberlo todo. ¿Iván es tan fuerte como creo que es? ¿Lo hicieron en el bosque? ¿Cómo fue su familia? ¿Te cayó bien su hermana? ¿Su hermano es lindo?

—Fueron —dijo Jade—, los tres mejores días de mi vida.

—Entonces, ¿por qué diablos tienes esa mirada? ¿Por qué estás ahí parada? Estás actuando toda rara… ¿y por qué había un sándwich de pavo a medio comer frente a la computadora cuando me levanté? Sé lo mucho que odias desperdiciar…

—Tasha —dijo Jade interrumpiendo el bombardeo de preguntas—. Si tuvieras que elegir entre un sueño de toda la vida y un milagro sorpresa, ¿qué harías?

Tasha abrió la boca, luego la cerró. Estudió Jade por un momento y dijo: —Bueno, un sueño de toda la vida es algo que has trabajado y trabajado, con la esperanza de lograr algún día. Un milagro es una coincidencia aleatoria que trabaja a tu favor. Si tuviera que elegir entre los dos, me quedaría con el sueño, porque un sueño sólo puede hacerse realidad una vez. Los milagros ocurren todos los días.

Jade se sentó en el sofá y cerró los puños, tratando de ocultar el temblor que fue tomando control de su cuerpo lentamente.

—Tasha, me han seleccionado para convertirme en la chef de un nuevo programa de Bravo y quieren que me mude a Los Ángeles. Tengo que estar allí en dos semanas para comenzar a filmar —dijo—. Eso es lo que siempre he querido, es mi sueño hecho realidad.

—¡Oh, dios mío! ¡Jade! Eso es… Espera, ¿por qué estás tan triste? ¡Caray! Yo estaría haciendo volteretas. ¡Debemos celebrarlo!

—Porque no creo que Iván vaya a estar en esto conmigo —dijo Jade, sacudiendo la cabeza.

—¿Ah, sí? ¿Por qué piensas eso? —preguntó Tasha, su voz llena de compasión—. Estoy segura de que van a ingeniárselas.

—No sé… Es que, no sé. —Jade suspiró y se sorbió la nariz, secándose las lágrimas—. Mientras estábamos en Pensilvania hablamos de su relación pasada y por qué no funcionó. Iván dijo que nunca arriesgaría una amistad por una relación a larga distancia nunca más, y yo no puedo culparlo. Yo pensaba de la misma manera. Lo que es peor es que ni siquiera puedo pedirle que lo considere o pensar en la posibilidad de que dejara todo lo que ha trabajado tan duro para construir para sí mismo en Miami. Tiene un programa nuevo debutando en el spa, todos sus pacientes están aquí y él lo conoce a todo el mundo en la ciudad, desde los políticos hasta a la alta sociedad y a los dueños de las empresas. Yo no le puedo pedir que deje eso por «mis» sueños. Iván tiene sus propios sueños que seguir.

Tasha se unió a Jade en el sofá y la abrazó.

—Jade, las cosas son como son. Tú y yo sabemos que las cosas suceden por una razón. Si ustedes dos están destinados a ser, ya encontrarán una manera de estar juntos, pero hay que dejar que el destino lo resuelva. Estoy segura de que Iván estará tan feliz por ti viendo que tus sueños se hacen realidad. Yo sé que él querrá que abraces esto, y no que lo dejes pasar a causa suya.

Jade se echó a llorar y se sintió aliviada cuando Tasha se sentó con ella durante un buen tiempo. Ellas se movieron suavemente juntas en el sofá.

—Sé que tienes razón —Jade finalmente logró hablar después de que sus lágrimas se habían acabado. Sentía cierto consuelo en las palabras de Tasha, pero su corazón todavía se sentía desgarrado en dos. Limpiando las últimas lágrimas con el dorso de la mano, miró a su amiga de toda la vida—. Será mejor que vengas a Los Ángeles y me ayudas con toda esta mierda.

—Sólo intenta detenerme —Tasha se echó a reír—. Pero primero tenemos que tener una fiesta de despedida.

CAPÍTULO 30

"The Scientist"

El teléfono en el bolsillo de Iván sonó, advirtiéndole que tenía un mensaje de texto entrante y desviando su atención de un día largo y estresante, pero con éxito en el spa. Empujando su bata blanca a un lado, sacó su teléfono y checó el texto. ¡Por fin! Era Jade pidiéndole que fuera a cenar. Se disculpó con el paciente que tenía en la sala de examen durante un momento.

Iván leyó el mensaje de nuevo. Había hecho varios intentos en los últimos días para hacer planes o simplemente hablar con Jade, pero ella había estado ocupada —y más tranquila— de lo habitual, desde su regreso. No la había visto desde que dejó en su casa en el camino de regreso a la ciudad y sus mensajes de texto que antes eran rápidos, y tan dulces como indecentes, se había reducido a mensajes esporádicos de una sola línea. El trabajo había exigido de su atención antes, pero esta vez ella parecía distante, no sólo estresada. Tal vez la había asustado al hacer esa jugada demasiado rápido. Sólo habían estado juntos tres meses… pero habían compartido tanto, que le había parecido algo natural hacerlo. Suspiró. Fuera lo que fuera, aunque no podía identificarlo, le preocupaba.

Pensando positivamente, Iván sonrió al imaginar la oportunidad de ponerse al día y tener a Jade de nuevo en sus brazos. Rápidamente escribió su respuesta:

Estaré ahí tan pronto acabe el trabajo, nenita.

Devolviendo su atención a su paciente, un VIP de Rusia que había volado sólo para verlo por el programa de pérdida de peso, Iván sonrió y sintió un entusiasmo renovado.

—Muy bien, Sr. Abramov, ¿cómo puedo servirle?

Unas horas más tarde, cuando hubo terminado con el último de sus pacientes, Iván no perdió el tiempo con el papeleo o en poner en orden su oficina. Subió a su moto y manejó a casa tan rápido como pudo. Al llegar a su apartamento, se dio una ducha rápida. Ni siquiera se molestó en usar una toalla, se secó al aire. Se enfundó unos jeans y su camisa roja favorita.

Él quiso hacer algo extra especial para Jade (una especie de homenaje por sus recientes logros). Había mandado a enmarcar la portada de la revista en magnífica caoba y el paquete tenía una envoltura profesional. Parecía el momento perfecto para darle así que tomó el paquete y volvió abajo. Sabiendo que estaba a sólo unos minutos de ver a Jade, los pájaros parecían cantar más fuerte, el aire tenía un sabor más salado y sus pasos se sentían más ligeros, mientras paseaba para tomar un taxi.

Se deslizó en el asiento trasero e intercambió bromas con el conductor, pero el taxista no parecía de humor para aguantar a un tonto enamorado como él. Iván se contentó con mirar el paisaje fuera de la ventana y en pocos minutos se detuvieron en el edificio de condominios de Jade. Con una sonrisa y unas cordiales gracias, le dio una generosa propina al conductor por la conversación de una vía que había proporcionado y se apresuró hacia el vestíbulo, ansioso de ver a su amor por primera vez en casi una semana.

Iván esperó ansiosamente mientras el conserje llamaba al departamento y después de recibir el visto bueno, prácticamente saltó hacia el ascensor. Cuando salió, la puerta del apartamento se alzaba a lo lejos y con paso decidido, cerró la distancia entre ellos. En su afán de verla, golpeó fuertemente a la puerta.

La puerta se abrió después de lo que pareció una eternidad, sobre todo porque la oía dar vueltas por ahí. «¿Qué está haciendo?» —pensó. Entonces apareció ella.

—Chiquita, ¡ha pasado un siglo! Mírate, impresionante como siempre. —Se lanzó a darle un beso antes de entregarle el regalo.

—¿Qué es esto? —preguntó Jade, devolviéndole el beso a medias.

—No es nada especial, sólo algo que mandé a hacer para ti —una alarma sonó en algún lugar profundo dentro de él.

—Iván… no deberías haberte molestado —Jade tocó la esquina del paquete meticulosamente envuelto. Ella lo miró y sonrió antes de arrancar una esquina del papel. Sus ojos se pusieron llorosos en el momento en que vio lo que era—. Gracias. Me encanta —dijo, con la voz cargada de emoción.

Iván la tomó en sus brazos.

—No es algo tan «bonito», nenita.

—No, no es eso —ella apoyó la cabeza contra su pecho y no dijo nada más.

—Oye, ¿estás bien? —preguntó mientras le hacía a un lado el su cabello. Tenía el terrible presentimiento que lo que le estuviera pasando por la cabeza a ella, pronto estaría en la de él también.

—Sí, sólo estoy cansada —mintió—. Ha sido una semana muy larga. ¿Por qué no te sientas en el balcón? Voy a traer algo de beber.

—Muy bien —dijo Iván mientras la soltaba a regañadientes. Ignorando el nudo que apretaba su pecho, abrió la puerta y salió al exterior, posicionándose bien para poder tener una mejor vista del océano.

Jade apareció un momento después con dos vasos de vino tinto. Algo iba mal. Lo sabía. Ella no estaba actuando como siempre. Iván esperaba que fuera exactamente lo que le había dicho que era: cansancio, pero sabía que había algo más. Cada célula de su cuerpo le decía que no era nada bueno. De hecho, su mente le gritaba que era malo, muy malo.

Lo que fuera que tuviera que decirle, le estaba pesando. No queriendo verla con esa carga por más tiempo, Iván se hizo cargo de la conversación.

—Jade, te conozco lo bastante bien para saber cuándo algo no va bien. La única vez que te he visto así, fue en el restaurante, cuando fui a verte por primera vez. —Tomando un sorbo de su vino, se preparó para lo desconocido y continuó—: deberías saber que soy la persona más fácil con quien hablar. Sólo he estado realmente enojado dos veces en mi vida, perturbado muchas veces, pero enojado, dos veces. No hay nada que puedas decirme para hacerme enojar o hacer que te ame menos. No es necesario que intentes allanar el camino, sólo sé directa y honesta.

Jade le miró a los ojos por un momento y respiró hondo.

—Iván, antes de irnos a Pensilvania, fui contactada por un agente y me pidió que fuera a una audición para un programa nacional de televisión.

«¡Ohhh!» —pensó—. Iván ya conocía esa historia, porque él había sido el único en hacer que eso sucediera. Pero ¿por qué reaccionaba así?

—Ajá —se las arregló para decir.

—Cuando volví, me enteré de que no sólo dieron el papel sino que me han seleccionado para tener mi propio show. —Sus ojos brillaban con lágrimas, pero no pudo evitar sonreír un poco—. Pero aceptarlo significa que tengo que mudarme a Los Ángeles… en una semana.

Así como la vida pasa ante tus ojos en los momentos previos a la muerte, la vida amorosa que Iván había creado con Jade, se desplegó como una película a través de su mente y ella conducía el coche que amenazaba con acabar con sus esperanzas y sueños para su vida en común. Su mirada se desenfocó, mientras ella continuaba con una historia que ya conocía de memoria. Iván podía sentir su milagro destrozándose lentamente, como un trozo de vidrio sin templar y él, sólo ocasionalmente, recogía pedazos de lo que le estaba diciendo. Los detalles eran triviales ya que todo se reducía a si iba a romper su promesa de no mantener otra relación a distancia.

Mientras Jade intentaba comparar su relación con sus sueños de toda la vida y encontrar algún tipo de equilibrio, era como si le estuviera leyendo la biografía de su vida amorosa. Había tenido esa conversación antes y se había traducido no sólo en la pérdida de una chica a la que casi le pidió matrimonio, también había perdido a una buena amiga.

—Yo sé lo que has dicho acerca de las relaciones de larga distancia, pero… —Jade ahogó un sollozo—. Te prometo que será diferente esta vez. No quiero perderte y he querido decírtelo desde que me enteré de todo esto, pero no sabía cómo.

La historia de cinco minutos de Jade había pasado en lo que parecían ser meses para Iván. Él miró hacia el océano mientras su corazón se quebraba en pedazos con el romper de las olas. Estaba más que feliz de que los sueños de Jade se hicieran realidad. Era lo que ella quería tan desesperadamente, y era por eso que él lo quería para ella también. ¿Habría cambiado algo desde el segundo que la vio en la Cena del Vino hasta ese momento en que ella estaba aplastando su corazón? No. Él no habría dejado pasar la oportunidad de conocer esa increíble mujer que disparaba armas de fuego, bebía vino, hacía atún a la plancha y encarnaba su definición del amor.

Sabía que Jade había pasado horas pensando en las palabras que le había dicho unos momentos antes, pero Iván necesitaba sólo un latido del corazón para formular su respuesta. Se preocupaba demasiado por la mujer que estaba frente a él, con los ojos de color esmeralda brillando, rogando porque él arriesgara su amistad por su amor, en una relación de cuatro mil kilómetros. En su corazón, sabía que su decisión era la correcta, a pesar de que era la cosa más difícil que había tenido que decir.

—Jade, es absolutamente fantástico. Estoy tan feliz por ti y muy orgulloso de todo lo que has logrado. Te mereces el mundo y parece que esta es tu oportunidad de conseguirlo. Este espectáculo va a ser un gran éxito, porque la gente no podrá evitar enamorarse de ti. Sé que yo no pude —dijo Iván, tratando de sonreír. Se detuvo para recobrar la compostura, pasándose una mano por el pelo y buscando a tientas el aro de plata en la oreja—. Quiero que sepas que lo que teníamos era muy especial, algo que haría que hasta Dios mismo sintiera envidia. Nuestro amor estará para siempre tatuado en mi corazón. —Jade lanzó un grito ahogado y se llevó las manos a la boca. Iván se obligó a seguir hablando y deseó que sus manos no quisieran llegar a ella—. Como te dije antes, arriesgar nuestra amistad ante la posibilidad de una relación a distancia es algo que yo simplemente… no puedo hacer. Pero a pesar de que estás perdiendo un novio, estarás manteniendo a un amigo. «Eso» te lo prometo y siempre te voy a apoyar y ayudar en todo lo que pueda.

—Iván, te amo más de lo que puedas imaginar —Jade respondió inmediatamente—. Perderte va a matarme.

—Nenita, tienes algo increíble por delante, y yo también te amo. Es curioso cómo una vez que estás en medio de una relación, cambias como persona. A veces para bien y a veces para mal, pero contigo… Nunca había estado mejor. Siempre tendrás un fan en Miami; bueno, dos, ya que Tasha está aquí —añadió, tratando de luchar contra la tristeza que le consumía. Dejar que Jade lo viera desgarrado sólo empeoraría las cosas—. No puedo pedirte que te quedes y no lo haré. Esto es tu sueño y lo que siempre has querido. Por desgracia, no puedo compartirlo contigo tampoco. Tengo compromisos aquí, pacientes, amigos, trabajo… todas las cosas por las que «he» trabajado. Por favor, quiero que sepas que te amo, Jade y, que siempre lo haré. Prométeme que «nunca» olvidarás los momentos que pasamos juntos.

Con eso, Jade se lanzó a sus brazos, sollozando histéricamente.

—Lo siento mucho, lo siento —se lamentó.

—Por favor, chiquita, nunca te disculpes por tener éxito. Estoy muy orgulloso de ti.

Mientras Jade lloraba en sus brazos, Iván Rusilko, hombre de éxito y prestigio, se deshizo oficialmente en un corazón roto. Todo lo demás se desvaneció mientras estaba parado en el borde de la razón, abrumado por la emoción. Pero seguía convencido de que había tomado la decisión correcta. Con Jade presionada contra su pecho, se quedaron juntos en el balcón por lo que parecieron horas, sin decir una palabra. El sol de Miami se hundió lentamente bajo el horizonte y una brisa fresca tomó su lugar.

Jade lloró en sobre su camisa mientras sus seguras y fuertes manos le acariciaban el pelo, compartiendo ese último momento como pareja. Iván sabía que en el segundo que se separaran, todo habría acabado.

Jade encontró sus labios para un beso suave que fue abruptamente interrumpido cuando Iván se apartó. Él no quería nada más que tomar a Jade de la mano, llevarla al dormitorio y hacer el amor con ella por última vez, pero él lo sabía mejor. Hacer el amor de nuevo sólo haría las cosas más difíciles para los dos.

En cambio, Jade respiró hondo, una respiración purificadora, y se tomaron de la mano para entrar al departamento.

A medida que el momento incómodo de la separación se hizo inevitable, Iván peleó con la bestia dentro de él.

—¿Puedo preguntarte una cosa antes de que te vayas?

—Por supuesto, lo que quieras —respondió Jade.

—¿Puedo llevarte al aeropuerto?

—Oohhhhh —pronunció como un largo suspiro. Pero luego sonrió—. Sí, me encantaría.

Tomando su mano en la suya, Iván la besó suavemente y susurró: —Jade, yo siempre supe que serías una estrella. Gracias por todo lo que me has dado.

Y con eso, Iván hizo su salida, como un hombre tullido de amor.

CAPÍTULO 31

"Going To California"

La semana siguiente no fue fácil.

Iván se entretuvo con el trabajo y el ejercicio, pero eso no le ayudaba a sanar el enorme agujero que tenía en el pecho o la confusión en su mente. Le había prometido ser su amigo así que él y Jade se había enviado mensajes de texto, muy casualmente y cada mensaje empeoraba la situación. Tenía ganas de mandarle los mensajes breves y sensuales que alguna vez habían compartido, para terminar, inevitablemente, en sus brazos; sin importar el tiempo que se tardaran en encontrar un hueco en sus agendas. Se encontró varias veces dudando de la decisión que había tomado pero siempre llegaba a la misma conclusión. Era un riesgo demasiado grande.

En el proceso, incluso había pensado en simplemente empacar todo y seguirla, pero eso en realidad no era una posibilidad. Su nuevo programa de dieta estaba generando toneladas de ruido para el spa, así que ese sería el peor momento para irse, asumiendo que sus contratos lo hicieran posible. ¿E iniciar de nuevo en otra ciudad? Su carrera se iría para abajo, incluso puede que terminara. Sus pacientes llegaban a «esta» ciudad a verlo y sus contactos, tanto personales como profesionales, se hallaban ahí. Demasiado riesgo. Cada escenario que imaginaba terminaba en angustia. Era una situación de sólo perder.

El sol ya no brilla tanto y el océano parecía de un azul sucio. La sensación de caminar en el aire había sido sustituida por un peso de veinte kilos que colgaban pesadamente sobre sus hombros. Iván también se dio cuenta que había roto una de sus reglas durante su relación: nunca escuches tu música favorita en tiempos emotivos. Las canciones que solían despertar entusiasmo en lo más profundo de su ser; que le habían ayudado a relajarse y energizarle, sólo le evocaban emociones y recuerdos que lo consumían.

Dado que todavía nadie sabía de su separación, su teléfono seguía vibrando con mensajes de felicitaciones por el éxito de Jade, así como las consultas habituales de los colegas y amigos sobre el trabajo, y planes para el siguiente fin de semana. Él no estaba interesado en nada de eso, pero Iván no pudo evitar hacer una pausa en un mensaje de Tasha. Lo abrió y leyó varias veces:

Hola, Iván. Sé que es de última hora, pero vamos a tener la fiesta de despedida para Jade esta noche en el restaurante. Comienza a las 8pm. Espero que puedas llegar.

Al día siguiente acompañaría a Jade al aeropuerto y ya sería bastante difícil despedirse de ella entonces. De ninguna manera podía hacer frente a dos despedidas y ser testigo de las despedidas cordiales entre ella y sus amigos esa noche. Le envió un mensaje Tasha con su respuesta:

Lo siento, pero tengo compromisos de trabajo que no puedo prescindir. Gracias por preguntar, de todas formas.

Inseguro de cuántas felicitaciones más podría soportar y dado que no quería hablar con nadie, Iván decidió tomarse unas vacaciones de todo durante unos días. Apagó el teléfono y se lo metió en el bolsillo. Volvió su atención a la medicina y a su nueva y permanente herida.

Una gran pancarta que decía: «¡Enhorabuena, Chef Thorne!» colgaba a través de la entrada principal de Bianca y Geoff había cerrado una hora antes para dar cabida a todas las personas que planeaban asistir a la velada. Un mar de rostros conocidos nadó ante los ojos de Jade cuando hizo su entrada al restaurante, seguida de cerca por Michael y Tasha. Con ojos llorosos, Susan se puso al frente con un gran ramo de flores por parte del personal de la cocina y un pañuelo de papel blanco pegado al bolsillo de su camisa. Cerca estaba Geoff, mirándose aún más sombrío que de costumbre y detrás de él se encontraba Bert, su *sous* chef elegido especialmente por Jade, ya enjugándose las lágrimas que se acumulaban en las esquinas de sus ojos. Incluso el crítico gastronómico del *Miami Herald* hizo una aparición sorpresa. Jade escaneó la multitud en busca de la única persona que había esperado que apareciera, pero Iván no estaba por ningún lado.

Ignorando el estado de ánimo sombrío que amenazaba con engullirla, Jade forzó una sonrisa y se unió a las festividades. A mitad de la fiesta, su teléfono sonó con un texto de entrada de Iván.

Que tengas una fiesta explosiva, Jade.
Nos vemos en la mañana! :)

La llamó Jade…

Se había acostumbrado tanto a que la llamara nenita y de repente se dio cuenta de lo echaba en falta. «Pero la vida sigue adelante» —se dijo—. Reuniendo coraje, le envió un mensaje de vuelta:

Iván, gracias, y desearía que estuvieras aquí.
Nos vemos mañana temprano.

Después de una larga serie de buenos deseos y más de un par de lágrimas, Jade, Tasha y Michael se excusaron sólo para ser detenidos en la puerta por una camarera muy borracha y muy molesta.

—Te voy a extrañar —gritó Susan mientras agarraba a Jade del abrazo y lloraba en su hombro—. No va a ser lo mismo sin ti.

—Susan —dijo Jade con dulzura, acariciando a su amiga en la espalda, en parte para consolarla y en parte para evitar que la pobre muchacha pasara a la histeria—. Está bien, cariño. Puedes venir a visitarme cuando quieras. Tan pronto como tenga un lugar allá, te mandaré por correo electrónico mi dirección y número de teléfono. No vamos a perder el contacto, lo prometo.

—En serio, ¿quieres decir que puedo venir a visitarte en Los Ángeles?

—Por supuesto que puedes. Además, no es que nunca vaya a volver a Miami. Tasha todavía vive aquí, así que estoy segura de que volveré a visitarlos.

«Sí, a todo el mundo menos a Iván» —pensó Jade—. ¿Algún día superarían eso? Y si ella regresaba y él estaba con alguien más, ¿sería capaz de manejarlo? Jade se obligó a sacar esos pensamientos fuera de su mente. Ese problema no se resolvería esa noche.

Con Susan bajo control, los tres detuvieron un taxi y se fueron a casa. Tasha y Michael parecían borrachos, pero Jade estaba sobria. Había tomado un par de copas para socializar pero no le habían hecho efecto. Ella abrió la puerta del apartamento y Michael y Tasha pasaron a su lado a trompicones, riendo mientras se dirigían a la cama. Jade miró su reloj. Tenía el tiempo justo para tomar una siesta rápida antes de su vuelo de las 8 a.m.

Todavía en pijama, Jade estaba en la puerta de la sala de estar revisando de nuevo el apartamento. Se dijo que se estaba asegurando de que no se había olvidado de empacar nada, pero sobre todo era porque iba a extrañar ese lugar. Una mano fría le tocó el hombro y ella saltó. Dándose la vuelta se encontró cara a cara con un Tasha llorosa. Michael estaba de pie a su lado con el brazo alrededor de su cintura.

—Bueno, Chef, supongo que eso es todo —dijo.

—Vendré de visita.

—Será mejor que lo hagas —bromeó Michael—. Tasha no te dejará vivir si no lo haces. —Quitando el brazo de la cintura de Tasha, Michael le dio un largo abrazo.

—Te voy a echar de menos —susurró Jade, sus propios ojos obstruidos por las lágrimas cuando le devolvió el abrazo. En los pocos meses que se habían conocido, se habían hecho buenos amigos y Jade apreciaba todo lo que él había hecho por Tasha.

—Les voy a dar un poco de intimidad. —Y con eso, Michael desapareció por el pasillo, dejando a Jade y Tasha para despedirse.

En cuanto se sentaron en el sofá, Tasha agarró Jade del abrazo y exclamó: —¿Qué voy a hacer sin ti?

—Lo mismo que hiciste antes de que me mudara a Miami —le respondió Jade en el tono más tranquilizador que pudo reunir—. Sólo que esta vez no vas a estar sola. Tendrás a Micky.

—Lo sé —exclamó Tasha—. Pero no será lo mismo sin ti.

—Volveré tan a menudo como pueda y hablaremos todos los días por teléfono. Será como si aún estuviera aquí. Puede que venga a pasar un par de semanas, cuando el espectáculo está en pausa. Estoy segura de que no vamos a filmar todo el año.

—¿Me lo prometes?

—Te lo prometo —dijo Jade, aunque de mala gana. Últimamente parecía que había hecho muchas promesas, la mayoría de los cuales había roto. Si fuera una mujer de palabra, ella e Iván todavía estarían juntos. Jade le había prometido un para siempre y había fracasado.

Secándose las lágrimas de sus ojos, Tasha se puso de pie.

—Llámame en cuanto llegues allí.

—Lo haré.

—Vas a estar maravillosa. Iván está en lo cierto, eres una estrella —con un último abrazo, y un beso de despedida, Tasha dijo un último adiós y se fue a su dormitorio.

A pesar de que sabía que Michael y Tasha todavía estaban en la otra habitación, el apartamento estaba frío y vacío, y Jade se sintió terriblemente sola. Sabía que debería estar revisando otra vez su equipaje y quizá robando unos momentos de descanso antes de que Iván pasara por ella, pero también sabía que el sueño la eludía. En un estado de estupor doloroso, caminó a través de la sala de estar y se sentó frente a la computadora. Puede que revisar su correo electrónico le ayudara a pasar el tiempo.

Abriendo la bandeja de entrada, se encontró con un mensaje nuevo de una tal Stacey Anderson, en la línea de asunto decía: «¡Bienvenida a las grandes ligas!»

Jade hizo click en el mensaje y comenzó a leer.

Hola, Jade:

Felicitaciones por convertirte en nuestra nueva súper estrella. Espero que estés lista para un torbellino de publicidad y emoción. A Kevin Gibbs (propietario de la red) y mí, nos gustaría que nos reuniéramos el martes. Sé que falta muy poco para ello, pero en este negocio el tiempo es oro. Tengo ganas de verte de nuevo.

Stacey Anderson

Director de casting

Bravo 555-818-3298

stacey.anderson@thefc.com

«¿Verte de nuevo?» ¿Qué significa eso? —Jade sacudido su cerebro tratando de recordar si alguna vez le habían presentado a alguien llamada Stacey Anderson. ¿Tal vez en una de las fiestas a las que Iván la había llevado? Pero seguramente recordaría conocer a alguien «tan» importante. Confundida, Jade apagó el ordenador y en unos instantes su teléfono sonó para alertarle que tenía un mensaje entrante. Era Iván asegurándose que estuviera despierta.

Espero que estés despierta, preciosa. ¡Es hora de volar!

Por una fracción de segundo, Jade dejó que una sonrisa llenara su rostro. Esa era la primera vez que Iván había mostrado algo de humor o alegría verdadera desde que habían roto, «¿eso es lo que habían hecho?» Pero su sonrisa se desvaneció rápidamente. También era el tiempo más largo que habían estado sin hablarse desde que se conocieron.

Entonces la tristeza se apoderó de ella, haciéndola sufrir un ataque de pánico en toda regla. Si eso era lo correcto, ¿por qué era tan difícil? ¿No debería estar feliz en ese instante en lugar de sentirse insegura? ¿Y si estaba cometiendo un error al irse? ¿Y si estuviera destinada a permanecer en Miami y vivir feliz para siempre con Iván? No, se dijo con firmeza. Ese era su sueño y tenía agarrarlo con ambas manos.

Los dedos de Jade temblaban mientras trataba de formular una respuesta igualmente agradable.

Arriba y lista. Gracias, guapo.

Se tomó su tiempo para vestirse. Se había preparado con unos pantalones de yoga cómodos y una camiseta como el conjunto perfecto para el vuelo de seis horas hasta Los Ángeles. Con un poco de suerte, sería capaz de recuperar un poco del sueño que tanto necesitaba y llegar lista para entrar de lleno en el meollo de las cosas. Decir adiós una vez había sido lo suficiente, así que en vez de despedirse de Tasha otra vez, salió del departamento pero antes escribió una nota y la dejó sobre la mesa de la cocina.

La brisa de la mañana la dejó helada mientras permanecía de pie frente a su antiguo edificio, pero pronto la bestia negra que la había recogido para su primera cita dio vuelta en la esquina. El Jeep, con la parte superior hacia abajo, se detuvo enfrente e Iván se deslizó fuera de la puerta del lado del conductor con chanclas, bermudas de camuflaje y una camiseta blanca. Un simple vistazo y los recuerdos de las noches apasionadas que habían compartido la venció, pero ella las escondió con prontitud.

—¡Ey, chica! —dijo mientras le daba un beso en la mejilla y empezaba a recoger el equipaje que estaba a su lado en la acera.

—Hola —Jade había medio esperado un beso en los labios. Pero ¿qué esperaba? Él ya no era su novio, simplemente saludaba a su amiga.

Echando la última maleta en la parte trasera del Jeep Iván volvió al lado del pasajero y abrió la puerta, ayudándola a entrar.

—Siempre un caballero —dijo Jade mientras tomaba la mano de Iván y dejaba que la ayudara a subir.

El sol todavía estaba bajo en el horizonte cuando Iván se apartó de la acera y salió a toda velocidad en la dirección del aeropuerto internacional de Miami. Las luces verdes en el reloj del estéreo lanzaban un resplandor misterioso en el interior del Jeep y ellos iban en silencio, sólo de vez en cuando mirándose. Quería hablar, pero ¿qué le podía decir? Nada iba hacer cambiar a Iván de parecer. O por lo menos, ella estaba bastante segura de eso…

—¿Estás bien con todo esto, Iván? —preguntó ella, rompiendo su silencio.

Poco a poco volviéndose hacia ella, Iván le ofreció una media sonrisa forzada—. ¿Quieres la verdad o la respuesta azucarada?

—La verdad —contestó Jade.

—Estoy atrapado entre la espada y la pared. Hace tres años hubiera empacado y te habría seguido. O te hubiese pedido que te quedaras. O incluso habría aceptado la oportunidad de tener una relación a larga distancia.

Deteniéndose en una luz roja, Iván se volvió y la miró a la cara.

—No voy a mentir, me siento como la mierda ahora mismo. Pero es algo que voy a superar y el tiempo va a ayudarme, tal vez no será pronto pero voy a conseguirlo. Me alegro por ti, Jade, estoy feliz de que tus sueños se están haciendo realidad. Eso es todo lo que siempre quise para ti incluso si no estoy allí para compartirlo.

—Iván… —ella luchó por algo que decir, pero nada iba a reparar un corazón roto, el de ella o el de él.

—Es lo que es. Todos tenemos una cruz que cargar y sucede que el mío es en este momento. Pero esto también pasará. —Luego abruptamente le dio vuelta a la conversación antes de que ella pudiera formular una respuesta—. ¿Estás emocionada, jovencita? ¿Lista para el estrellato?

—Sí, creo que sí —dijo Jade después de un momento. Ella había estado en lo cierto. No había nada que pudiera decir para hacerle cambiar de opinión—. Estoy muerta de miedo pero emocionada.

—No lo sientas. Te tratarán muy bien —respondió con un guiño.

A medida que el Jeep se detenía delante de la zona de salidas, Jade inclinó y le dio un beso tierno en la mejilla, dejando que su adictivo aroma le llenara los sentidos por última vez. ¡Maldición! iba a extrañar ese olor.

—Gracias por todo, Iván.

Él asintió con tristeza, pero no dijo nada.

Jade vio como Iván sacó su equipaje de la parte trasera del coche y lo puso en el borde de la acera de entrada. Él le ofreció una última mirada y Jade se desmoronó y se lanzó a sus brazos, dándole el patentado abrazo de oso marca Rusilko.

—No me olvides —exclamó Jade, aferrándose con más fuerza.

—¿Cómo podría olvidarme de lo mejor que me ha pasado? —Iván le susurró al oído. Echándose hacia atrás, miró a Jade directo a la cara y sonrió.

—Me encontré con una frase anoche y me hizo pensar en ti —dijo—. «La vida es corta: perdona rápidamente, besa lentamente, ama verdaderamente, ríe incontrolablemente y nunca lamentes nada que te haya hecho sonreír». Jade, tú hiciste que mi alma sonriera y nunca olvidaré eso.

Jade asintió y vio a Iván regresar a su Jeep. Despidiéndose con un movimiento de la mano.

—No llores porque acabó —dijo en voz baja para sí misma—. Sonríe porque sucedió.

Jade atravesó el aeropuerto sintiéndose aislada y descorazonada. Hacía menos de dos semanas, había tomado esta misma ruta con Iván, para visitar a su familia en Pensilvania. Llegó a la puerta con tiempo de sobra, lo que significaba más tiempo para reflexionar sobre todo lo que había sucedido en los últimos días. No habían estado separados por una hora y Jade ya se había descubierto recordando las pequeñas cosas tontas que habían hecho de su relación algo tan grande: las voces infantiles que a él le gustaba imitar al azar, la forma en que ambos amaban las cursis películas de terror, la forma en que podía ponerle duro con un solo vistazo y la forma en que la hacía mojarse sólo lamiéndole la base de su cuello… o lamiendo otras cosas… se conocían tan bien después de unos pocos meses.

«Ya se terminó» —Jade se regañó a sí misma—. «Es hora de madurar y tomar decisiones adultas. Me voy a subir a ese avión, me sentaré en mi lugar, viajaré por todo el país y haré realidad mis sueños. Tengo que hacerlo.»

El encargado en el mostrador anunció la llamada de embarque para los pasajeros de primera clase. Agarrando sus objetos personales, Jade se preparó para abordar su vuelo. El vuelo que la llevaría a cumplir su sueño pero la alejaba de su milagro.

Las ruedas del 747 aterrizaron con una sacudida mientras Jade y los otros ciento cincuenta pasajeros celebraban el final del vuelo de seis horas. Estaba en Los Ángeles, lo que significaba que su nueva vida como chef famosa había comenzado oficialmente.

El Aeropuerto Internacional de los Ángeles, o LAX como le conocía todo mundo, era todo un caso, con una multitud de gente en comparación con el Aeropuerto Internacional de Miami, el MIA, mucho más relajado. Mientras se abría paso entre la muchedumbre y seguía las indicaciones hacia la banda transportadora de equipaje, se mantuvo atenta al conductor que se suponía que la empresa había enviado para llevarla a su nuevo apartamento. Bueno, su apartamento temporal, propiedad de la empresa y que podría usar hasta que encontrara un lugar propio. La escalera mecánica la llevó hacia la zona de reclamo de equipaje y Jade notó a un hombre hispano con un poblado bigote y un cartel que decía «Thorne».

Jade no pudo evitar sentirse impresionada. En realidad habían enviado a alguien. La empresa se la estaba jugando con todo para conseguirla lo más pronto posible en Los Ángeles.

—Hola —dijo ella, acercándose al hombre—. Soy Jade Thorne.

—Buenas tardes, señorita Thorne —dijo él con un marcado acento español—. Mi nombre es Adam y voy a ser su chofer.

«¿Adam? Qué poco… español» —pensó mientras esperaban en la banda asignada para recoger sus maletas. Era bueno tener a alguien haciendo todo el trabajo pesado por ella, a pesar de que le recordaba que Iván no estaba allí, agarrando sus maletas como de costumbre. Por supuesto, cargar sus maletas por sí misma, le había recordado eso también. Después de recoger todas sus pertenencias, Jade siguió a Adam afuera, luego lo esperó tal y como le había pedido mientras él iba por el auto.

Mientras esperaba, Jade encendió su teléfono y revisó todos sus mensajes. Tenía varios mensajes de diferentes amigos y familiares, deseándole cosas buenas, pero no había nada de Iván. Decepcionada y un poco molesta de que él ni siquiera le hubiera enviado mensajes de texto, ella respondió los mensajes importantes, dejando que Tasha y los de la empresa, supieran que había llegado y luego se deslizó el teléfono en el bolsillo.

Jade tomó buena nota de lo que la rodeaba mientras se deslizaba silenciosamente en el asiento trasero del coche. Elegante cuero negro cubría el interior, las ventanas estaban tintadas y aire refrigerado soplaba desde las tomas de aire que la rodeaba.

—Esto de seguro no es un Jeep.

—No, señora, es un Lincoln —Adam respondió con frialdad, sin captar la broma. ¿Cómo podría hacerlo?

Zigzaguearon en el denso tráfico de Los Ángeles y en la autopista. Jade se dio cuenta de lo diferente que era el paisaje. Los Ángeles era todo café y montañoso, mientras que Miami era muy colorido y vibrante. Y el tráfico era horrible. Por Dios que ella no quería lidiar con «eso» todos los días. Viajando al menos doce kilómetros en menos de dos horas, por fin llegaron a su nuevo apartamento.

Una pintoresca casa blanca en una comunidad aislada, serviría como su morada por los próximos meses. Incluso estaba equipado con un garaje en el que viviría su coche una vez que hubiera cruzado todo el país. Jade abrió la puerta y entró. Un mobiliario semi-nuevo decoraba el interior con un estilo sobrio pero bastante soso. Tal vez no era lo mejor, pero diablos, era gratis, se recordó Jade. Siguiéndola de cerca, Adam entró a la sala y dejó las bolsas en el suelo.

—Gracias —dijo Jade mientras pescaba en el bolsillo algo de propina.

Adam asintió y aceptó los billetes doblados, retirándose de la casa urbana y cerrando la puerta detrás de él cuando se marchó. El sonido de la puerta fue como el punto y final y Jade se sintió atacada de pronto por la comprensión de que estaba sola. Pero eso era algo que tenía que hacer, o al menos eso es lo que se decía a sí misma.

Vagó a través de la casa, familiarizándose con cada una de las habitaciones para saber dónde estaba ubicado todo. Sus bolsas todavía estaban en medio de la sala de estar y ahí tendrían que seguir. «Mañana será un gran día». Tenía que encontrarse con esa Stacey y el propietario de la empresa y ella comenzaría su nueva vida como Chef famosa, pero en ese instante, todo lo que quería hacer Jade era dormir. Escarbando en su maleta más grande, buscó febrilmente su neceser sólo para encontrar un extraño sobre, que no recordaba que fuera parte de su equipaje. Se dejó caer en la cama y lo abrió, reconociendo inmediatamente la horrible letra.

Jade,

Tu sabor siempre estará en mi boca, el sonido de tu corazón siempre estará en mi oído y el tacto de tu piel estará grabado en mi mente. Te mereces el mundo, así que nunca te conformes con menos. Siempre apreciaré el tiempo que pasamos como amantes y estoy ansioso por los recuerdos que haremos en los próximos años como amigos.

Tu compañero observador de tortugas, Iván

¿Cómo demonios había tenido tiempo Iván de echar eso en su maleta? Ella había estado de pie junto a él prácticamente todo el tiempo. Por eso no le había llamado. Estaba esperando a que encontrara la carta. Sonriendo, Jade se sintió de pronto mejor acerca de todo. Metió la nota en el sobre y lo puso sobre la cómoda. Luego, agarrando su teléfono, envió un mensaje al autor de ese dulce gesto:

**Encontré la tarjeta, Iván… Gracias por hacerme sonreír
por primera vez en Los Ángeles.**

CAPÍTULO 32

Era el gran día. El *jet lag* la obligaba a arrastrarse cuando abrió la primera de sus maletas y comenzó a desempacar. No tenía ganas de hacerlo pero si quería algo limpio que ponerse para la reunión, tendría que hacerlo. Se decidió por los tacones altos y su vestido de verano favorito de color azul, uno de esos que podría destacar sus curvas y verse semi-profesional al mismo tiempo.

Con el vestido en la mano, recogió su estuche de maquillaje y se dirigió al baño del primer piso. Dejó caer toda su colección de maquillaje sobre el mostrador y se puso a trabajar, logrando de alguna manera los resultados deseados en tiempo récord, incluso sin la ayuda de Tasha. Revolvió la caja de la joyería en busca de accesorios y encontró el Rosario con cuentas de ojo de tigre y se lo puso como collar. Algo tan especial sólo podía darle suerte. Con una última mirada evaluadora en el espejo, Jade cogió su móvil y le marcó a Adam, sólo para enterarse de que ya la estaba esperando con el coche en el frente.

Era principios de diciembre, pero Los Ángeles no parecía darse cuenta. La brisa matutina ya estaba tomando forma, con temperaturas que llegaban a los veintitrés grados centígrados, algo común por ahí. Perfecto, supuso Jade, pero en cuanto salió por la puerta de la casa hubiera preferido el golpe de calor húmedo que a menudo la saludaba en Miami. Nada acerca de esa ciudad le resultaba familiar. Hasta el aire era diferente. Ansiosa por centrarse en la reunión próxima, no en lo que había dejado atrás, bajó corriendo los escalones del frente hasta donde Adam la esperaba de pie con la puerta abierta del coche.

—Espero que sepas a dónde vamos —bromeó Jade mientras se deslizaba en el coche.

—Por supuesto, señorita Thorne. Está a sólo cinco minutos de distancia —respondió Adam en el mismo tono serio que había usado en el aeropuerto.

—Súper —Jade rio para sus adentros. O bien el hombre no tenía sentido del humor alguno, su inglés era peor de lo que ella pensaba o simplemente estaba perpetuamente malhumorado. En cualquier caso, estaba muy lejos de ser un espíritu libre y amante de la diversión, algo común en los miamenses y algo a lo que ella se había acostumbrado.

Mientras hacían los cinco minutos en coche a la reunión, los pensamientos de Jade viajaron de nuevo a sus amigos en Miami. ¡Y eso que quería concentrarse! El restaurante estaba abriendo para la cena. Tasha probablemente andaba en el gimnasio o viendo la televisión e Iván sin duda alguna estaba hasta los codos en medicina de gama alta en su spa. Con sus pensamientos enfocados en Iván, Jade no se dio cuenta que habían llegado en las oficinas de Bravo LA o incluso, que el coche se había detenido, hasta que Adam abrió la puerta.

—Por ahí señorita Thorne —le hizo una seña a la entrada principal del edificio—. Tome el ascensor hasta el piso cuarenta y cinco y la recepcionista la anunciará.

—Gracias —dijo, dando un paso hacia la luz del sol de Los Ángeles. Al cruzar el entresuelo del alto y moderno edificio, podía ver el paisaje ondulado de las colinas de Hollywood.

Jade entró en el ascensor y apretó el botón del piso indicado. Las puertas se cerraron, dejando al descubierto su reflejo en la superficie espejada. Mirándose fijamente, se dio cuenta de que su sueño estaba a punto de hacerse realidad. Estaba a punto de convertirse en una chef de televisión. No se conseguía algo mejor que eso. Jade hizo girar distraídamente el rosario entre los dedos mientras el ascensor comenzaba a subir y su estómago comenzaba a revolotear. La música suave flotaba en el aire, sólo para ser reemplazada por una campanilla cuando el ascensor llegó a su destino. Ella esperaba salir a un pasillo, en cambio, las puertas se abrieron directamente a la sala de espera de las oficinas de la Network. Una mujer de mediana edad con pelo rizado color café estaba sentada detrás de un gran escritorio que lucía el logotipo ya bastante familiar.

Mirándola desde atrás de una pila de papeles, la mujer sonrió.

—Buenos días, Chef Thorne.

Aturdida de que la mujer supiera su nombre, Jade logró devolverle la sonrisa y el saludo.

—Buenos días.

Con sólo pulsar un botón, la recepcionista anunció su llegada.

—Jade Thorne está aquí para verlo, señor.

—Excelente, hágala pasar —respondió una voz masculina.

—Por favor, sígame —instruyó la mujer y llevó a Jade hacia un gran par de puertas a la derecha de la sala de espera—. El señor Gibbs y la señorita Anderson están esperándola.

Las puertas dobles se abrieron revelando un largo pasillo. Mientras las dos mujeres hacían el viaje hasta el extremo opuesto del corredor, Jade observó los carteles que colgaban a ambos lados. Cada marco contenía una imagen de uno de sus predecesores, nombres y rostros que Bravo había ayudado a hacer famosos, o más famosos aún. Cuando se acercaban al final del pasillo, una placa en una gran puerta de madera quedó a la vista: «Sr. Kevin Gibbs, Presidente y Consejero delegado». La recepcionista llamó a la puerta y Jade sintió que se le formaba un nudo en la garganta. Eso era, su momento bajo los reflectores, su tiempo de ser la estrella que todo el mundo parecía pensar que era.

Las puertas se abrieron y Jade entró con la cabeza bien alta. Espectaculares ventanales que iban del suelo al techo con vistas a las colinas de Hollywood dominaban una pared. A su izquierda estaba una pequeña sala de estar decorada con muebles negros de cuero y caoba y a su derecha habían dos lujosos sillones frente a un caballero muy bien vestido, excesivamente bronceado, con el cabello plateado y la cara oscurecida en gran parte por una barba espesa.

Se puso de pie y la saludó con entusiasmo.

—Señorita Thorne, es un placer volver a verte y bajo tales circunstancias.

«¿Qué?» ¿Se trataba de algún tipo de broma? Si era así, se le escapaba totalmente. No tenía ni idea de quién era ese tipo, salvo que era el jefe de la empresa, por supuesto. Buscando en su memoria, Jade sacudió la mano que le extendían.

—Sí, ha pasado mucho tiempo.

Regresó a su lugar detrás del escritorio de caoba y Jade se sentó en uno de los sillones frente a él. ¿Dónde lo habría visto antes? ¿Había conocido al presidente de Bravo y ni siquiera se dio cuenta de ello? ¡Imposible! Trató desesperadamente de conectar los puntos, pero se quedó corta. Rezó por algo que desencadenara un recuerdo y que fuera antes de que terminara avergonzándose frente a él.

—Has tenido unos meses muy movidos, ¿no es así? —su mirada se desvió a otra gran puerta de madera opuesta a la que Jade había entrado—. Stacey se unirá a nosotros en un minuto. Tuvo que salir a hacer una llamada telefónica.

«¿Quién demonios son estas personas y de dónde las conozco?»

Jade estaba más confundida que nunca. El correo de Stacey dejaba en claro que las dos se habían conocido antes y ahora Kevin Gibbs, el director general de la empresa, la trataba como si fueran viejos amigos. Justo en ese momento, Jade escuchó la puerta abrirse.

—¡Ah, Stacey, ahí estás! —el señor Gibbs se puso de pie para saludar a la recién llegada.

Jade se volvió lentamente y sus ojos se posaron sobre una figura alta y esbelta acercándose a ella: rubia, treinta y tantos, tetas perfectas, trasero perfecto y una sonrisa de oreja a oreja. ¡La mujer misteriosa! «¿Qué carajo?» Jade apenas empezar a comprender lo que veía. Stacey era la rubia de la Cena del Vino, la que se había apretado al brazo de Iván, la mujer que había conocido en la fiesta y en el restaurante, no una, sino dos veces, todo sin poder conseguir su nombre. ¿«Ella» era la persona responsable de la oferta de trabajo que le cambió la vida? ¡No, no podía ser! No era de extrañar que pareciera tan agradable y al mismo tiempo tan reservada, cada vez que habían hablado. La había estado evaluando, jugando algún tipo de entretenimiento Hollywoodense con ella.

Caminando hasta Jade, Stacey se inclinó y le dio un fuerte abrazo.

—¡Qué bueno verte de nuevo, chica! ¿Todo va bien? ¿Te gusta la casa? —le preguntó con gran interés.

—Sí, es genial. Gracias —respondió Jade con un tono confuso.

—Estoy muy contenta de que Jessie fuera capaz de conseguirte para la audición —proclamó Stacey—. ¡Le dije que era de vital importancia!

Luego todo le llegó como una cubetada de agua fría. Muchas de las personas que había conocido en los últimos meses habían sido pieza clave en la serie de acontecimientos que la llevaron a ese momento exacto. Y Jade se dio cuenta de quién era el titiritero moviendo los hilos para ella: Iván. Todo había comenzado el día en que la había seguido hasta la cocina y se había avergonzado a sí mismo en el restaurante. Los había llevado todos a Bianca por una razón.

Jade sacudió la cabeza. ¿Cómo podía haber sucedido todo eso sin que ella se diera cuenta? ¿Iván había sido intencionalmente vago sobre los detalles de sus presentaciones? Y entonces lo recordó. Patty, el cumpleañero, era copropietario de una cadena de televisión. ¿Era Bravo? Jade miró de nuevo a Kevin Gibbs y vislumbró una familiaridad que no había visto momentos antes. Si reemplazaba el traje con un par de jeans y una camisa de diseñador, le quitaba la barba y añadía un bronceado excesivo, se vería idéntico a… Jade se quedó sin aliento.

—Señor Gibbs, es usted socio del Dr. Shaunnessey. ¡Nos conocimos en su fiesta de cumpleaños!

—Me preguntaba cuánto tiempo te tomaría reconocerme. Me di cuenta por tu mirada que no tenías ni idea de quién era yo. —Se rio—. Debe ser la barba —añadió, pasándose una mano por la cara peluda—. Y por favor, llámame Kevin —mirando más allá de ella, agitó la mano a un asistente que estaba en la puerta.

Jade se sentó en silencio, tratando de procesar toda esa nueva información, por suerte, los otros se desviaron hacia una charla sobre compras. Stacey, su supuesta archienemiga, su espina en el costado, la mujer cuyo cabello había fantaseado con arrancar, resultó ser la directora de casting para un canal de cable importante. Ella había sido quien contactó a Jessie y arregló la audición. Al final resultó que, Stacey no era el enemigo, sino una verdadera aliada.

Esa abrumadora comprensión de los hechos paró en seco cuando un aroma familiar inundó sus sentidos y agitó su alma. Enviando una oleada de calor a través de su cuerpo, seguido por una serie de sentimientos y recuerdos: arena en la espalda, un rastro de besos que tatuaron su cuello, el frío del aire de Pensilvania contra su piel, el sabor del vino en sus labios y el ronroneo de Frank Sinatra en una memorable noche de Sarasota.

Entonces, claro como el agua, la voz que había llegado a amar y adorar la llamó «nenita».

«¡Es él… ¡está aquí!» Jade se volvió para encontrar al hombre al que adoraba y decirle que estaba equivocada. Él era su milagro y ella lo quería, sin importar lo que costase. Pero su entusiasmo se convirtió rápidamente en desesperación cuando se encontró con un empleado de un metro sesenta con un mal corte de pelo y acné, de pie frente a ella y no el hombre alto, de pelo largo y cuerpo musculoso que había llegado a amar. El olor... el olor de Iván la había engañado. El hombre equivocado estaba usando la colonia que había llegado a asociar con pura pasión.

—¿Qué me dijo? —preguntó ella tan decepcionada como confundida.

—¿Gusta café, señora? —repitió el asistente, mirándola con extrañeza.

—Oh. Ahhhhh, no. Gracias. —Jade miró a su regazo y exhaló profundamente. «¿Qué demonios fue eso?» —pensó para sí misma. Entonces se acordó de lo que había comprendido.

Iván. Él era el catalizador de su ascenso al estrellato. La había ayudado desinteresadamente a promover su carrera a través de sus conexiones y en lo que resultó ser su último acto de devoción, había hecho el último sacrificio: suicidó su amor.

Jade sintió un nudo en el estómago. Iván le había dado todo y a cambio ella le había dado un beso de despedida en el aeropuerto. «¿Qué demonios he hecho?»

—Bien, entonces, creo que estamos a punto de comenzar, señorita Thorne. Gracias por su paciencia —dijo Kevin, interrumpiendo los pensamientos arremolinados de Jade.

Jade sonrió débilmente. Podía sentir dos pares de ojos clavados en ella.

—Ahhh... —dijo, completamente incapaz de concentrarse en lo que estaba sucediendo en la oficina. Sus pensamientos se detuvieron en la última vez que había visto a Iván: llevándola al aeropuerto, con el corazón roto y abatido. ¿Cómo no había visto todo esto? Jade trató de frenar sus emociones, pero no sirvió de nada. Su corazón se llenó de pesar, incluso estando en la reunión que iba a cambiar su vida. Sabía lo que tenía que hacer.

—¿Cuántos días faltan para el primer ensayo? —preguntó ella, su voz resonando en la habitación tranquila.

Stacey hizo una pausa para mirar a Kevin.

—Será en cinco días —respondió lentamente.

—Tengo que encargarme de algunas cosas primero —anunció Jade, levantándose de la silla. Su cuerpo se movía con valentía pero por dentro suplicaba en silencio que la entendieran.

Kevin la miró por un momento, y luego se levantó también.

—Está bien, entonces. Supongo que estamos bien por ahora —dijo, en respuesta a su súplica silenciosa—. Podemos reprogramar una cita para hablar de nuevo.

—Gracias —Jade prácticamente gritó por encima del hombro mientras corría por la habitación.

—¡Buena suerte! —oyó a Stacey gritar tras ella.

Todo pasaba en un borrón mientras Jade corría a Adam y al coche que la esperaba. Los sueños sucedían todos los días, pero ahora sabía que Iván, su milagro, eso era sólo una vez en la vida.

CAPÍTULO 33

"The Letter"

—¿De vuelta a casa, señora? —Adam estaba de pie junto al coche como si de alguna manera hubiera esperado que saliera corriendo del edificio.

—Al LAX. ¿Qué tan rápido podemos llegar? —gritó ella, pasando por delante de él para abrir por sí misma la puerta, saltar al asiento trasero e indicarle que se diera prisa.

Con una mirada de alarma en su rostro, Adam corrió hacia el lado del conductor, saltó adentro y salió a toda velocidad.

—¿Hay algo que pueda hacer para ayudar? —preguntó, mirándola por el espejo retrovisor.

—¿Sabes a qué hora sale el próximo vuelo directo a Miami?

—Hay varios que salen esta tarde —respondió—. Pero el próximo sale en una hora.

—¿Podemos llegar?

—No estoy seguro, pero vamos a intentarlo.

Evidentemente infectado con la excitación ansiosa de Jade, Adam apretó el acelerador, desviándose dentro y fuera del tráfico en su prisa por llegar al aeropuerto.

Jade saltó del coche en cuanto llegaron y corrió hasta la zona de venta de boletos. Afortunadamente no había desempacado todo, porque su pasaporte y todas sus otras identificaciones, todavía estaban bien guardadas en el bolsillo lateral de su bolso. Jade corrió a través del aeropuerto a todo vapor, brincó al frente de la línea ganándose miradas desagradables de las personas detrás de ella. Una serie de malas palabras dirigidas a ella se hizo eco a través del aire, pero no les hizo caso. Lanzó su tarjeta de crédito en el mostrador y dio golpecitos con el pie por la impaciencia mientras el agente de ventas le echaba una mirada.

—Necesito un boleto en el próximo vuelo a Miami, por favor.

El corpulento y barbudo que estaba detrás del mostrador se rio a carcajadas como si hubiera escuchado alguna especie de broma.

—Todo lo que tenemos son boletos de primera clase y valen mil quinientos dólares.

—No me importa. Lo quiero.

Diez minutos después, Jade estaba pasando a través de la seguridad y hacia la terminal. Apenas veía nada a su alrededor, porque la única cosa en que podía centrarse era en las seis horas de distancia. Llegó a la puerta y apenas se detuvo, encaminándose hacia la zona de abordaje de primera clase. Encontrando su asiento, se tragó de golpe una copa de vino blanco barato y se dispuso a tentar a la suerte una vez más. El avión rugió por la pista y despegó y Jade cerró los ojos, corriendo hacia el hombre que había sacrificado su corazón a cambio de los sueños de ella.

Cuando el avión comenzó a perder altura, Jade comenzó a perder el valor. ¿Qué demonios estaba haciendo? ¿Y si Iván se negaba a verla? Después de todo, ella esencialmente le había dicho que prefería ser famosa que estar con él. Imaginando que la situación fuera al contrario, Jade se sintió desecha. El resultado parecía sombrío. Su malestar continuó en aumento mientras el avión se acercaba finalmente a Miami. ¿Había tirado todo por la borda?

Las ruedas del avión tocaron tierra y la voz chillona de la azafata en el intercomunicador les recordó a todos recoger sus pertenencias personales. Jade se echó a reír. Aparte de su teléfono y su bolso, todo las demás cosas que poseía, aún estaban en el piso de la sala de estar de su casa temporal en Los Ángeles. Jade se alegró de no estar cargado equipaje. Cuanto antes pudiera salir del aeropuerto y estar de vuelta con Iván, mejor. A medida que salían del avión, la luz artificial del aeropuerto contrastaba con la oscuridad del exterior y Jade tuvo que reír de nuevo. Después de un vuelo de seis horas y un cambio de horario de cuatro horas, su cuerpo realmente no tenía ni idea de qué hora era.

En su prisa por salir del aeropuerto y coger un taxi, Jade casi no se dio cuenta del hombre con una melena de pelo castaño de pie en una puerta cercana mientras ella salía del avión. Tampoco tuvo en cuenta, en un primer momento, los jeans bien gastados que cubrían sus piernas musculosas. No fue hasta que sus ojos se encontraron con el bolso de cuero que estaba acomodado en el suelo junto a él, que Jade comenzó a sentir algo familiar. Su mente debía de haber estado jugándole una mala pasada, ya que por un momento pensó en Iván y la forma en que siempre llevaba los mismos vaqueros y llevaba la misma bolsa cuando viajaba. Pensar en Iván había hecho que sus sentidos la engañaran ya en una ocasión. Esa vez estaba decidida a mantenerse enfocada.

Sin embargo, bajó el ritmo casi por completo al pasar por donde estaba el hombre, mirando hacia otro lado. La forma en que estaba sentado, con el pelo cayendo alrededor de su cuello y la pierna derecha cruzada sobre la izquierda (tal vez porque se sentía mal hacerlo de la otra manera), era inquietantemente familiar. Bordeando la zona de espera, Jade trató de tener una mejor visión. «Contrólate» —se dijo—. Todo y todos le recordaban a Iván. Sus pensamientos se habían consumido con él durante meses.

Justo cuando estaba a punto de salir y encontrar un taxi, el hombre se volvió, sólo lo suficiente para que ella echar un vistazo a su perfil. «Era Iván». Estaba cerca de la puerta, escuchando música en su teléfono y leyendo una revista de deportes mientras esperaba para abordar un vuelo a… ¿Los Ángeles?

Él debía haber sentido que estaba siendo observado, porque lentamente levantó los ojos y miró a su alrededor. Y entonces la vio. Jade se quedó ahí parada, incapaz de hablar y apenas podía ver a través de sus lágrimas. Él dejó caer la revista, agarró la parte trasera de una silla cercana por un momento y luego se echó a correr.

Con los ojos fijos, uno en el otro, se atrajeron como magnetos y sus cuerpos chocaron cuando se encontraron en medio de la terminal. Jade echó los brazos alrededor de Iván, llorando lágrimas de alegría y él hundió la cara en su cuello. Su corazón se aceleró al sentir otro milagro que comenzaba a revelarse.

—Nenita, lo siento mucho —susurró Iván contra su cuello. Él la abrazó con más fuerza, como si fuera a desaparecer.

—No, Iván. Yo soy la que lo siente —dijo Jade, su corazón sintiendo alegría al oírlo llamarla de aquella manera otra vez—. Ahora sé lo que hiciste y lo que sacrificaste por mí. Debería haberme dado cuenta hace mucho tiempo. Dejaría pasar todos los programas de televisión del mundo si eso significa que puedo estar contigo. Nunca debí haber ido a Los Ángeles.

Iván la miró profundamente a los ojos.

—Por supuesto que debías.

—¿Debí qué? —Jade se atragantó.

—Jade, por mucho que te ame y te quiera a mi lado, nunca querría que dejaras pasar una oportunidad como esa. Ir a Los Ángeles era lo que tenías que hacer. Es una oportunidad única en tu vida. Yo sé que dije que nunca tendría una relación a larga distancia de nuevo, pero no puedo imaginar mi vida sin ti. Estos últimos días, sólo horas en realidad, han sido una eternidad. No importa lo que haya imaginado para mi futuro, tú eres una gran parte de él.

Jade trató de echarse hacia atrás para poder mirarlo, pero Iván la atrajo hacia sí.

—Te amo tanto y estaba yendo a Los Ángeles para decirte que voy a hacer lo que sea para estar contigo. Si se trata de una relación de larga distancia, que así sea. Nos han dado algo que la mayoría de las personas sólo pueden soñar y no tengo ninguna intención de dejarte ir de nuevo. Hace tres meses quise ayudarte presentándote a las personas adecuadas, pero todo se salió de control tan rápido y antes de darme cuenta, mis buenas intenciones me había costado lo que más atesoro.

Antes de que pudiera detenerlas, las palabras salieron de su boca.

—¿No lo hubieras hecho de haber sabido lo que iban a ocasionar? Quiero decir, ¿aún me habrías presentado a esa gente?

—Si eso es lo que querías —respondió Iván—. Te daría cualquier cosa que tu corazón deseara, incluso si eso significa tu felicidad por encima de la mía.

Hizo una pausa y Jade podía sus ojos sobre ella de nuevo.

—¿Por qué no me dijiste cuando te llamaron para la audición? Sabes que yo te habría apoyado.

No teniendo el valor de mirarlo a la cara, Jade se dio la vuelta. Estudió el suelo mientras hablaba.

—Fue como un sueño hecho realidad cuando recibí esa llamada, pero me he dado cuenta de mis sueños no significan nada si no eres parte de ellos.

Iván ahuecó la mejilla de Jade y giró su rostro para que lo viera de frente.

—Puedo ver el amor en tus ojos —le dijo—. Bienvenida a casa. No a Miami, sino a mí.

Aplastó sus labios con los de ella, abriéndolos suavemente. Compartieron un beso que frenó a los trabajadores de limpieza en sus labores. Por lo general, no había mucho que ver en el aeropuerto a esas horas de la noche, pero el suyo era todo un espectáculo. Separándose de su abrazo por un segundo, Jade se quedó mirando a Iván. Con el corazón alegre y esperanzado, le preguntó: —¿Y ahora qué?

—Mañana podemos arreglar las cosas, pero por ahora voy a llevarte a casa y voy a aprovecharme de ti, chiquita —Iván sonrió, pero Jade podía detectar una mirada inequívocamente seria en sus ojos y un rayo de fuego la recorrió.

Iván se agachó para recoger su bolso y se la echó al hombro. Jade unió su mano con la suya y atravesaron la terminal hacia la salida.

—No me importa lo que pase, siempre y cuando te implique a ti, a mí y el resto de nuestras vidas —declaró Jade con salvaje abandono. De repente se sintió libre, muy libre.

—Bueno, Chef, esto fue sólo el aperitivo. Ahora espera hasta saborear el plato fuerte.

AGRADECIMIENTOS

Iván Rusilko

¿Qué es el amor?

¿Es un rayo que une instantáneamente dos almas en el enamoramiento total y la admiración con el simple encuentro de dos inocentes miradas? ¿O es una semilla lasciva que se siembra en un sórdido bar oscuro en una sudorosa noche de verano, sólo para ser alimentada con citas romántica a medida que madura en una hermosa flor?

¿Es un río que nace, creando lazos de por vida a través de experiencias, angustias y oportunidades perdidas? ¿O es una tormenta que crece poco a poco, culminando con un gran despliegue de pasión desenfrenada, sólo para sucumbir a lo inevitable y desvanecerse en la distancia?

Yo defino el amor como la enseñanza…

Nos enseña a aprender de nuestros errores, a sacar provecho de nuestras oportunidades y a tomar la más estúpida de las decisiones por la más acertada de las razones. Nos da una idea de «cómo debería ser o sentirse» y luego nos anima a salir y desarrollar nuestro propio entendimiento de «lo que podría ser».

Los que optan por abrazar y aprender de los riesgos del amor son los que eventualmente encuentran el verdadero amor, que son uno en un millón. Los que no están destinados a ser consumidos por los falsos «te amo» y las relaciones fallidas.

He tenido la suerte de tener maestras asombrosas en toda mi vida romántica y es a ellas a quienes dedico este libro. Las lecciones de la vida, la pasión y el amor que me enseñaron, han ayudado a formar al que soy hoy en día y al que seré mañana.

Para el amor que mancha mi corazón pero define mi alma… se los agradezco.

AGRADECIMIENTOS

Everly Drummond

Lo que comenzó como una idea caprichosa se convirtió en algo que jamás hubiera esperado. Si no fuera por la naturaleza juguetona y carismática de Iván Rusilko, este libro podría haber sido eternamente un pensamiento errante. Tus historias, tu humor, tu franqueza, tu honestidad y tu naturaleza trajeron esta historia a la vida y ha sido un placer colaborar contigo. Puedo decir con absoluta certeza que se ha sido uno de los más emocionantes —aunque intensos—, años de mi vida. Gracias.

Gracias a todo el impresionante equipo de Omnific Publishing: Elizabeth Harper, Micha Stone, Traci Olsen, Lisa O'Hara, CJ Creel y nuestra increíble editora, Jessica Royer Ocken, las gurús detrás de esta idea loca. Ustedes vieron el potencial de este pequeño esfuerzo cuando nadie más podía.

Y gracias a todos mis lectores por sus amables palabras y sus buenos deseos. Ustedes me animan y me inspiran a seguir contando mis historias.

Un enorme agradecimiento va a Katie Byrne, ganadora de nuestro concurso «Dale nombre a ese personaje». Lo que comenzó como una simple conversación en línea se ha convertido en una amistad de proporciones épicas. Tu amistad y consejos se han convertido en una constante en mi vida, una que espero tener durante todos los años venideros.

Y ¿qué clase de persona sería si no enviara un agradecimiento especial a mis amiguísimas: Maggie Smith, Chris Gilpin, y Wendy Shores? Ustedes lidian con mi locura sin dudarlo. Un agradecimiento ni siquiera alcanza a describir mi gratitud por todo lo que han hecho. Las quiero tanto chicas.

Y por último, pero no por ello menos importante, un sincero agradecimiento a toda mi familia y amigos. Me siento verdaderamente bendecida por haber estado rodeada de tanta gente increíble. Los amo a todos con cada fibra de mí ser. Si no fuera por el amor y apoyo de Ed Wilkinson, Loretta Drummond, Lynn Wilkinson y el resto de los clanes Wilkinson y Drummond, puedo decir con certeza que no estaría donde estoy en este momento. Gracias.

LOS AUTORES

Dr. Iván Rusilko (Doctor en Medicina Osteopática, Nutricionista deportivo certificado y Terapeuta físico).

Es experto en pérdida de peso y bienestar médico y sexual en Miami Beach, donde ejerce actualmente la consejería médica internacional. Su marca «Dr. Rusilko *Lifestyle Medicine*» está en expansión, empezando por la ciudad de Buenos Aires, Argentina en julio de 2014, pero con planes de ampliar sus horizontes a nuevos destinos internacionales en un futuro cercano.

Ha escrito artículos de salud y estilo de vida para numerosas revistas y publicaciones en línea, incluyendo *The Washington Times*, *My Reality* y *Quarter Life Health*. Además, fue campeón de culturismo y modelo internacional de fitness masculino, ganador de Mr. EE.UU 2008 y representante de Estados Unidos en el certamen de Mr. Mundo 2010. Se graduó en Medicina Osteopática en 2010 por la Universidad del Lago Erie y es el encargado de los medios de comunicación en Estados Unidos y portavoz de la Asociación Americana de Osteopatía (AOA).

Con su primera novela, «Carnaval de Amor: Aperitivos», escrito junto con Everly Drummond, el Dr. Rusilko ofrece una voz masculina en un género escrito en su mayoría por mujeres. Siempre ha tenido una historia que contar y espera poder seguir escribiendo, explorando nuevos géneros y proyectos.

Está orgulloso de poder unir dos de sus pasiones: su conocimiento en bienestar médico y salud sexual, mezclándolos en este proyecto único. Espera que la Trilogía «El Festín» despierte el entusiasmo de muchas mujeres y las inspire a celebrar su sensualidad y centrarse en su salud sexual con el fin de lograr una mejor calidad de vida.

LOS AUTORES

Everly Drummond

Se graduó del programa de Trabajadores Sociales en la Universidad Centennial College y del programa de pregrado en Biología de la Universidad de Trent. Sus logros anteriores incluyen la escritura de *The City of the Damned*, una serie de romance erótico paranormal de cuales tres títulos han aparecido en la lista de bestsellers de Amazon.com.

Como estudiante del programa de Trabajadores Sociales del Centennial College y el programa de Biología de la Universidad de 

Trent; Everly Drummond trabajaba anteriormente en administración y transporte antes de lanzarse como escritora. Tiene otros proyectos como *The City of the Damned*, una serie de romance paranormal y *Blood of the Ancients*, un romance juvenil paranormal. Las cuatro novelas cortas de la serie *City of the Damned* han aparecido en la lista de best sellers de Amazon.com. Everly reside en Toronto, Ontario.

www.ingramcontent.com/pod-product-compliance
Lightning Source LLC
Chambersburg PA
CBHW020357120726
47904CB00002B/602